ullstein

BENTE STORM

DIE TOTE AM KAI

Ein Fall für die Küstenkommissare

Ullstein

Besuchen Sie uns im Internet:
www.ullstein.de

Wir verpflichten uns zu Nachhaltigkeit
• Papiere aus nachhaltiger Waldwirtschaft
  und anderen kontrollierten Quellen
• Druckfarben auf pflanzlicher Basis
• ullstein.de/nachhaltigkeit

MIX
Papier
FSC   FSC® C083411

Originalausgabe im Ullstein Taschenbuch
1. Auflage April 2024
© Ullstein Buchverlage GmbH, Berlin 2024
Umschlaggestaltung: zero-media.net, München
Titelabbildung: mauritius images / © Ingo Boelter
Karte: © Peter Palm, Berlin
Gesetzt aus der Albertina powered by *pepyrus*
Druck und Bindearbeiten: CPI books GmbH, Leck
ISBN 978-3-548-06727-8

Prolog

Tag 1, früher Abend im Dämmerlicht

Die goldenen Septembertage waren nun wohl endgültig vorüber, die Sonne, wenn sie sich denn mal zeigte, verabschiedete sich von Tag zu Tag früher.

Er musste das verbleibende Tageslicht nutzen, denn es begann bereits zu dämmern. Und das stete Nieseln würde sich womöglich ziemlich bald in einen echten Regenguss verwandeln.

Er nahm einen letzten Zug aus seiner Zigarette, warf die Kippe auf den Boden und trat sie aus. Dann wechselte er die Waffe von der linken in die rechte Hand und zielte.

Bäm!

Was so ein kleines Gerät doch für einen Rückstoß hatte.

Schon wieder daneben. Die verdammte Kappe. Er riss sich das Ding vom Kopf und stopfte es hinten in den Hosenbund. Aber die Sicht verbesserte sich nur unwesentlich. War sein Blick zunächst vom breiten Schirm der Basecap verdeckt worden, so wurde er nun vom Nieselregen getrübt, außerdem war es eigentlich schon zu dunkel.

Bäm!

Der Rückschlag brachte ihn fast aus dem Gleichgewicht.

Noch einen Versuch, bevor es zu spät war.

Bäm!

Scheiße, wieder kein Treffer! Er hörte laute Stimmen von einem Schiff, das er eben noch zwischen den Schleusentoren gesichtet hatte. Dann auf einmal war sehr viel Licht. In der abendlichen Stille klangen die Stimmen beinahe, als würden die Männer hier direkt neben ihm am Ufer stehen. Er war gerade am breiten Poller in Deckung gegangen, als das Polizeischiff gegenüber am Anleger der Wasserschutzpolizei festmachte. Die Unruhe an Bord war jetzt auch zu sehen.

I

Tag 1, abends

Agatha hatte das portugiesische Restaurant von Victors Eltern fluchtartig verlassen, nachdem Hans sie angerufen hatte. Ihr gelbes Rennrad stand an einen Laternenpfahl gelehnt am Alten Hafen neben der Eingangstür zur Wasserschutzpolizei, nur wenige Meter vom Restaurant entfernt.

Sie spürte den Nieselregen, der sich wie ein zartes Tuch auf ihr Gesicht legte, und sie fuhr, so schnell sie konnte, trotz der eingeschränkten Sicht in der Dunkelheit, in der jeweils nur der kleine Ausschnitt der Straße gut zu erkennen war, den ihr Fahrradlicht erfasste.

»Lass ihn am Leben sein. Bitte, bitte lass nichts Schlimmes passiert sein …« Agatha Christensen trat in die Pedale, so schnell sie konnte. Ihre Oberschenkel fingen an zu brennen. Sie fuhr an der Fischbörse vorbei, bog rechts in die Neufelder Straße, dann die leicht kurvige Strecke am Havenhostel und Jobcenter vorbei und wieder rechts in die Konrad-Adenauer-Allee. Zu ihrem Glück war nicht mehr viel Verkehr auf den Straßen von Cuxhaven. Die Urlauber saßen in den Restaurants oder in der Ferienwohnung vor dem

Fernseher, und die Einheimischen waren an Wochentagen nach Feierabend eher zu Hause. Nur die, die arbeiten mussten, waren in der Stadt unterwegs, die Busfahrer, Gastronomen oder eben die Polizei.

Wenn sie nur nicht auf diesem freien Tag bestanden hätte. Mit Victor zusammen zu feiern war ihr wichtiger gewesen, als zu arbeiten, aber wer hätte denn auch so etwas ahnen können? Wenn sie an Bord des Schiffes der Wasserschutzpolizei gewesen wäre, dann hätte sie vielleicht den Schützen bemerkt und verhindern können, dass jemand verletzt wurde. Agatha wischte sich mit dem Ärmel den Schweiß und die Regentropfen von der Stirn, beugte sich tiefer über das Lenkrad, um noch ein bisschen schneller zu werden. Was nicht ganz ungefährlich war, denn durch den andauernden Nieselregen hatte sich auch ein feiner Feuchtigkeitsfilm auf dem Asphalt gebildet.

Auf Höhe der Theodor-Storm-Straße wurde ihr kurz ein bisschen übel, aber das konnte auch an den Gedanken liegen, die ihr unablässig durch den Kopf schwirrten. Der Anruf ihres Chefs hatte sie erreicht, als sie gerade mit Victor und dem Seenotretter Christian auf einen geklärten Mordfall anstoßen wollte. Hans hatte geweint am Telefon, als er von Ingmar erzählte, der gerade operiert wurde. Der war angeschossen worden, als die *Bürgermeister Weichmann* die Schleuse passiert hatte. Hans in einem solchen Zustand zu erleben, das war erschreckender als so manches, was sie während ihrer bisherigen Dienstzeit erlebt hatte. Der dienstälteste Wasserschutzpolizist war immer ein Fels in der Brandung für Agatha gewesen. Ihr Vater und Hans kannten sich fast ihr ganzes Leben, und so war ihr Chef schon ein Teil ihres Lebens gewesen, lange bevor die Entscheidung für die Wasserschutzpolizei gefallen war. Hans hatte im Laufe seiner Karriere vieles erlebt, aber dass

Kollegen angeschossen wurden, das war während seiner ganzen Dienstzeit nicht passiert.

Ausgerechnet auf Ingmar war geschossen worden, auf den stillsten und freundlichsten und hilfsbereitesten Kollegen. Der immer eine Kleinigkeit extra für Agatha vorbereitete, wenn er mit dem Kochen auf dem Schiff dran war. Der mit seinen rotblonden Locken und dem Vollbart aussah wie die Wiedergeburt eines Wikingers. Ingmar, dem es gelang, mit einer Büroklammer und einem Gummiband einen toten Motor wieder zum Leben zu erwecken. Und nun war dieser Ingmar angeschossen worden, und vielleicht … Nein, nein, nein, Agatha verbot es sich, den Gedanken weiterzuspinnen.

Die rote Ampel ignorierte sie, vergewisserte sich aber, dass sie allein auf der Straße war, bevor sie von der Altenwalder Chaussee rechts in die Zufahrt zur Helios-Klinik abbog.

Sie fröstelte bei der Erinnerung daran, dass Hans einfach mitten im Satz aufgelegt hatte. Als er die Kontrolle über seine Emotionen verlor.

Victor, der seiner Mutter an diesem Abend an der Bar des Lokals aushalf und gerade dabei war, ein Bier zu zapfen, hatte Agatha sofort angesehen, dass etwas Schlimmes passiert sein musste, und ihr einen Schnaps gereicht. Den sie stehen ließ. Stattdessen war sie vom Barhocker gesprungen und hatte sich ihren Parka gegriffen. Und Christian hatte nach ihrer Hand gegriffen, um sie aufzuhalten. Sie hatte den beiden Männern etwas von einer privaten Sache erzählt, um die sie sich leider sofort kümmern müsse. Sie wollte erst einmal allein herausfinden, was genau passiert war. Victor als Kripokollege würde früh genug von der Schießerei erfahren.

Draußen vor dem Lokal, gleich rechts vom Eingang, befand sich der Liegeplatz der *WS 1*. Es war beängstigend still. Das Licht an Bord verriet, dass mindestens einer der Kollegen noch an Bord war. Es würde nicht mehr lange dauern, dann würden Kollegen der Kripo hier auftauchen, die Spurensicherung, und wahrscheinlich wäre Victor ziemlich sauer auf sie, wenn er erfahren würde, warum sie tatsächlich so plötzlich verschwunden war.

Endlich war die grüne Leuchtschrift der Helios-Klinik zu sehen. Agatha fuhr die letzten Meter stehend, nahm die kreisrunde Einfahrt mit etwas zu viel Schwung, bremste mit dem Fuß ab, um einen Sturz zu verhindern, und schrie auf, als eines der Pedale ihr in den Unterschenkel schlug.

»Geschieht mir recht«, murmelte sie. Agatha fühlte sich schuldig. Wenn Ingmar nicht ihren Dienst übernommen hätte, dann wäre vielleicht sie diejenige, die jetzt auf dem Operationstisch läge.

Wieso überhaupt schoss jemand auf einen Wasserschutzpolizisten?

2

Abends, dunkel

In den ersten sechs Monaten seines Lebens war sein Herrchen für Vinnie das Maß aller Dinge gewesen. Kapitän Dirk Christensen zeigte dem Welpen, wo er schlafen sollte, wo sein Futternapf stand, der regelmäßig morgens und abends neu befüllt wurde, und welche Gassirunde morgens, mittags, nachmittags und abends eingeschlagen wurde. Sechs Monate lang ging Agathas Vater mit Vinnie spazieren, dann kehrte sich ihr Verhältnis um.

Noch immer gingen die beiden viermal am Tag nach draußen, aber nun bestimmte der Hund, welcher Weg eingeschlagen, wo gestoppt wurde und welche Menschen, die sich auf der Straße näherten, begrüßt oder ignoriert werden sollten. Die ersten Tage waren für Dirk Christensen irritierend, er hatte mit Vinnie zwar keine Hundeschule besucht, wusste aber, dass das Machtverhältnis eindeutig geklärt sein musste. Das Herrchen war der Chef. In der nun neu definierten Beziehung verhielt es sich aber genau umgekehrt. Vinnie machte durch ein penetrantes Folgen in der Wohnung Dirk darauf aufmerksam, dass der Napf zu befüllen war, und er kündigte durch ein kurzes, aber intensives Bellen an, wenn eine Hunderunde anstand. Vor der Haustür entschied sich Vinnie dann, offenbar je nach Lust und Laune, welche Strecke es sein sollte. Um den Block, auf die Hundewiese oder an den Hafen. Der Hund ging voran, sein Herrchen folgte. Manchmal intervenierte Dirk, wenn er sich zum Beispiel gerne ein einlaufendes Schiff im Hafen ansehen wollte, aber Vinnie hatte meist schon andere Pläne und blieb in der Regel kompromisslos. Anfangs hatte Dirk darüber nachgedacht, Widerstand zu leisten, aber eigentlich gefiel ihm die Rollenverteilung ganz gut. Vinnie führte ihn morgens wie abends, bei Wind und Wetter, durch die Straßen rund um den Seedeich, wo Dirk in der Wohnung direkt neben seiner Tochter Agatha wohnte, und landete meist nach einer halben Stunde wieder vor der Eingangstür des Hochhauses.

Alle, wirklich alle, die Dirk kannten, hatten ihm gesagt, er müsse dem Hund zeigen, wer der Herr im Hause war. Hierarchie klären war wichtig! Auf Dirks Frage nach dem Warum konnte ihm aber niemand eine zufriedenstellende Antwort geben. Im Grunde war es Dirk egal, wer die Hosen anhatte. Oder das Fell.

Erfreulicherweise hatte sich auch seine Sorge in Luft aufgelöst, dass Vinnie möglicherweise nicht seefest sein könnte. Dirk hatte ihn bereits als ganz kleinen Welpen mit an Bord der *MS Helgoland* genommen, auf der er als Kapitän mehrmals die Woche von Cuxhaven zur Insel Helgoland und zurück fuhr. Von seiner Wohnung am Seedeich bis zum Liegeplatz der *MS Helgoland* waren es keine vierhundert Meter, deshalb zog er bereits zu Hause seine Kapitänsuniform an – einen blauen Anzug, ein weißes Hemd und eine blau gestreifte Krawatte mit dem Emblem der Reederei. Und bald schon war es so, dass Vinnie, sobald Dirk die Uniform anzog, automatisch den Weg wählte, der zum Hafen und zur *MS Helgoland* führte.

Insofern war die heutige spätabendliche Gassirunde etwas Besonderes, denn Dirk hatte Jette versprochen, sie von ihrer Chorprobe abzuholen, um dann bei ihm zu Hause gemeinsam eine Flasche Wein zu trinken. Er hatte ein bisschen mehr aufgeräumt als sonst und auch das Bett frisch bezogen. Jette und er kannten sich schon eine ganze Weile. Ebenso wie die Bäckereiinhaberin war auch Dirk in Cuxhaven aufgewachsen. Jettes Mann war an einem Herzinfarkt gestorben, eines Morgens in der Backstube einfach umgefallen. Dirks Frau Insa, Agathas Mutter, war bei einem Verkehrsunfall ums Leben gekommen, als Agatha zehn Jahre alt gewesen war. In den vergangenen Wochen waren sich die beiden verwitweten Cuxhavener nähergekommen. Agatha machte sich gern darüber lustig, dass Dirk auf seine alten Tage noch mal Schmetterlinge im Bauch flattern spürte, wenn er sich mit Jette verabredete. Aber ihm gefiel das. Ihm gefiel das sogar sehr. Es war egal, ob sie zusammen in Jettes Bäckerei saßen, bei einem Stück Sahnetorte, und über das Leben philosophierten, oder im Kurpark lustige Fotos an der Skulptur »Gans und Ganter« schossen. Mit Jette machte ihm alles Spaß. Auch das Spazierengehen, aber da war sein Hund offenbar nicht ganz der gleichen Meinung. Denn Vinnie drückte nun seinen Widerwillen durch lang anhaltende Schnüffelpausen oder ruckartiges Ziehen an der Leine aus. Er lief zwar die meiste Zeit ohne Leine, aber am Gemeinschaftshaus der Kirche, in der der Chor einmal die Woche probte, war eine unübersichtliche Straßenlage, keine Kreuzung, aber spitz zulaufende Straßen, aus denen mitunter, gerade zu später Stunde, ein Auto angerast kommen konnte. Dirk wollte nicht riskieren, dass Vinnie plötzlich über die Straße lief, weil dort etwas oder jemand seine Aufmerksamkeit erregte.

»Hallo, Jette«, rief Dirk schon von Weitem und erntete ein lotsenähnliches Winken von Jette, die bereits vor der großen Holztür des Gemeindezentrums stand und wartete. Dann entdeckte Vinnie die Bäckerin, und die Leine, die ihn und Dirk miteinander verband, spannte sich. Vinnie zog energisch, wie ein Kraftsportler, der einen Truck hinter sich herzog. Dirk stolperte hinterher, bis der Hund schließlich Jette erreicht hatte und sie überschwänglich begrüßte, indem er wahlweise seine rechte oder linke Flanke gegen ihre Beine drückte.

»Is ja gut, mein Schieter«, versuchte sie den Hund zu beruhigen und strich ihm über den Rücken – was seine Wirkung nicht verfehlte. Der Hund mochte Jette, was als Auszeichnung zu verstehen war, denn er schenkte seine Zuneigung nur ausgewählten Personen. Nach welchen Kriterien das geschah, war Dirk bislang verborgen geblieben. Auf der Brücke der *MS Helgoland* lag der Hund jedenfalls stets ruhig, fast schon gleichgültig in seinem Körbchen und hob lediglich kurz den Kopf, wenn jemand vorbeikam.

Dirk war im Gegensatz zu Vinnie unschlüssig, wie er Jette begrüßen sollte. Ein Händedruck? Eine Umarmung? Vielleicht sogar ein Küsschen, auf die Wange oder sogar auf den Mund?

Doch die Entscheidung wurde ihm abgenommen, als Jette sich bei ihm einhakte. »Müssen wir noch zur Tanke und einen Wein besorgen?«, fragte sie.

»Nicht nötig. Hab schon alles zu Hause.«

»Alles? Was meinst du denn damit?«, fragte Jette.

Dirk zwinkerte ihr zu. »Überraschung.«

3

Später Abend

Agatha lehnte ihr Fahrrad, gegen jede Gewohnheit nicht angeschlossen, an einen der Fahrradbügel vor dem Krankenhaus und rannte auf den Eingang zu. Die elektronische Tür öffnete sich ihrer Meinung nach viel zu langsam, und sie war versucht, mit den Händen nachzuhelfen, besann sich aber eines Besseren.

Im Inneren des Gebäudes war es ebenso still wie auf den Straßen draußen. Auf einem der Plastikstühle im hinteren Bereich der Rezeption saß eine junge Frau und las in einem Buch, schaute kurz auf, als Agatha hereinstürmte, konzentrierte sich dann aber wieder auf ihre Lektüre. Es roch nach Putzmittel und Angstschweiß, fand Agatha, die jetzt auch die Feuchtigkeit in ihren Klamotten spürte.

Der ältere Mann, der an der Rezeption saß, tippte bedächtig etwas in die Tastatur eines Computers, schaute immer wieder auf einen Zettel, der auf dem Schreibtisch lag, und schien mit den Gedanken ganz weit weg zu sein. Er trug ein weißes Kurzarmhemd, bis zum Kragen zugeknöpft. Sein dunkler Haarkranz war offensichtlich lange nicht geschnitten worden, die Spitzen reichten fast bis zum Kragen. Agatha beschloss, ihre Manieren für einige Sekunden zu vergessen, als der Mann nicht einmal von seiner Tätigkeit aufschaute, und schlug mit der flachen Hand gegen das Glasfenster. »Hey, hallo! Wo liegt bitte Ingmar Ulvaeus?«

Der Angesprochene zuckte zusammen, sah kurz auf, schien aber auch für einen emotionalen Notfall keine Ausnahmen zu machen. »Momentchen«, sagte er, lächelte und bearbeitete weiter die Tastatur. Das Tippen schien nicht zu seinen Kernkompetenzen zu gehören, zumindest konzentrierte er sich sehr lange, bevor er mit dem rechten oder linken Zeigefinger einen Buchstaben auswählte.

Agatha setzte alles auf eine Karte. Nämlich ihren Dienstausweis. »Polizei! Wo liegt Ingmar Ulvaeus?«

Der Mann machte ein Geräusch, das an ein Stöhnen erinnerte, nahm seine Brille, die an einem violetten Band befestigt auf seiner Brust ruhte, in beide Hände, schob sie auf die Nase und beugte seinen Oberkörper in Richtung Agatha und der Plastikkarte.

»Wasserschutzpolizei«, sagte er betont langsam. Wertschätzung klang auf jeden Fall anders.

»Stimmt. Wusste ich aber schon«, erwiderte Agatha. Und dann, mit einem bemüht bedrohlichen Unterton, sprach sie jedes folgende Wort einzeln aus.

»Wo. Liegt. Mein. Kollege?« Sie stellte sich sehr dicht an die Scheibe und zischte. »Ich würde ihn gerne noch lebend sehen. Das kann ja wohl nicht so ein Problem sein, da einmal in Ihrem Computer nachzuschauen, wo Menschen mit Schussverletzungen behandelt werden, oder kommen Sie mir jetzt noch mit Formularen, die ich in dreifacher Ausfertigung ausfüllen muss?«

Der Mann war kein Unmensch. Er schob mit dem Mittelfinger die Brille weiter auf die Nase und sah in seinen Computer. »Ihr Kollege, der Herr Ulvaeus, ist noch im OP. Wenn er da rauskommt, dann wird er auf die Station 1B, das ist die Intensivstation, verlegt.

Erstes OG im Neubau.« Er deutete Richtung Eingang und wurde plötzlich regelrecht geschwätzig. »Da raus, dann in den Neubau nebenan, erster Stock, ist alarmgesichert, Sie müssen da an der Stationstür links klingeln, dann macht man Ihnen auf. Ihre Kollegen sind schon da.«

»Meine Kollegen sind schon da?«

Der Mann lächelte. »Mir ist so, als hätte ich das gerade schon erwähnt.«

Agatha steckte ihren Ausweis wieder ein. »Warum haben Sie auf Ihren Bildschirm geschaut, um mir die Auskunft zu geben? Sie wussten doch offenbar ganz genau, wo Ingmar Ulvaeus ist.«

Wütend schlug Agatha noch einmal gegen die Trennscheibe der Rezeption und stapfte dann in die angegebene Richtung.

Es roch nach einem scharfen Reinigungsmittel und irgendwie säuerlich. Agatha war froh über ihre gute Kondition, rannte im Neubau die Treppen hoch bis in das erste Stockwerk und fand sofort die Klingel neben der Tür. Aber noch bevor sie auf den Knopf drücken konnte, wurde die Glastür von einem Pfleger geöffnet, der einen leeren Rollstuhl schob. »Moin! Kann ich Ihnen helfen?«, fragte er.

Agatha zückte noch einmal ihren Dienstausweis. »Agatha Christensen, Wasserschutzpolizei Cuxhaven. Ich …« Weiter kam sie nicht. Der Pfleger nickte und drückte die Tür mit seinem Hintern zur Seite. »Na, dann gehen Sie mal durch, Ihre Kollegen sind auch schon da.« Er machte eine Kopfbewegung in Richtung des Gangs. »Aber Hände desinfizieren«, ermahnte er sie und deutete auf einen Spender mit Desinfektionsmittel, bevor er Agatha an sich vorbeiließ, um dann den Rollstuhl auf den Gang hinauszuschieben und die Glastür hinter sich zufallen zu lassen.

Agatha pumpte sich die desinfizierende Flüssigkeit aus dem

Spender auf die Handflächen und verrieb sie wie beim Händewaschen, während sie den Gang entlanglief. Beinahe wäre sie, als sie um eine Ecke bog, mit ihrem Chef Hans Itjen zusammengestoßen. Hinter ihm, auf einem der Stühle, die für die Angehörigen an der Wand des breiten Flurs der Intensivstation aufgestellt worden waren, saß Enak von Eitzen. Joshua Kwesi hatte sich gegen die Wand gelehnt, die Arme vor der Brust verschränkt. Wie angespannt er war, verrieten nur die ständigen Bewegungen seiner Kiefermuskulatur. Alle Kollegen nickten ihr zu. Gesichtsausdrücke zwischen Trauer, Schock und Wut.

»Wie geht es ihm? Wie schlimm ist es?«, fragte Agatha ihre Kollegen.

»Er ist noch im OP.« Hans deutete auf einen freien Stuhl. »Willst du dich nicht setzen?«

Joshua nahm seinen Rucksack von dem Stuhl neben sich. Er hatte seine marineblaue Uniformjacke über die Schulter gehängt, auf seinem weißen Hemd waren erschreckend große Blutflecken zu sehen.

Agatha spürte, wie ihr die Knie weich wurden. Hans packte ihren Arm und schob sie in Richtung des Stuhls.

»Sie operieren immer noch«, erklärte Enak. »Seit einer gefühlten Ewigkeit.«

»Aber wie … wie … stehen seine Chancen?«

Hans schüttelte den Kopf. »Dazu konnten sie noch nichts sagen.«

Enak räusperte sich. Joshua schaute angestrengt auf den Laminatboden.

»Lügt ihr mich an?« Agathas Blick wechselte zwischen Enak und Hans, beide erwiderten ihn nicht.

»Ich will wissen, was los ist, verdammt.«

»Mensch, du kannst hier doch nicht so rumschreien, Agatha. Das ist eine Intensivstation«, ermahnte Hans sie streng.

»Ja, das weiß ich. Und deshalb lügt ihr mich gerade intensiv an, oder was?« Sie stand wieder auf und ging einen Schritt auf Hans zu. »Also, was genau haben die Ärzte gesagt?«

Hans holte tief Luft. »Der Arzt, den wir gesprochen haben, hat wirklich nichts gesagt. Nur, dass Ingmar sehr viel Blut verloren hat. Die Kugel ist unterhalb seiner Hüfte eingetreten und hat die Oberschenkelarterie verletzt. Daher der hohe Blutverlust. Und was das heißen kann, weißt du doch, oder?«

Agatha nickte.

Sie erinnerte sich: Bis zu sechs Liter Blut hat jeder erwachsene Mensch, dreißig Prozent Blutverlust konnte ein menschlicher Körper ohne Probleme verkraften, ab vierzig Prozent sackt der Kreislauf ab, die Herzkammern werden nicht mehr mit Blut versorgt, und es muss sofort eine Transfusion erfolgen, sonst droht ein Organversagen, Herz, Kreislauf, Gehirn.

Agatha ließ sich wieder auf den Stuhl sinken und versuchte, die Blutflecken auf Joshuas Hemd zu ignorieren. Der legte ihr einen Arm um die Schultern. »Ingmar ist tough, der schafft das schon«, erklärte er, klang aber wenig überzeugend.

»Hört mal zu, Leute«, sagte Hans und blickte in die Runde. »Noch ist Ingmar nicht … Ingmar lebt, und er ist ein zäher Bursche, da hat Joshua recht.« Er versuchte ein Lachen, das mehr nach einem Seufzen klang. »Wisst ihr noch, wie Ingmar im Maschinenraum auf einem Ölfilm ausgerutscht ist, und dann von einem Kolben des Diesels einen Kinnhaken bekommen hat? Wie von Muhammad Ali, ich hab's gesehen, war dabei. Das Geräusch dazu werde ich nie wieder vergessen. Aber unser Kollege Ingmar ist aufgestanden, hat sich einmal geschüttelt, und dann weiter an der Maschine gearbeitet. Das hat ihn kein bisschen irritiert. So einer ist er, der Ingmar.«

Hans schluckte, hustete, fuhr sich über die Augen, als wollte er einen Fussel entfernen.

Joshua schluchzte kurz und wischte sich die Tränen mit dem Ärmel aus dem Gesicht.

»Wie ist das denn eigentlich passiert?«, fragte Agatha und sah in die Runde. »Also, was war los auf dem Schiff, und woher kamen die Schüsse? Habt ihr jemanden gesehen oder gehört?«

»Wir hatten die Schleuse gerade passiert«, sagte Hans. »Ich stand auf der Brücke, Enak und Joshua waren mit Ingmar an Deck. Es war eine ganz gewöhnliche Spätschicht, wir waren draußen, weil es so mild war und die Luft so toll, trotz des leichten Nieselns.«

»Wir haben Witze gemacht, darüber, dass man es als Wasserschutzpolizei in der Karibik auch nicht viel besser treffen könnte. Im September noch diese Temperaturen«, berichtete Enak. »Es ging dann alles sehr schnell. Ingmar stand eben noch am Bug, und im nächsten Moment kam er auf mich zugewankt. Er hat seine Hand auf die Wunde gedrückt, aber er hat geblutet wie Sau. Ich hab das zuerst gar nicht verstanden, hab gedacht, er macht Witze und das ist gar kein Blut, aber er war ganz weiß im Gesicht und dann dieser wankende Gang, die Angst in seinen Augen.«

Bevor Enak noch ausführlicher werden konnte, unterbrach Joshua ihn. »Ich hab das auch gesehen, wie Ingmar da rumgelaufen ist, und hab sein Stöhnen gehört. Ich bin zu ihm gerannt und hab einen Druckverband angelegt, um die Blutung zu stoppen. Hans hatte da bereits die Situation erfasst und ganz schnell den Krankenwagen gerufen. Die Sanis und der Notarzt waren in Lichtgeschwindigkeit am Hafen, haben Ingmar einsackt, und ich bin im Krankenwagen mitgefahren.«

»Aber ich verstehe das alles nicht. Wieso denn Ingmar? Und

von wo kam der Schuss, habt ihr nichts gesehen oder gehört? Da ist doch kaum was los abends um die Zeit. Jemand, der da rumsteht und auf Polizisten ballert, der fällt doch auf.«

»Der Schiffsdiesel ist zu laut, wenn du an Deck stehst, das weißt du doch. Da hörst du keinen Schuss, der vielleicht fünfzig Meter weiter abgegeben wurde«, sagte Enak. »Außerdem sind wir natürlich sofort in Deckung gegangen. Wir wussten ja nicht, ob der Schütze weiter rumballert. Und es dämmerte ja schon. Da sieht ein Poller aus wie ein großer Hund, und ein Haufen Seile erinnert in diesem Licht schon mal an ein Seeungeheuer.«

Agatha wusste aus eigener Erfahrung, dass Enak recht hatte.

Das Hafenbecken war vielleicht dreißig Meter breit zwischen dem Teil am Meinkenkai, an dem der Anleger der Wasserschutzpolizei lag, und dem gegenüberliegenden Ufer am Nordseekai. Auf beiden Seiten gab es Gebäude, die am Abend wie ausgestorben wirkten. Die Eingänge zu Fischgeschäften und Andenkenläden befanden sich auf der jeweils anderen Seite der Gebäude, an der Kapitän-Alexander- und Präsident-Herwig-Straße. An der Wasserseite drehte vielleicht an so einem Herbstabend ein Gast aus dem Hotel am Ende des Hafenbeckens noch eine kleine Runde, um Luft zu schnappen, aber sonst war es um diese Uhrzeit dort menschenleer.

Die Kollegen schwiegen eine Weile, bis Agatha wieder das Wort ergriff. »Und ihr habt keine Ahnung, wer das gewesen sein könnte? Oder warum? Gibt es jemanden, der einen Grund hätte, ausgerechnet Ingmar auszuschalten? Wisst ihr irgendwas? Hat Ingmar in den letzten Tagen was erzählt? Hat er sich bedroht gefühlt?«

Wieder Schulterzucken und Kopfschütteln.

In Agathas Hirn begann es zu rattern. Ausgerechnet Ingmar als Ziel eines Schützen? Der liebe, nette Ingmar, der die beste Lasagne weit und breit machte und nie ein böses Wort über einen anderen Menschen verlor? Dieser Ingmar sollte bei irgendwem auf der Todesliste stehen?

Oder ging es gar nicht um Ingmar, und es war alles ein blödes Versehen? Wäre sie womöglich selbst das Opfer dieses Anschlags geworden, wenn der liebenswürdige und hilfsbereite Ingmar nicht so bereitwillig ihren Dienst übernommen hätte?

Agatha hörte den gleichmäßigen Atem von Joshua neben sich, lauschte auf die leisen Schritte von Hans, der wieder begonnen hatte, auf und ab zu gehen, und auf das Schniefen, das ab und zu von einem der Kollegen kam.

Ingmar würde es schaffen. Er musste es einfach schaffen.

4

Noch etwas später

Victor Carvalho stand am Tresen des *Bello Mundo*, des portugiesischen Restaurants seiner Eltern, und polierte Gläser. Immer wieder wanderten seine Gedanken zu Agatha, die vor wenigen Minuten recht überstürzt das Restaurant verlassen hatte. Ihm war nicht klar, was sie plötzlich so dringend privat erledigen musste, aber es schien wichtig gewesen zu sein. Und schlimm.

Eigentlich war der Plan für heute Abend gewesen, einen aufgeklärten Mord zu feiern. Agatha, die als Wasserschutzpolizistin eigentlich nichts mit Kriminalfällen zu tun hatte, war irgendwie in seinen Arbeitsbereich gerutscht, als es einen Fall um einen ermordeten Mediator aufzuklären galt. Nicht von ungefähr, denn der Tote war seiner Kollegin von der Enten-Polizei, wie die Wapo gerne spöttisch genannt wurde, wortwörtlich vor den Bug gespült worden.

Ein Vibrieren in der Gesäßtasche unterbrach sein Grübeln. Er stellte das Glas ab, warf sich das Poliertuch über die Schulter und erkannte auf dem Display des Handys den Namen seines Chefs.

»Lars? Ich hab jetzt Feierabend. Also falls du nicht aus privaten Gründen anrufst, dann bist du falsch bei mir.«

»Ist nicht privat. Und du bist jetzt wieder im Dienst.«

Lars Pullmann, Chef der Cuxhavener Kripo und sein direkter Vorgesetzter, war kein einfacher Mensch. Mitunter schwer zu durchschauen, oftmals ungerecht gegenüber den Kolleginnen, vertraute selten einem anderen Menschen und hielt sich selbst für einen sehr, sehr guten Ermittler. Die Aufklärungsquote gab ihm zwar recht, allerdings wusste Victor, dass Lars auch gern mal eher unkonventionell ermittelte, abseits der Pfade und Routinen, die an den Polizeihochschulen gelehrt wurden. Mitunter auch an der Grenze zum Illegalen. Und manchmal darüber hinaus. Im Laufe der Recherchen im Fall rund um die ehemalige Cuxhavener Oberbürgermeisterin Helene Hollstein hatte Lars sich außerdem mit einer Zeugin eingelassen und Interna ausgequatscht. Das hätte beinahe die gesamten Ermittlungen zum Scheitern gebracht, aber am Ende hatten sie dann doch die Morde aufklären können.

»Bist du noch im Lokal deiner Eltern?«, kam Lars wie immer gleich zur Sache.

»Ja?«

»Dann geh mal raus.«

»Und was soll ich da?«

»Die Anlegestelle der Wasserschutzpolizei ist doch direkt vor eurer Tür. Ein Kollege ist auf der *Bürgermeister Weichmann* angeschossen worden.«

»Ein Wapo-Kollege? Angeschossen? Wer denn?«

»Ingmar Ulvaeus, der Bruder von unserem Kollegen Bertil. Du kennst ihn doch, oder?«, fragte Lars.

»Ja, klar kenne ich ihn«, erwiderte Victor irritiert.

»Es ist offenbar noch nicht sicher, ob er überlebt. Meine letzte Info ist, dass er noch operiert wird. Helios-Klinik. Die Wapo-Kollegen, die mit ihm an Bord waren, sind wohl inzwischen alle im Krankenhaus.«

Jetzt wurde Victor auch klar, wieso Agatha so hektisch aufgebrochen war.

»Bertil ist ebenfalls auf dem Weg zu seinem Bruder ins Krankenhaus. Ich möchte, dass du auch dorthin fährst und mit den Wapo-Kollegen sprichst, die dort sind. Ist immer am besten, möglichst schnell nach so einem Angriff alles abzufragen, was die möglicherweise gesehen oder gehört haben. Natürlich musst du auch mit Ingmar reden, falls er bei Bewusstsein ist. Die Spurensicherung müsste schon bei der Arbeit am Hafen sein. Gesche und Antonella schicke ich zum Tatort. Ihr könnt euch dann ja später austauschen, wenn du im Krankenhaus die Informationen gesammelt hast.«

Victor nickte. »Okay, ich mache mich gleich auf den Weg.«

5

Fast Mitternacht

Der Wind hatte deutlich aufgefrischt und trieb Dirk und Jette mit jeder Böe von vorne eine Salve Sprühregen ins Gesicht.

Vinnie war das Wetter egal und auch die Dunkelheit. Der mittelgroße Mischling war ein echter Bootshund, nahm Wellen, Regen und Sonnenschein, wie es gerade kam. Hauptsache, sein Herrchen war in der Nähe und es gab pünktlich zu fressen.

Dirk und Jette stiegen den Deich an der Grimmershörnbucht hoch und spazierten auf der anderen Seite wieder hinunter, zum Fußweg neben der Cassen-Eils-Straße, die nach dem Firmengründer der dort ansässigen Reederei benannt worden war. Der Deich verlief nun rechts von ihnen in beinahe gerader Linie. Im Halbdunkel würde man die Menschen, die vereinzelt oben auf dem Grashügel entlanggingen, nur als Schatten wahrnehmen. Wenn überhaupt jemand unterwegs war, dann hatte er oder sie es eilig, bei diesem Wetter schnell nach Hause zu kommen. Oder wo immer sie hinwollten. Nur Dirk und Jette genossen den Spaziergang. Ebenso wie sein Hund war Kapitän Christensen äußerst wetterfest.

Er liebte Cuxhaven und das Meer bei jeder Witterung und konnte auch dem Regen etwas abgewinnen.

»Arbeiten, wo andere Urlaub machen«, sagte Jette und sog die Nordseeluft ein. Dirk freute sich ein bisschen, dass die Frau an seiner Seite offenbar ähnlich empfand wie er.

»So sieht das aus«, stimmte er ihr zu. »Und wenn ich drüber nachdenke, irgendwie ist es für mich gar keine Arbeit. Also mein Job als Kapitän auf der *Helgoland*, meine ich.«

»So? Und was ist es dann für dich? Ein Hobby? Ich dachte, du verdienst dein Geld damit. Und so was wie einen Dienstplan gibt es ja wohl auch, klingt aber schon wie Arbeit.«

»Ja, das stimmt schon alles, aber es fühlt sich für mich einfach nicht nach Arbeit an. Auch nach all den Jahren auf See fahre ich immer noch gerne raus. Es ist eben so ein Gefühl, wie soll ich das beschreiben?«

»Versuch's«, forderte Jette ihn auf.

Sie hatten inzwischen die große Grünfläche an der *Alten Liebe* erreicht. Dirk beugte sich zu Vinnie herunter, tätschelte ihm die Flanke und löste die Leine vom Halsband. Der Hund stob davon, die Ohren flatterten wie kleine Segel. Er rannte und rannte, bevor die Dunkelheit ihn beinahe verschluckte. Dirk schaute seinem Hund einen Moment lang nach. Er wusste, Vinnie würde gleich wieder umdrehen, um sich zu vergewissern, dass seine Begleitung noch da war.

»Also, klar ist, ich habe da natürlich viel Verantwortung, für das Schiff, für die Crew und für die Passagiere. Wenn ich einen Fehler mache und wir auf Grund laufen oder mit einem anderen Schiff kollidieren, dann kann das übel ausgehen.« Dirk schüttelte sich. »Will ich gar nicht dran denken. So ein Hobby sucht man sich ja eher nicht aus.«

Jette machte einen kleinen Hüpfer, um ihre Schritte an die von

Dirk anzupassen. Im Gleichschritt gingen sie danach weiter in die Richtung, in der Vinnies Umrisse auszumachen waren. Dirk fragte sich, ob es wohl zu gewagt war, nach Jettes Hand zu greifen, die seine immer wieder streifte.

»Berufung klingt 'n büschen hochtrabend, aber das trifft es wohl am besten. Weil ich mir nicht vorstellen kann, was anderes zu machen. Oder besser gesagt: weil ich genau das mache, was ich immer machen wollte. Tag für Tag auf dem Wasser sein und ein Schiff steuern. Ich kann meine Nase in den Seewind halten. Und auch wenn ich die Strecke kenne wie meine Westentasche, ist es doch jeden Tag ein bisschen anders. Die Wolken sind nie gleich, das Meer auch nicht, und dann kommt der Wind dazu, der ganz schön unberechenbar sein kann auf dem Weg nach Helgoland.«

Dirk blieb stehen, um seinen Hund zu beobachten. Vinnie hatte einige Meter voraus einen Spielkameraden gefunden, einen winzigen Rauhaardackel, dessen Frauchen oder Herrchen in der Dunkelheit nicht zu sehen war. Die beiden Hunde kreisten kurz umeinander, wie Rüden das gerne mal tun, um dann in einem Affentempo nebeneinander herzujagen.

»Wie ist das denn bei dir, Jette? Wolltest du immer schon die Bäckerei deiner Eltern übernehmen, oder hattest du als Jugendliche andere Träume?«

»Ach ja, diese Sache mit den Träumen. Die werden ja irgendwann plattgemacht, wenn man Geld verdienen muss. Ich bin nie gefragt worden, ob ich vielleicht etwas anderes mit meinem Leben anfangen will. Für meinen Vater stand immer fest, dass ich den Laden übernehme, und für mich als Mädchen war das schon was Besonderes. Eigentlich haben ja zu unserer Zeit nur die Söhne die Geschäfte ihrer Väter übernommen. So gesehen, war mein Papa schon ziemlich modern eingestellt. Als ich meine Lehre zur Konditorin gemacht habe, bin ich bei der ersten Bäckerei als Azubi abgelehnt worden, weil die keine Damentoiletten hatten. Kaum zu glauben, oder? War bei mir auf jeden Fall keine Berufung, dazu muss ich einfach jeden Morgen viel zu früh hoch. Das macht keinen Spaß. Ich hab immer noch das Gefühl, dass ich was verpasse, wenn andere abends weggehen und ich ins Bett muss. Inzwischen ist das nicht mehr so schlimm, aber früher fand ich das schrecklich. Andererseits gibt es auch niemanden, der mir sagt, was ich zu tun habe, denn ich bin ja meine eigene Chefin. Und ich kriege natürlich alles mit, was in der Stadt so los ist, weil so viele Leute bei mir Kaffee trinken und Brötchen kaufen und dabei miteinander reden.«

»Spricht das für oder gegen deinen Job?«

»Eindeutig dafür«, antwortete Jette und lachte. »Ich glaube, ich weiß mehr als die Polizei und die Zeitungsleute darüber, was in Cuxhaven so passiert. Wenn ein Verbrechen geschieht, dann sollten die eigentlich immer erst mal zu mir kommen und Informationen einholen, dann würden sie die Täter sicher schneller einbuchten.«

Dirk erinnerte sich, dass Jette vor gar nicht allzu langer Zeit eine Leiche am Strand entdeckt hatte. Ein Fall, in dem auch seine Tochter ermittelt hatte. Es war bereits der zweite Tote in Cuxhaven innerhalb kurzer Zeit gewesen, und die Geschichte war durch alle Gazetten gegangen, als sich herausstellte, dass die Männer ermordet worden waren.

Sie waren am Ende der Grünfläche angekommen. Vinnie tobte, inzwischen bereits halb oben auf dem Deich, um den kleinen Dackel herum. Eine Frau in gelber Regenjacke stand neben den Hunden und hielt Ausschau, vermutlich nach dem Herrchen des Mischlings.

»Vinniiiiiiiiiie«, rief Dirk und stieß einen kurzen Pfiff aus. Jette schien überrascht, dass Vinnie auf den Ruf reagierte und sich sofort von seinem neuen Spielpartner trennen konnte.

»Der hört ja wirklich gut auf dich!«

»Ist halt nicht wie bei uns Menschen«, sagte Dirk. »Wenn ein Hund Hunger hat, dann ist ihm alles andere egal. Und Vinnie hat jetzt Hunger.« Er strich über den Kopf des hechelnden Tieres, das inzwischen bei ihnen angekommen war. »Nich, mein Lieber, du willst Fressen, oder?«

Dirk leinte den Hund wieder an.

Eine steife Brise zog, vom Meer kommend, über das Festland und zerrte an ihren Jacken. Der Regen wurde etwas stärker, beide zogen ihre Kapuzen auf den Kopf. Sie drehten bei und gingen zurück in Richtung Fährhafen. Dirk fragte sich, ob er es sich einbildete oder ob Jette jetzt wirklich viel näher neben ihm lief als auf dem Hinweg. Er spürte, wie sie hin und wieder ein Frösteln schüttelte. Und immer wieder berührten sich ihre Hände wie zufällig.

»Wenn der Wind nicht abflaut, können wir morgen nicht mit der Helgoland auslaufen. Der Wetterdienst hat Windstärke acht bis neun vorausgesagt. Wenn es wirklich so kommt, dann müssen wir im Hafen bleiben.«

»Ist das denn so gefährlich, bei Sturm auszulaufen? Ich dachte, dein Schiff hält so was aus.«

»Natürlich tut es das!« Dirk blieb einen Moment stehen, um Jette anzusehen. »Für ein Schiff wie die Helgoland ist so ein Sturm nicht gefährlich, aber es ist auch nicht ohne. Wir wollen ja nichts riskieren, und bei solchen Windstärken kommt die Hälfte der Passagiere in Helgoland mit grünen Gesichtern und leeren Mägen an. Das macht ja dann auch keinen Spaß.« Sie gingen weiter, und Jette hakte sich bei ihm ein.

Die beiden hatten inzwischen die Container am Fährhafen erreicht, die schemenhaft aus der Dunkelheit herausragten. Die großen rechteckigen Frachtblöcke aus grauem Metall der Firma *KRAFI* waren für die Verschiffung von Krabben nach Afrika vorgesehen, die dort von ihrer Schale befreit und tiefgefroren dann wieder nach Cuxhaven zurückgeschippert wurden. Ein kleiner Teil des Fangs nur, das meiste wurde inzwischen in Lastwagen über die Spanienroute transportiert.

Vinnie zog in Richtung eines Kühlcontainers, der vermutlich bereits beladen war.

»Was willst du denn da? Riecht das so gut?«, fragte Dirk. Vinnie zog mit aller Kraft an seiner Leine und stemmte bei jedem Schritt die Hinterbeine auf den Asphalt des Anlegers, um sich durchzusetzen.

Dirk versuchte es zunächst noch mit Überzeugungsarbeit. »Och, Vinnie, musst du ausgerechnet gegen den Container pinkeln? Es gibt hier doch so schöne Sträucher.« Aber der Fischgeruch war offenbar überzeugender, und schließlich gab Dirk seufzend nach, löste sich mit großem Bedauern und einem »Entschuldige bitte« von seiner Begleitung und folgte dem Hund.

Jette war stehen geblieben, sah ihnen hinterher und begann zu lachen.

Dirk konnte sich vorstellen, was er für ein jämmerliches Bild abgab: ein kräftiger Mann, der sich von einem mittelgroßen, sehr aufgeregten Hund ziehen ließ.

Als sie den Container erreichten, wollte Vinnie offenbar den Schließmechanismus der Metallbox erkunden.

Richtung Meer befand sich die Doppeltür, die in der Mitte teilbar war. Sie stand einen Spalt offen und klapperte im Wind. Dirk fragte sich, wer hier geschlampt hatte. Unverschlossen würde die Kühlung nicht funktionieren, und die Krabben wären im Nu verdorben.

Vinnie bewegte sich zielstrebig zur geöffneten Tür, steckte

seine Nase hindurch, um sie augenblicklich wieder zurückzuziehen und zu kläffen. Er setzte sich auf sein Hinterteil und bellte abwechselnd den Container und sein Herrchen an.

»Was ist denn los, mein Dicker? Warum machst du denn so einen Alarm?«

Dirk Christensen griff nach der Containertür, die immer wieder gegen den Rahmen schlug, und öffnete sie. Ein starker Geruch nach Meerwasser und Fisch schlug ihm entgegen. Aber da lag noch etwas anderes als dieses fischige Aroma in der Luft. Dirk gab seinen Augen Zeit, sich an das Halbdunkel zu gewöhnen, und schaute sich um.

Mit Fisch beladen war der Kühlcontainer jedenfalls nicht.

Er war leer.

Fast.

6

Geisterstunde

Das Taxi hielt vor dem Eingang des Krankenhauses. Victor bezahlte, ließ sich aber keine Quittung geben. Musste ja niemand mitbekommen, dass er vergessen hatte, den Dienstwagen aufzutanken.

Auf dem kleinen Parkplatz vor der Klinik waren zwei Frauen in Streit geraten. Victor bekam aus den hin- und hergeworfenen Sätzen über das Autodach hinweg mit, dass es um einen Mann ging, den die beiden offenbar gerade ins Krankenhaus gebracht hatten. Die eine wollte bei ihm bleiben, die andere war der Ansicht, man könne gerade sowieso nichts tun.

Victor ließ die beiden hinter sich und trat durch die automatische Eingangstür ins taghell beleuchtete Innere. Neonleuchten sorgten für das grelle Licht, das die Gesichter der Anwesenden unerbittlich in allen Details ausleuchtete. Die Falten unter den Augen eines Mannes in einem lindgrünen Frottee-Bademantel, der ihm entgegenkam, deuteten auf eine schlaflose Nacht hin. Vermutlich nicht die erste für den alten Herrn, der im Hinausgehen mit zittrigen Fingern eine Zigarette aus dem Päckchen fischte.

Gegenüber dem Eingang saß ein Mann in einem Glaskasten, dem eine Brille an einem Band um den Hals baumelte. Er musterte Victor mit düsterem Blick.

»Guten Abend«, versuchte es Victor höflich. »Können Sie mir sagen, wo Ingmar Ulvaeus liegt?«

»Ist das ein Prominenter, oder warum will jeder zu dem Herrn?«, fragte er in einem Tonfall wie Victors ehemaliger Sportlehrer an der Polizeischule, wenn jemand nur zwanzig Liegestütze schaffte.

»Einfach die Station sagen, das würde mir reichen.« Er zog seinen Dienstausweis aus der Tasche und hielt ihn vor die Scheibe.

»Intensivstation.«

»Und wie komme ich da hin?«

»Zu Fuß sollten Sie das schaffen, sind ja offenbar bei bester Gesundheit.« Der Rezeptionist hatte sein Lächeln wiedergefunden. »Geradeaus raus, dann links in den Neubau, erster Stock. Da sind schon ein paar mehr von Ihrer Truppe.«

»Danke.«

Der Mann im Glaskasten nickte und wandte sich dann dem Kreuzworträtsel neben seiner Computertastatur zu.

Während Victor einer Frau im gelben Bademantel mit einer Transfusion auf Rädern auswich, fragte er sich, wen Lars sonst noch herbeordert haben könnte. Und was all diese Leute hier auf den Gängen machten, statt um diese Zeit in ihren Betten zu liegen.

An der Intensivstation angekommen, klingelte er und schaute durch die Scheibe. Bevor die Wut darüber, dass Agatha ihm nichts über die Schießerei gesagt hatte, hochkochen konnte, öffnete eine Krankenschwester per Knopfdruck von innen die Automatiktür.

»Sie sind?«, fragte sie schroff.

Sie hatte eine blasse Haut, Ringe unter den Augen, das dünne Haar zu einem ungeordneten Knoten zusammengefasst und wahrscheinlich mindestens zehn Stunden Schicht in den Knochen. Eher mehr. Victor nahm ihr den schroffen Tonfall nicht übel.

»Victor Carvalho, Kriminalpolizei und zuständiger Ermittler bei dem Angriff auf Ihren Patienten Ingmar Ulvaeus.« Er zückte noch einmal seinen Ausweis, der nur eines müden Blickes gewürdigt wurde.

»Der Patient wird noch operiert. Ich kann Ihnen nicht sagen, ob Sie heute noch mit ihm sprechen können, da müssen Sie auf den Arzt warten. Um die Ecke stehen Stühle, da können Sie sich hinsetzen.« Sprach's und verschwand auf quietschenden Sohlen.

Als Victor sich die Hände desinfiziert hatte und um die Ecke bog, erkannte er lauter bekannte Gesichter: Hans Itjen, Chef der Wapo, stand mit dem Rücken zu ihm und redete auf Agatha ein. Joshua Kwesis Hemd hatte durchaus schon einmal bessere Tage gesehen, und Ingmars Bruder Bertil starrte dumpf vor sich hin.

»Victor.« Hans kam auf ihn zu und reichte ihm die Hand. Er sah aus, als wäre er in den vergangenen Stunden um Jahre gealtert. Hans fuhr sich mit der Hand über die Augen, als würde er sich etwas aus dem Gesicht wischen. »Du kennst die anderen ja«, sagte er.

Victor nickte und schaute in die Runde. Joshua hatte die Augen geschlossen, die großen Blutflecken auf seinem Hemd hatten sich dunkelbraun verfärbt. Enak nickte ihm von seinem Stuhl aus zu. Ingmars Bruder Bertil, sein Kollege, ließ sich von Agatha trösten. Beide nahmen kaum Notiz von ihm. Die Innigkeit, die die Umarmung der beiden ausstrahlte, versetzte ihm einen Stich.

Er wandte sich wieder an Hans. »Wie geht es ihm?«

»Wissen wir nicht, wir hören nur immer wieder, dass sie noch operieren. Auf dem Schiff, bevor der Krankenwagen kam, war Ingmar noch ansprechbar, aber er hat sehr viel Blut verloren«, flüsterte Hans. »Enak und Joshua waren mit Ingmar an Deck.«

Enak von Eitzen stand auf und gesellte sich zu ihnen. »Wir haben den Schuss nicht mal gehört. Ingmar ist auf uns zugetorkelt, als hätte er einen im Kahn, aber dann hab ich das Blut gesehen, und da ist er Joshua auch schon in die Arme gefallen. Wir haben versucht, die Blutung zu stoppen, ein altes T-Shirt auf die Wunde gedrückt und abgebunden, aber er hat so schnell so viel Blut verloren, ich weiß nicht …«

»Er schafft das«, sagte Victor bestimmt.

»Also selbst wenn ihr nichts gehört habt, hat einer von euch irgendetwas gesehen? Etwas Auffälliges am Ufer, ein anderes Boot? Waren da Menschen unterwegs, die euch merkwürdig vorkamen? Oder gibt es eine Idee dazu, wer es gewesen sein könnte? Gibt es jemanden, der ein Problem mit Ingmar hat oder hatte?«, fragte er in die Runde.

Alle schüttelten den Kopf. Agatha sah so traurig aus, dass er sie am liebsten in die Arme genommen hätte. Aber sie stand immer noch bei Bertil.

Victors Befragung wurde von einer Frau in Weiß unterbrochen. Sie wandte sich an Bertil. »Herr Ulvaeus?« Bertil nickte, knetete nervös die Hände. »Ihr Bruder ist jetzt stabil«, sagte sie und versuchte so etwas wie ein zuversichtliches Lächeln.

»Er hat sehr viel Blut verloren, und wir können jetzt noch nichts zu bleibenden Schäden sagen, aber wenn er aus der Narkose aufwacht, wissen wir mehr.« Sie legte Bertil eine Hand auf die Schulter. »Es sieht erst einmal alles gut aus, und es gab keine Komplikationen während der Operation.«

»Entschuldigung.« Victor zückte wieder seine Dienstmarke. »Carvalho, Kriminalpolizei. Hätten Sie noch einen Moment für mich? Ich bräuchte einige Details zu Ihren Untersuchungen.«

»Polizei?«

»Wir sind alle von der Polizei«, erklärte Agatha.

Die Ärztin tätschelte ein weiteres Mal Bertils Schulter und wandte sich dann an Victor. »Kommen Sie bitte mit.«

Victor folgte der Ärztin den Gang entlang in einen kleinen Aufenthaltsraum für das Personal.

Sie hielt sich nicht lange mit Höflichkeitsfloskeln auf.

»Gut, Herr Carvalho, das sind die Fakten: Wir haben aus dem Körper von Herrn Ulvaeus eine Kugel entfernt. Die Kollegen sagen, es ist auf ihn geschossen worden. Dem Verletzungsmuster nach wäre es aber auch möglich, dass er sich selbst verletzt hat. Die Kugel ist von oben nach unten ins Bein eingetreten, also vermutlich aus erhöhter Position abgefeuert worden. Wir haben sie zur Untersuchung an Ihre Forensik weitergeleitet. Wie viel an Schäden zurückbleibt und wann er wieder einsatzfähig ist, wird sich nach weiteren Untersuchungen zeigen.«

»Wann kann ich mit ihm sprechen?«

»Wenn alles gut läuft, morgen früh. Gönnen Sie dem Mann ein bisschen Ruhe. So ein Blutverlust ist kein Spaß für den Körper. Er muss jetzt erst mal schlafen.« Sie öffnete die Tür und ließ ihm den Vortritt.

Victor fragte sich, ob der Schuss Ingmar im Speziellen oder der Polizei im Allgemeinen gegolten hatte und wie er jetzt vorgehen sollte.

Es galt zunächst alles über Ingmar und seine Arbeit herauszufinden, über mögliche Feinde, über Streitereien in seinem Privatleben, und er wusste auch schon, wer ihn dabei unterstützen konnte. Aber bis morgen früh würde er hier vermutlich nicht mehr viel erreichen.

Victor lehnte sich mit dem Rücken an die Wand neben dem Aufenthaltsraum und zog sein Handy aus der Innentasche seiner Jacke. Dann schrieb er eine Mitteilung in die Dienst-WhatsApp-Gruppe: »Morgen acht Uhr. Lagebesprechung für alle.«

7

Tag 2, kurz vor ein Uhr nachts

Gesche Lassen hatte ihre Ausbildung zur Kommissarin noch nicht ganz abgeschlossen, vielleicht war ihr Arbeitseifer deshalb besonders groß. Ihre Vorliebe für alternative Heilmethoden und besondere Teesorten wurde von den Kollegen gerne verspottet, aber innerhalb einer Ermittlung verging den alten Hasen dann schon mal das Lachen, wenn die junge Kollegin richtig loslegte. Anwärterin Lassen kannte alle Regeln, befolgte sie akribisch und führte das Gelernte mit einer ganz eigenen Ernsthaftigkeit aus, was am Ende dann nicht selten dazu führte, dass ein Verdächtiger schneller überführt oder ein Fall aufgeklärt wurde. Das musste auch ihre Kollegin Antonella Faruggio zugeben, die zwar drei Jahre älter war als ihre Kollegin und bereits einen Stern an der Uniform tragen durfte, aber insgeheim anerkannte, dass Gesche einfach die bessere Ermittlerin war. Deshalb war sie froh, dass sie mit Gesche ein Team bilden konnte, um die ersten Spuren nach dem Schuss auf den Wasserschutzpolizisten zu sammeln.

Während sie sich vorkam wie eine Frau, die im Rahmen der Ableistung von Sozialstunden dazu verdonnert worden war, Müll am Straßenrand einzusammeln, stürzte sich Gesche mit einer kindlichen Freude auf die Aufgabe, Hinterlassenschaften des Schützen zu finden, der Ingmar Ulvaeus ins Visier genommen hatte.

Zusammen mit einigen Kolleginnen und Kollegen von der Wache hatten sie sich unweit der Seeschleuse an der Ecke zur Kapitän-Alexander-Straße getroffen. Gesche und die anderen machten sich, ausgestattet mit Gummihandschuhen und Beweismittelbeuteln, sofort nach ihrem Eintreffen an die Arbeit. Selbstbewusst dirigierte die Anwärterin jeden auf seinen Posten. Während ein Teil der Truppe sich vom Havenhostel her am Nordseekai entlang Richtung Schleuse vorarbeitete, suchte sie selbst zusammen mit Antonella die Umgebung der Schleuse ab. Dass die Lichtverhältnisse überhaupt noch ein Arbeiten ermöglichten, war nur den Lichtern der Anlieger zu verdanken, und ihren eigenen starken Taschenlampen. Es war außergewöhnlich mild, ab und zu nieselte es mehr oder weniger stark, allerdings, fand Antonella, roch die Luft bereits nach Herbst, nach Laub und kalten Tagen.

»Ich könnte mir gut vorstellen, dass der Schütze genau hier gestanden hat.« Gesche stand leicht versetzt zur Schleuse hinter einem dicken, hohen Anlegepfahl und tat so, als würde sie sich verstecken. Der Holzpoller war etwa zwei Meter hoch und verdeckte sie vollständig. »Ideale Position, man wird nicht gesehen, hat aber einen perfekten Blick auf das einlaufende Boot der Kollegen von der Wapo.«

Antonella stellte sich neben sie und schaute hinüber zur Anlegestelle der Wapo. »Stimmt, man hat alles perfekt im Blick. Und man kommt mit dem Auto direkt hierher und kann auch schnell wieder verschwinden. Meinst du, das da könnte von unserem Täter stammen?« Sie deutete auf einen schimmernden Ölfleck auf dem Asphalt.

Gesche warf einen letzten Blick Richtung andere Uferseite und ging dann ein paar Schritte, um den Ölfleck zu begutachten. Dabei bückte sie sich mehrfach, um Zigarettenkippen und anderen Müll aufzuheben und in die Asservatenbeutel zu stecken, die sie aus der Tasche ihres Anoraks gezogen hatte. Antonella checkte währenddessen den Boden rund um den Anlegepfahl, machte sich auch die Mühe, in jede Ecke des Pollers daneben zu sehen. Aber außer einer leeren Getränkedose gab es nichts, was einen Hinweis auf den Schützen lieferte. Sie verstaute gerade die Dose, als Gesche wieder zu ihr trat.

»Nö«, sagte sie. »Der Fleck ist auf jeden Fall schon älter. Fast ganz trocken. Und wir wissen ja nicht mit Sicherheit, ob derjenige, der geschossen hat, mit dem Auto gekommen ist. Oder die. Man ist ja auch zu Fuß ganz schnell weg hier. Und das Öl könnte auch von jemandem stammen, der seinen Schiffsmotor auftanken wollte.« Gesche deutete auf die Boote, die am Ufer bis hinauf zum Havenhostel vertäut waren.

»Die Täterin? Meinst du, es könnte eine Frau gewesen sein?« Gesche zuckte mit den Schultern. »Also, bisher können wir ja allein aufgrund der vorliegenden Informationen nichts über das Geschlecht des Attentäters sagen.«

Die anderen Kollegen waren, den Blick und die Taschenlampen auf den Boden gerichtet, inzwischen auf Höhe der Segelmacherei angekommen.

»Habt ihr was?« rief Gesche.

Kopfschütteln reihum, in der Dunkelheit gerade noch so auszumachen.

Antonella folgte ihrer Kollegin in Richtung der Geschäftshäuser. Gesche leuchtete unter die Metallbrücke bei dem Yogastudio und sammelte eine weitere verbeulte Dose ein, in der sich laut Etikett Hühnersuppe befunden hatte.

»Isst man das jetzt neuerdings direkt aus der Dose? Oder entsorgen die Leute hier ihren Hausmüll?«, fragte sie, ohne eine Antwort zu erwarten. Unter der weißen Bank, die seitlich des Gebäudes stand, lag ein Basecap. Antonella steckte die rot-blaue Mütze ebenfalls in einen Plastikbeutel.

»Vielleicht hat er, oder sie, hier gewartet.« Gesche setzte sich auf die Bank vor dem Yogastudio und deutete Richtung Wasser. »Man hat alles gut im Blick, fällt aber nicht so auf. Ich kann mir gut vorstellen, dass jemand, der hier sitzt und auf das Einlaufen des Polizeischiffs wartet, vielleicht einfach für einen Touristen gehalten wird, der die Aussicht genießt.«

»Man sitzt nicht so auf dem Präsentierteller, meinst du?«

Gesche nickte. Antonella verstaute die Beutel mit Konservendose, Kippen und der Kappe in einem Rucksack. »Lass uns aufhören für heute, das hat keinen Sinn mehr, ist zu dunkel.«

In dem Moment ertönte aus ihrem und auch aus Gesches Handy ein Signal.

Einer der Kollegen von der Schutzpolizei trat auf sie zu, ein Handy in der Hand. »Habt ihr die Nachricht von Victor Carvalho gesehen? Morgen acht Uhr Lagebesprechung für alle.«

Antonella reichte ihm den Beutel mit den Fundstücken. »Kannst du das hier bitte mitnehmen und so bald wie möglich in die Analyse geben? Vielleicht findet sich an der Kappe ja ein Hinweis auf jemanden, der in der DNA-Datenbank registriert ist.«

»Klar«, sagte der Kollege und versuchte es mit Ironie. »Oder auf einem der Einkaufsbons, die wir gefunden haben, steht seine Adresse. Kommt ja immer wieder mal vor.«

Antonellas Handy gab ein weiteres Signal von sich. Sie ging ein paar Schritte.

»Hallo?«

»Antonella, hier ist Victor ...«

»Wir haben gesehen, dass du für morgen früh eine Lagebesprechung angesetzt hast. Keine Sorge, wir sind alle dabei und …«

»Nein, darum geht es nicht. Ich brauche euch noch mal am Tatort.«

»Da sind wir gerade. Einige Kollegen von der Wache haben uns unterstützt bei der Suche nach Spuren, aber bislang nichts Auffälliges, wir haben …« Antonella kam nicht dazu, weiter auszuführen, was sie eingesammelt hatten, weil Victor sie erneut unterbrach.

»Tut mir leid, euer Feierabend muss noch ein bisschen warten«, sagte er. »Ingmar Ulvaeus hat an Deck gestanden, als er angeschossen wurde. Die Ärztin hier im Krankenhaus sagt, er wurde aus erhöhter Position getroffen. Ihr müsst also vor allem den Bereich rund um die Brücke noch mal absuchen. Das wäre ein Standort, der infrage käme. Ruft mich an, wenn ihr was findet.«

»Wir sind jetzt schon sechzehn Stunden im Einsatz, wir müssen … Victor? Victor!«

Antonella starrte auf das Display ihres Handys. Victor hatte aufgelegt.

8

Zur gleichen Zeit

Agatha hatte Victors Blicke gespürt und auch bemerkt, wie er Bertil gemustert hatte, als sie ihn mit einer Umarmung trösten wollte. Verdächtigte er ihn etwa, seinem Bruder etwas angetan zu haben? Ein biblischer Streit, der in ein Attentat ausgeartet war?

Sie war schließlich in die Toilette geflüchtet, um einen Moment zu verschnaufen. Die traurigen Augen von Hans, das Schluchzen von Joshua und das permanente Seufzen von Enak waren nur schwer zu ertragen. Sie wusch sich die Hände und sah im Spiegel ihr bleiches Gesicht. Die Sommerbräune war verblasst, der Schreck und die Sorgen waren ihr anzusehen. Agatha ließ sich kaltes Wasser über die Handgelenke laufen und kühlte dann ihr Gesicht mit den nassen Fingern. Sie strich sich ein paar Haarsträhnen hinter die Ohren und richtete sich auf. Es war ja niemandem damit gedient, wenn sie sich jetzt hängen ließ.

Hans kam ihr auf dem Gang entgegen. »Er wird es schaffen«, sagte er. »Ich durfte ganz kurz mit Bertil zu ihm ins Zimmer.«

»Ein Glück.« Agatha spürte, wie sich ihr Körper ein wenig entspannte.

»Die Ärztin hat gesagt, er wird noch eine Weile schlafen, also gönnen wir ihm jetzt Ruhe. Wir können morgen mit ihm sprechen.«

»Hauptsache, er wird wieder gesund.« Agatha ließ sich von Hans umarmen, dem schon wieder Tränen in die Augen traten, dieses Mal offenbar vor Erleichterung.

Sie gingen langsam den Gang entlang, bis Hans auf eine Tür deutete. »Hier liegt er jetzt.«

»Sind die anderen alle weg?«, fragte Agatha, als sie die leeren Stühle an der Wand sah.

Hans ließ sich schwer auf einen Stuhl fallen. »Joshuas Schicht fängt bald an, und Enak war der Meinung, er könne hier jetzt sowieso nichts tun und hätte noch irgendeine Verabredung.«

»Um diese Zeit?«

Hans zuckte mit den Schultern. »Und du haust dich jetzt besser auch mal hin.«

»Was soll ich denn zu Hause?« Agatha setzte sich neben ihn, streifte ihre Schuhe ab und zog die Beine auf den Sitz.

»Dich trifft keine Schuld, Agatha.«

»Wie kommst du darauf, dass ich das denke?«

Hans legte den Kopf schief, sagte nichts, sah sie einfach nur an. Ihr Chef kannte sie einfach zu gut. Vor ihm konnte sie sich nicht verstecken.

»Aber es ist doch so, wenn ich meine Schicht nicht an Ingmar abgegeben hätte, dann …«

»… dann würde ich hier jetzt vielleicht mit deinem Vater sitzen und ihn trösten. Es gibt so viele Wenns und Abers, Agatha. Wenn Ingmar für das Anlegemanöver am Ruder gestanden hätte, wenn Enak ein bisschen näher an Ingmar dran gestanden hätte, wenn Joshua …«

»Jaja, ich weiß, worauf du hinauswillst. Schon gut.«

Sie hörten Schritte, und Agatha sah Bertil, der sich ihnen näherte. Im Schlepptau hatte er einen jungen Mann, wahrscheinlich gerade mal volljährig, der ihr bekannt vorkam.

»Das ist mein Neffe, Torge«, erklärte Bertil. »Der Sohn meiner Schwester Inge. Er macht gerade ein Praktikum bei uns, um sich beruflich zu orientieren«, erklärte er und schaute in die Richtung von Hans.

»Moin«, grüßte der schlaksige Junge, der unverkennbar Ähnlichkeiten mit seinen beiden Onkeln hatte. Er hatte die gleichmäßigen Zähne mit der Spaghettilücke von Bertil und die rotblonden Locken seines Onkels Ingmar. Kein Wunder, dass er Agatha gleich bekannt vorgekommen war.

»Ich werd dann mal.« Agatha stand auf. »Rufst du mich an, wenn es etwas Neues gibt? Ganz egal, was?«, sagte sie zu Bertil.

Er nickte.

Vor dem Krankenhaus blieb Agatha für einen Moment stehen und atmete tief ein und aus. Am Himmel leuchtete ein grellweißer Halbmond. Ein leichter Wind wehte, und es hatte wieder geregnet, während sie im Krankenhaus gewesen war. Agatha stieg auf ihr Fahrrad und trat erst langsam, dann immer zügiger in die Pedale.

Jetzt fiel es ihr wieder ein. Dieser ganz besondere Geruch, der entstand, wenn Regen auf Asphalt traf, wenn der Boden noch von der Sonne erwärmt war. Das nannte man Petrichor. Zusammengesetzt aus den griechischen Wörtern Petri für Stein und Ichor, einer Flüssigkeit, die der Legende nach in den Adern der griechischen Götter fließt. Als sie in die Einfahrt zu ihrem Wohnhaus einbog, wäre sie vor Schreck beinahe in die Blumenrabatten gefahren, so überrascht war sie von den dunklen Gestalten, die auf der Bank saßen. Erleichtert erkannte sie ihren Vater und Jette. Unter der Bank hatte sich Vinnie zusammengerollt, der nur müde den Kopf hob.

Die beiden saßen hier offenbar schon länger und hielten sich an den Händen. Was eine weitere Überraschung war.

»Meine Güte, was macht ihr denn hier draußen um diese Zeit? Könnt ihr nicht wie andere Erwachsene auch irgendwo drinnen knutschen, statt hier im Dunkeln andere Menschen zu Tode zu erschrecken?«

Dirk Christensen, sonst immer für einen Witz zu haben, verzog nicht einmal die Lippen zu einem Lächeln, stattdessen legte er den Arm um Jettes Schultern. Jette gab etwas von sich, das ein Kichern sein konnte oder auch ein Schluchzen.

Agatha schloss ihr Fahrrad an und trat auf die beiden zu. »Was ist denn los mit euch?«

Aus der Nähe sah sie, dass Jette tatsächlich geweint haben musste, und die Falten im Gesicht ihres Vaters schienen noch tiefer geworden zu sein.

»Wir waren spazieren«, begann er und räusperte sich. »Vinnie hat mich zu einem Container gezogen. Du weißt schon, diese Dinger, in denen sie Krabben verschiffen, unten am Fährhafen.« Jette kuschelte sich noch ein wenig enger an Dirk. »Es roch da ganz fürchterlich. So als hätten die da 'ne Ladung Krabbenschalen vergessen, ohne Kühlung, und das ist ja dann auch …«

»Papa, was ist los?«, unterbrach sie ihn.

»Also, das waren keine vergammelten Krabben, die da so gerochen haben.«

Jette richtete sich auf. »Wir haben eine Leiche gefunden.«

9

Wenige Minuten später

Victor hatte das Krankenhaus gerade verlassen und den einzigen Wagen am Taxistand erreicht, als sein Telefon klingelte.

»Carvalho?«

»Victor, hier ist Sören aus der Leitstelle. Es gibt Arbeit.«

»Ich weiß, ich komme gerade aus dem Krankenhaus. Lars hat mich vorhin angerufen, als die Schießerei bei den Wapo-Kollegen gemeldet wurde.«

»Nein, das meine ich nicht.« Victor öffnete die hintere Tür des Autos und bedeutete dem Fahrer, dass er noch einen Moment Geduld haben sollte.

»Es gibt einen Leichenfund in einem Krabbencontainer, unten am Fährhafen. Gemeldet von zwei Spaziergängern, der Hund hatte wohl angeschlagen. Die Spusi ist schon da. Ich schick dir die Koordinaten aufs Handy.«

»Nicht nötig, ich kenne die Stelle, danke.« Er verabschiedete sich und nannte dem Fahrer nun nicht wie geplant die Adresse seines Hausbootes, sondern als neues Ziel die Anlegestelle der Fährschiffe.

Der Fahrer folgte den Hinweisschildern Helgoland/Fährhafen, ohne auch nur den Versuch zu unternehmen, ein Gespräch zu beginnen. Victor war das ganz recht. So konnte er in Ruhe nachdenken. Über den Schuss auf Ingmar, über seine Begegnung mit Agatha, über das, was jetzt zu tun war, und über das, was ihn gleich erwartete.

Schon als sie auf die Cassen-Eils-Straße Richtung Fährhafen fuhren, war der von der Polizei ausgeleuchtete Bereich zu erkennen. Victor ließ sich vom Taxifahrer an der Absperrung absetzen, die die Kollegen rund um die Fundstelle gespannt hatten.

Der Platz war taghell erleuchtet, ein Leichenwagen wartete bereits, und Kollegen in Zivil und Uniform tummelten sich auf den wenigen Quadratmetern Beton. In diesem Areal wurden die Container mit Krabben und Fisch beladen. Seit Jahrhunderten gab es Krabbenfischer an der Nordsee, lukrativ aber wurde ihr Job erst, als man den Fang auch transportieren konnte, per Schiene oder auf dem Wasser. Früher, das wusste Victor aus Erzählungen seiner portugiesischen Verwandten, wurden die Krabben in Cuxhaven gepult und dann gleich in den Verkauf gebracht. Etliche Freunde seiner Eltern waren wegen der Krabben- und Fischindustrie nach Cuxhaven gekommen. Sein Opa war 1966 als Gastarbeiter hierhin ausgewandert und jahrzehntelang nachts auf einem Krabbenkutter unterwegs gewesen. Heute gab es eine große portugiesische Gemeinde in Cuxhaven, auch wenn die meisten inzwischen nicht mehr in der Fischindustrie tätig waren.

»Na, den Abend hast du dir auch anders vorgestellt, was?«, wurde Victor von Henk Dibbersen begrüßt. Der Rechtsmediziner war von Kopf bis Fuß in einen weißen Anzug gehüllt, trug Mundschutz, Handschuhe und eine Schutzbrille.

»Was ist passiert? Die Leitstelle hat nur gesagt: Leiche, von Spaziergängern entdeckt.«

Dibbersen nickte. »Tot ist sie, das steht mal fest. Aber auf alles andere würde ich mich ungern schon festlegen. Ich vermute, dass sie erstickt ist, aber das muss ich im Institut erst noch überprüfen.«

Der üble Geruch schlug Victor bereits einige Meter vor der geöffneten Tür entgegen. Dibbersen reichte ihm Handschuhe. »In diesen Containern werden Krabben transportiert. Die meisten mit Lastern über Südspanien und dann rüber nach Nordafrika. Aber ein kleiner Teil des Fangs wird hier vor Ort in Kisten verpackt und in diesen Containern verschifft, zum Schälen nach Marokko. Und wenn sie dann nackt sind, bringt man sie auf gleichem Weg zurück nach Cuxhaven. Aber dieser spezielle Geruch hier hat noch einen anderen Ursprung.«

Victor brauchte einen Moment, bis sich seine Augen an das grelle Licht gewöhnt hatten. Die aufgestellten Strahler verliehen der Szene etwas Bizarres. Er kam sich vor wie an einem Filmset.

Die Tote hing an einem Seil in der Mitte des Containers. Offenbar war die Spurensicherung noch nicht ganz fertig, sonst hätte man die Frau bereits abgenommen.

»Der Todeszeitpunkt liegt innerhalb der vergangenen vier Stunden, da bin ich sicher.«

»Wer hat sie gefunden?«

»Kapitän Christensen, der hier mit seinem Hund spazieren war. Also eigentlich muss man wohl sagen, hat sein Fiffy die Leiche entdeckt.«

Victor kannte Agathas Vater, den Kapitän, von einer Party, die vor einigen Wochen bei den Seenotrettern stattgefunden hatte. »Bevor du fragst«, ergänzte Henk, »wir haben ihn nach Hause geschickt. Er hatte Jette aus der Bäckerei dabei, die war komplett fertig. Deine Kollegen haben mit beiden gesprochen, aber die haben nix gesehn oder gehört, soweit ich das mitbekommen habe.«

Victor sah sich um. Bis auf die Frau und das Seil war der Container beinahe leer. Ein paar Krabbenschalen, ein Plastikeimer, bedruckt mit dem Logo des Fischgroßhändlers KRAFI, eine zerknüllte Zigarettenschachtel. Eine kurze Klappleiter stand neben der toten Frau.

»Habt ihr irgendetwas bei der Leiche gefunden? Ausweis, Portemonnaie?«

Henk schüttelte den Kopf. »Das Kleid, das sie trägt, hat keine Taschen. Und sonst war nix im Container. Musst aber deine Kollegen von der Spusi noch mal fragen, vielleicht haben sie im Umfeld des Containers noch was entdeckt.«

Victor betrachtete die junge Frau. Dunkler Teint, schlank, zarte Gesichtszüge. »Wie ist sie da hochgekommen, über die Leiter?«, fragte er den Rechtsmediziner.

»Sehr gute Frage, Herr Polizeioberkommissar.« Henk lächelte. »Aber die Leiter habe ich mitgebracht. Also kann man nur spekulieren. Vielleicht hatte sie einen Helfer, und der hat eine Räuberleiter gemacht. Oder sie hatte einen Klappstuhl dabei und ihn weggetreten, und dann ist er aus dem Container geflogen und jemand hat ihn mitgenommen …«

»Henk! Dein Ernst?«

Dibbersen schüttelte den Kopf. »Ach was. Ich bin einfach ein bisschen unterzuckert. Du hast nicht zufällig irgendwas aus Schokolade dabei?«

»Tut mir leid, nein.«

Der Rechtsmediziner seufzte schwer und deutete auf die Leiche. »Sie ist erstickt. Vielleicht hier an diesem Seil, vielleicht auch nicht. Es kann sein, dass eine andere Schnur benutzt wurde oder auch ein komplett anderes Werkzeug. Aber um das genauer zu sagen, muss ich das Zungenbein unter die Lupe nehmen und mir die Verletzungsmuster am Hals genauer ansehen. Das geht hier nicht.«

Victor trat einen Schritt näher an die Frau heran. Mitleid regte sich in ihm. Die Haut hatte sich bereits leicht bläulich verfärbt, die Augen waren halb geöffnet, das eine weiter als das andere. Er stieg auf die Klappleiter, um sich das Gesicht aus der Nähe anzuschauen.

»Fotos und Videos haben wir gemacht«, sagte Dibbersen. »Die sind bereits bei deinen Kollegen. Ich lasse die Leiche gleich ins Institut bringen. Gib mir ein paar Stunden Schlaf, spätestens morgen Mittag weiß ich mehr, okay?«

»In Ordnung. Danke.« Victor stieg von der Leiter und zog die Handschuhe aus, verabschiedete sich von dem Rechtsmediziner und trat vor den Container. Die frische Luft tat gut.

Es war dunkel, und die Temperatur war um einige Grad gesunken. Die Sonne hatte noch Kraft gehabt in den vergangenen Tagen, aber die Herbstwinde kühlten die warme Luft des Tages schnell ab. Victor machte sich Gedanken über die junge Frau. Wer war sie, und woher kam sie? Was hatte sie in diese Situation und an diesen Ort gebracht?

Er konnte nicht verhindern, dass seine Gedanken eine Schleife zu einer anderen jungen Frau drehten, die ihm nicht recht aus dem Kopf gehen wollte: Agatha.

Bei den letzten Ermittlungen war sie ihm immer wieder ins Gehege gekommen, hatte sich überhaupt nicht darum geschert, dass Mord und Totschlag nicht in ihren Zuständigkeitsbereich fielen. Gut, das war auch passiert, weil der Tote ein Freund von Agathas Vater gewesen war. Letztendlich war es beinahe so etwas wie eine Zusammenarbeit geworden, auch wenn Victor das nie im Leben zugeben würde. Genauso wenig würde er irgendjemandem verraten, dass er Agatha und ihre unkonventionelle Art in den vergangenen Wochen sehr zu schätzen gelernt hatte. Der heutige Abend im Restaurant seiner Eltern war für ihn mit einigen Erwartungen verbunden gewesen.

Das laute Kreischen einer Möwe aus der Dunkelheit ließ ihn zusammenzucken. Victor zwang sich, seine Gedanken wieder auf den neuen Fall zu lenken.

10

Zwischen Nacht und Tag

Agatha schlief unruhig, schreckte regelmäßig hoch und musste dann jedes Mal kurz überlegen, was Traum und was Wirklichkeit war.

Ihr Vater kam in den kurzen Traumepisoden vor, er war Kapitän auf einem Schiff, das sie nicht kannte, ein Frachter auf wilder See. Und sie beobachtete das alles wie aus einem Vogelnest, aus einer erhöhten Position. Sie hörte die mächtigen Geräusche eines aufkommenden Sturms, sie sah, wie sich die Wellenberge auftürmten, größer und größer wurden, und mit ihnen steigerte sich auch ihre Angst, das Schiff könnte den Naturgewalten nicht standhalten, ihr Vater würde die Kontrolle über das Schiff verlieren. Und wenn sie die Augen dann vor Schreck öffnete und realisierte, dass sie sich in ihrem Bett Am Seedeich befand, sich ihre Muskeln langsam entkrampften, da döste sie auch schon wieder weg, wieder zurück auf den Ozean, an Bord des Frachters, inmitten gewaltiger Wellen, die über dem Bug zusammenschlugen, wenn das Schiff in ein Wellental rutschte, fast blind vom Regen, den ihr der Sturmwind in die Augen trieb.

Drei- oder viermal erlebte sie dieses Szenario, zwischen Wachen und Schlafen, dann schwang sie die Beine aus dem Bett und setzte sich auf.

Man musste keine Psychologin sein, um zu erahnen, womit diese seltsamen Träume vom nahenden Untergang zusammenhingen. Die Sorge um Ingmar nahm sie mit. All die Fragen, die durch ihren Kopf schwirrten. Wer konnte ausgerechnet mit Ingmar ein Problem haben? So gewaltig, dass er auf ihn schoss?

Sie schüttelte das Kissen auf und dachte über Ingmar nach.

War er schon von Anfang an ihr Lieblingskollege gewesen? Ingmar war auf jeden Fall bei der Wasserschutzpolizei derjenige, dem sie sich anvertrauen würde, wenn sie ein Problem hätte. Abgesehen von Hans, der aber eher wie ein väterlicher Freund für sie war.

Ging ihr Ingmars Verletzung nicht aus dem Kopf, weil sie sich Sorgen um einen Kollegen machte? Agatha verglich in Gedanken den wortkargen Ingmar mit den rotblonden Locken und dem wilden Bart mit Christian, dem Seenotretter, den sie vor Kurzem kennengelernt hatte. Christian war süß und unkompliziert und wollte auf jeden Fall mehr von ihr als nur eine gemeinsame Ausfahrt auf ihrem kleinen Motorboot. Es sei denn, sie hatte seine Anspielungen und Komplimente komplett missverstanden. Es war schön mit Christian gewesen, sehr schön sogar. Aber eine richtige Beziehung konnte sie sich mit ihm nicht vorstellen. Er war nicht der Typ, mit dem man eine Familie gründen und ein Haus kaufen würde. Sie mochte ihn, war gern mit ihm zusammen, aber ein ganzes Leben konnte sie sich mit ihm nicht vorstellen. Außerdem fehlte ihr das Herzklopfen, wenn sie mit ihm zusammen war.

Nach einer Katzenwäsche schlüpfte Agatha in Jeans, Hoodie und Regenjacke, setzte sich eine Mütze auf und griff nach Handy und Schlüssel.

Es war noch dunkel, als sie vor das Haus trat. Leichter Nieselregen wehte ihr ins Gesicht, als sie ihr Fahrrad aufschloss.

Auf dem Weg zum Krankenhaus versuchte Agatha, sich auf den Fall zu konzentrieren. Natürlich würde die Kriminalpolizei ermitteln, aber das hieß ja nicht, dass sie nicht darüber nachdenken konnte, warum Ingmar zum Opfer geworden war.

Agatha kam leicht verschwitzt am Krankenhaus an. Der riesige helle Klotz wirkte wie eine Festung. In der Dunkelheit leuchtete der Schriftzug der Klinik grün wie Raubtieraugen. Sowieso war ein Krankenhaus doch eigentlich ein sehr unheimlicher Ort. Ein Platz der extremen Gegensätzlichkeiten. Hier wurden Menschen gerettet, und hier starben Menschen. Manchen wurde geholfen, sie kamen voller Ängste und Sorgen, und kehrten befreit, genesen oder zumindest mit guten Gedanken in ihren Alltag zurück. Und andere starben oder wurden wieder weggeschickt, ihre schlimmsten Befürchtungen wurden bestätigt, der *worst case*, niemand konnte ihnen hier helfen. Zu welcher Gruppe würde Ingmar zählen?

Die Rezeption war verwaist, und in der Vorhalle war kein Geräusch zu vernehmen. Wie in einer Totenhalle, dachte Agatha und schüttelte sich. Sie ging den langen Korridor entlang, vorbei am hell erleuchteten Schwesternzimmer, in dem aber auch niemand zu sehen war. Hieß es eigentlich noch Schwesternzimmer? Sie klingelte an der Tür zur Intensivstation, zeigte dem übermüdeten Pfleger, der ihr gähnend öffnete, ihren Dienstausweis. Der Gang war nur notbeleuchtet, auch im Krankenhaus wurde natürlich gespart, wo es nur ging, und aus dem Dunkel konnte sie nun schemenhaft eine Gestalt auf einem Stuhl erkennen, die sich wenige Schritte später als Hans Itjen entpuppte. Das Kinn ruhte auf seiner Brust, und er gab regelmäßige schnorchelnde Laute von sich.

Agatha zog leise die Tür zu Ingmars Zimmer auf und schlich an sein Bett, neben dem in einem Technikturm Lämpchen blinkten und sich in Displays Amplituden auf und ab bewegten. Ingmar schlief noch immer. Oder war das ein künstliches Koma, in das sie ihn versetzt hatten?

Ingmars Gesichtszüge wirkten vollkommen entspannt. Er war sehr blass und hatte dunkle Schatten unter den Augen. Die Hände lagen neben seinem Körper über der Decke, in der rechten Hand steckte eine Kanüle, deren Schlauch aus einer durchsichtigen Flasche gespeist wurde, die von einem Gestell neben dem Bett herunterhing.

Er tat ihr so leid. Eigentlich sollte sie hier liegen und nicht Ingmar.

Sollte sie seine Hand berühren? Sie wollte ihn nicht wecken, aber er sollte spüren, dass er nicht allein war. Vielleicht wollte Agatha auch, dass er wusste, wer gekommen war. Dass sie es war, die seine Hand hielt und bis zum Morgen halten würde, bis er aufwachte, bis sie wieder mit ihm sprechen konnte. Sie beugte sich zu ihm herab und schwor ihm flüsternd, dass sie das Schwein finden würde, das ihm das angetan hatte.

II

Acht Uhr morgens

Die Cuxhavener Kriminalpolizei war in einem teils rot geklinkerten, teils sandfarben verkleideten Gebäude mit grauen Fenstern in der Werner-Kammann-Straße untergebracht. Im Eingangsbereich gab es einen kleinen Aufenthaltsraum mit Tischen und Stühlen, rechts davon war der Empfang.

Die schmucklosen Räume in den oberen Geschossen, in denen sich auch Victors Abteilung befand, sahen auf den ersten Blick nicht anders aus als jedes andere Büro. Leere Becher mit angetrockneten Kaffeeresten, benutzte Teller, auf denen Bananenschalen und Salatblätter auf angebissenen Brötchen vertrockneten. Figuren aus Überraschungseiern auf einigen Tischen und Computern, Familienfotos und Aktenstapel. Der einzige Hinweis auf Polizeiarbeit waren ein Kalender der Gewerkschaft aus dem vergangenen Jahr und mehrere gerahmte Auszeichnungen und Urkunden von Sportfesten an der Wand.

Victor war gar nicht erst in sein Büro gegangen, sondern hatte direkt den Sitzungsraum angesteuert, aus dem bereits Stimmengewirr auf den Gang drang.

»Moin«, sagte Victor und nahm am Kopfende des Tisches Platz.

Die Kolleginnen Gesche und Antonella, Ingmars Bruder Bertil und Rechtsmediziner Henk Dibbersen nickten. Maik sah auch heute wieder so aus, als hätte er die Nacht mit Zocken oder Programmieren verbracht. Er schien mit der Rückenlehne seines modernen Rollstuhls verschmolzen zu sein und wirkte noch ein bisschen blasser und noch ein bisschen dünner als sonst.

Er griff nach der Thermoskanne, die Gesche ihm reichte.

Victor klatschte in die Hände. »Okay, Lars kommt auch noch vorbei. Er hat Neuigkeiten, möchte es euch selber sagen. Aber das hindert uns ja nicht daran, schon mal loszulegen.«

Victor beugte sich zur Seite, holte einen Schwung Karteikarten und Fotos aus seinem Rucksack, schob seinen Stuhl zurück und ging an das Whiteboard. Mit Magneten, die sich am unteren Rand der Tafel befanden, befestigte er die roten und gelben Karten.

»Rot bezieht sich auf den Todesfall am Hafen, gelb auf den Schuss auf den Kollegen von der Wapo. Wobei wir nicht wissen, ob die beiden Taten zusammenhängen oder nicht.«

»Ingmar«, sagte Bertil tonlos, ohne von der Obstschale, auf die er schon eine ganze Weile starrte, aufzusehen. »Mein Bruder hat einen Namen. Er heißt Ingmar.«

Victor befestigte unter der gelben Karte mit dem Namen »Ingmar Ulvaeus« ein Foto des Angeschossenen, unter der roten Karte Bilder der Frauenleiche aus unterschiedlichen Blickwinkeln, darunter Fotos zur Auffindesituation. »Es ist niemand aus Cuxhaven und Umgebung vermisst gemeldet worden. Den Namen der Toten wissen wir nicht. Das dachte ich zumindest bis heute Morgen. Aber dazu gleich mehr.«

Victor deutete auf eine Gruppe von Fotos. »Hier sind Bilder vom vermeintlichen Tatumfeld.«

»Wieso vermeintlich?«, hakte Antonella nach. »Denkst du, die Frau könnte woanders ums Leben gekommen sein?«

»Vielleicht hat sich die Frau woanders aufgehängt, war aber mit dem Schauplatz unzufrieden und hat sich dann letztlich für den Container entschieden?«, fragte Maik und blickte in die Runde. Die Reaktion der Kolleginnen zeigte ihm deutlich, was sie von seinem Scherz hielten.

»Wenn es ein Selbstmord war, dann können wir das *vermeintlich* streichen«, erklärte Victor. »Aber sie kann sich auf keinen Fall allein da aufgehängt haben. Das Seil ist zu kurz, und wir haben keine Leiter oder ein anderes Hilfsmittel gefunden.« Victor schaute in die Runde. »Bevor ich an Henk übergebe, hab ich hier noch etwas.« Er zog einen Zettel aus seiner Jackentasche. »Das hier klemmte heute Morgen an meiner Windschutzscheibe.«

Er drehte das Papier um, sodass seine Kollegen lesen konnten, was darauf stand: Karima Berrada, darunter eine Adresse, geschrieben mit dunkelblauer Tinte.

»Und was soll das?«, fragte Antonella.

»Ich hab den Namen schon gecheckt. Eine Karima Berrada ist in Cuxhaven nicht gemeldet, die Straße gibt es hier auch nicht, aber in Bremerhaven. Aber auch dort gibt es unter dieser Adresse keine Frau dieses Namens«, sagte Victor.

»Warum hast du das überprüft?«, hakte Antonella nach.

»Du vermutest, dass das der Name der Toten aus dem Container sein könnte«, sagte Gesche.

Victor nickte. »Der Name stammt aus Nordafrika, das passt zum Aussehen der Toten. Und ich hab Lars schon den Namen mitgeteilt. Er macht gerade eine bundesweite Abfrage.«

»Ich verstehe das nicht. Du denkst, der Mörder hat dir den Namen auf einen Zettel geschrieben und an deine Windschutzscheibe geheftet?«, fragte Antonella ungläubig.

»Muss nicht der Täter sein, kann sich auch um einen Mitwisser handeln«, gab Victor zurück.

»Und woher wusste der, dass das dein Auto ist?«, merkte Gesche an.

Victor heftete den Zettel an das Whiteboard. »Das weiß ich auch nicht. Aber das werden wir hoffentlich noch herausfinden.«

»Und die Schrift?«, fragte Gesche. »Hilft die uns weiter? Oder die Tinte?«

»Ihr könnt es doch sehen, oder? Ich vermute, da hat ein Rechtshänder mit links geschrieben. Oder umgekehrt.«

»Definitiv ein Rechtshänder mit links«, erklärte Gesche.

Alle sahen sie überrascht an.

»Linkshänder müssen ja auch von links nach rechts schreiben. Und die haben sich angewöhnt, die Hand so zu halten, dass der Text beim Schreiben nicht verschmiert, also durch die Handfläche.« Gesche zeigte auf den Zettel mit dem Namen. »Vielleicht eine etwas steile These, aber hier sind sowohl Vor- als auch Nachname ein wenig verschmiert. Das kann einem Linkshänder, der mit rechts schreibt, nicht passieren. Aber einem Rechtshänder, der es mit links versucht, schon.«

»Das schränkt den Täterkreis aber ungemein ein«, kam es von Maik.

Victor sah hinüber zum Rechtsmediziner. »Willst du jetzt?«

Henk nickte. »Es gibt Hinweise auf Strangulation, also entsprechende Verletzungen am Hals, aber der Strick hat da nicht unbedingt eine Rolle gespielt.« Er machte eine bedeutungsschwere Pause, bevor er fortfuhr: »Wir sind noch dabei, einige Hautsegmente genauer zu untersuchen, meine Assistentin ist da gerade dran. Mir ist aber aufgefallen, dass die Tote punktförmige Blutungen in den Pupillen hat. Die entstehen nicht beim Erhängen.«

»Sondern?«, fragte Gesche und steckte sich einen Lutschbonbon in den Mund.

»Sondern beim Erdrosseln.« Henk ging an das Whiteboard. Er deutete auf die deutlich sichtbaren Linien, die durch den Strick entstanden waren. »Das hier sind die Male, die durch das Aufhängen entstanden sind. Aber da war die Frau schon tot.« Er tippte auf das Bild. »Mit dem bloßen Auge nicht zu erkennen, aber es gibt weitere Male, die von einem etwas breiteren Drosselwerkzeug stammen, aus weicherem Material als dieser Strick, an dem die Frau hing.«

»Und wie erklärst du dir das?«, fragte Gesche.

»Ich bin nur für das Medizinische zuständig. Die Hintergründe müsst ihr dann klären.«

Nun übernahm Victor erneut. »Es könnte also sein, dass sie erdrosselt und dann im Container ans Seil gehängt wurde.«

»Ich checke wohl am besten erst einmal, was die Kollegen rund um den Container an möglichen Spuren eingesammelt und bereits untersucht haben«, sagte Antonella und sah zu Victor. »Oder würdest du einen anderen Weg vorschlagen?«

»Wir sollten mehrere Ansätze verfolgen. Ich schlage vor, wir versuchen erst einmal mehr darüber herauszufinden, wer die Frau ist, mit wem sie in Kontakt stand, ob sie Feinde hatte oder ob sie selbst ihrem Leben ein Ende gesetzt haben könnte.«

»Abgesehen von der Idee, dass es sich um einen geplanten Mord handelt, den jemand vertuschen wollte, könnte es ja tatsächlich sein, dass die Frau von jemandem bei ihrem Suizid unterstützt wurde«, warf Antonella ein. »Ist ja wirklich eine sehr schwerwiegende Entscheidung, und vielleicht gab es da einen Menschen, der bereit war, ihr zu helfen. Möglich, dass sie sehr krank war oder seelisch am Ende.«

Lars betrat leise den Besprechungsraum und setzte sich an das hintere Ende des Tischs.

»Kann sein. Aber so eine grausame Variante? Und wieso hat dann dieser Jemand die bereits tote Frau im Container aufgehängt?«, fragte Victor in die Runde.

»Die Tatortanalyse ist doch völlig klar«, sagte Gesche bestimmt. »Der Täter musste davon ausgehen, dass wir ermitteln, wenn dort kein Hilfsmittel aufgefunden wird, das beim Erhängen unabdingbar ist. Und wenn wir von dieser Hypothese ausgehen, stellt sich die Frage, warum er das wollte. Und wieso die Tote in einem Kühlcontainer für Krabben und Fisch hing.«

»So wie ich das sehe, sind beide Varianten möglich«, mischte sich Lars ein. »Mord oder Suizid, Letzteres vielleicht mit Unterstützung. Ich weiß nicht, ob Victor die Geschichte mit dem Namen hinter seinem Scheibenwischer schon erzählt hat.«

Alle nickten.

»Wir haben bei der bundesweiten Abfrage den Namen Karima Berrada nicht gefunden. Die Kollegen aus Bremerhaven waren aber bei der Adresse, die auf dem Zettel stand, und haben die Mieter überprüft. Eine der Wohnungen im Haus ist von einer Firma angemietet, die offenbar gar nicht existiert. In der Wohnung fanden die Kollegen unter anderem ein gerahmtes Porträt einer Frau, das dem Gesicht der Toten ziemlich ähnlich sieht. Bei der Durchsuchung haben die Kollegen aber weder einen Abschiedsbrief gefunden noch einen Hinweis darauf, dass ihr jemand etwas antun wollte. Wir haben Haare aus einer Bürste mitnehmen lassen, und das Labor überprüft gerade, ob sie mit den Haaren unserer Toten übereinstimmen.«

Lars verkabelte seinen Laptop mit dem Beamer.

»Bremerhaven? Und was macht die dann hier bei uns?«, fragte Antonella irritiert.

»Die Bremerhavener haben uns noch weitere Bilder zugesandt«, fuhr Lars fort.

Auf dem Whiteboard erschien eine Abfolge von Fotos. »Ziemlich runtergekommen die Wohnung, kaum Möbel, aber ein ziemlich großer, neuer Fernseher, dahinter an der Wand eine marokkanische Flagge. Die Kollegen haben Bankauszüge und andere Papiere sichergestellt. Da müssen wir überprüfen, ob wir die ebenfalls Karima Berrada zuordnen können.«

»Gab es denn außer dem teuren Fernseher etwas, das für die Kollegen nicht ins Bild gepasst hat?« Gesche schenkte sich Tee nach. »Also so was wie Bargeld oder Sparbücher?«

Maik sah auf seinen Laptop und meldete sich dann zu Wort. »Ich kriege gerade weitere Unterlagen und Fotos aus Bremerhaven.« Maik bearbeitete die Tastatur des Laptops. »Also offenbar gab es da neben ziemlich billigen Klamotten auch ein paar Designerstücke und aufreizende Dessous. Vielleicht hat sie als Prostituierte gearbeitet, illegal.«

»Also, bitte. Nur weil man Spitzenunterwäsche trägt, muss man noch lange keine Prostituierte sein.« Antonellas Wangen schienen ein wenig zu leuchten, dann warf sie Maik einen tadelnden Blick zu, der die Kritik nicht so stehen lassen wollte. »Es gab eine ganze Schublade mit edler Spitzenunterwäsche, hat der Kollege protokolliert, der die Wohnung untersucht hat. Er hat geschrieben, dass …«

»Schon gut, wir haben verstanden, Maik.« Victor wandte sich wieder an die ganze Gruppe. »Solange wir nicht wissen, wo sie gearbeitet hat, ist das sicherlich auch eine Möglichkeit.« Er wollte nicht, dass die Stimmung im Team kippte, sie war aufgrund des Angriffs auf Bertils Bruder ohnehin angespannt. Bevor er etwas zu seiner eigenen Theorie sagen konnte, ergriff Lars wieder das Wort. »Wir sollten mit Hypothesen arbeiten, die wir dann verfolgen. Und diese Hypothesen sollten sich nach Wahrscheinlichkeiten richten. Darin sind wir uns doch einig, oder?«

Lars sah in die Runde. Alle nickten. »Ich habe das Oberkommando, Victor übernimmt in beiden Fällen den operativen Part«, legte Lars fest.

Victor nickte erneut, musste aber seine Mimik kontrollieren, um sich die Überraschung nicht anmerken zu lassen. Er hätte sich nicht nur gewünscht, sondern auch erwartet, dass sein Vorgesetzter mit ihm gesprochen hätte, bevor er die Zuständigkeiten dem Team mitteilte. Gesche sah Victor an, als könne sie seine Gedanken lesen.

Bertil schaute in die Runde und lehnte sich auf seinem Stuhl zurück. »Prima, dann können wir ja jetzt vielleicht mal zum Wesentlichen kommen und uns um den Typen kümmern, der meinem Bruder das angetan hat.«

»Fall zwei.« Victor ignorierte den anklagenden Ton von Bertil. »Das Opfer ist Ingmar Ulvaeus, ihr kennt den Kollegen von der Wasserschutzpolizei.« Victor deutete auf das Foto von Bertils Bruder. »Ingmar wurde gestern Abend angeschossen. Er ist noch nicht vernehmungsfähig, aber schwebt auch nicht mehr in Lebensgefahr.«

Bertil atmete schwer. Es nahm ihn sichtlich mit, dass nun über den Zustand seines Bruders gesprochen wurde.

»Antonella und Gesche waren am möglichen Tatort, gegenüber von der Anlegestelle. Habt ihr was?«

»Wir haben zunächst das Areal rund um den Hafen abgesucht, da war aber nichts Auffälliges«, berichtete Antonella. »Nur Müll, zerrissene Plastiktüten, Zigarettenstummel, leere Dosen, solche Sachen. Haben wir alles gesichert und an die Kollegen im Labor weitergeleitet. Victor hatte mich während der Aktion angerufen und mir mitgeteilt, dass der Schuss gegebenenfalls aus erhöhter

Position abgegeben wurde. Die Ärztin hat das aus dem Schusskanal geschlossen. Daher haben wir auch auf der Brücke gesucht.«

»Aber auch da: Fehlanzeige. Zumindest nichts, was nahelegen würde, dass von dort geschossen wurde«, fuhr Gesche fort.

Victor schaltete sich nun ein. »Maik, hast du schon die Funkzellen in beiden Fällen gecheckt?«

Maik nickte. »Beim Wapo-Fall habe ich die Daten der Telefongesellschaften bereits angefordert, aber bei der Containerleiche liegt noch kein richterlicher Beschluss vor, und ohne den rücken die Unternehmen ja die Daten nicht raus.«

»Gut, den Beschluss sollten wir aber bekommen. Ist ja klar, dass ein Mord zumindest nicht ausgeschlossen werden kann. Bertil, kümmerst du dich darum?«

Bertil sah erstaunt auf. »Um die Funkzellenerfassung?«

»Erst mal um den richterlichen Beschluss«, antwortete Victor.

»Soll das heißen, ich bin dem Container-Fall zugeteilt und nicht dem Attentat auf meinen Bruder?«

Niemand sah Bertil ins Gesicht, bis auf Lars. »Ja«, sagte der. »Du arbeitest nur an der Aufklärung des Mordes oder Suizids im Container.«

Bertil sprang auf. Sein Stuhl kippte um, und er stapfte aus dem Besprechungsraum.

Antonella stand auf und machte Anstalten, Bertil zu folgen. »Warte«, hielt Lars sie zurück. »Wir sind noch nicht fertig.«

Antonella setzte sich wieder.

»Victor hat von der Ärztin erfahren, dass sich Ingmar Ulvaeus den Schuss auch selbst beigebracht haben könnte.«

»Was?«, entfuhr es Gesche. »Das ist doch absurd, oder?«

»Und wo ist dann die Waffe?«, fragte Antonella. »Die Spurensicherung hat das Schiff der Wapo komplett auf den Kopf gestellt. Da war nichts.«

»Vielleicht hat er sie über Bord geworfen«, meinte Lars.

»Aber Ingmar weiß doch, dass das Hafenbecken an der Stelle nicht tief ist und wir die Waffe da auch finden würden«, gab Victor zu bedenken.

»Stimmt. Aber Ingmar ist vielleicht gar nicht auf die Idee gekommen, dass wir in Betracht ziehen könnten, dass er sich selbst verletzt.«

»Aber welches Motiv sollte er haben?«, fragte Antonella.

Lars zuckte mit den Schultern. »Das weiß ich nicht. Aber wir dürfen diese Möglichkeit nicht außer Acht lassen, und deshalb müssen wir auch klären, ob es ein Motiv geben könnte. Also in beide Richtungen ermitteln: Hat jemand auf ihn geschossen, oder hat er sich selbst verletzt.«

12

Kurz nach neun

Bertil saß an seinem Schreibtisch, starrte vor sich hin und spielte mit der Mine seines Kugelschreibers, als sein Handy den Eingang einer Nachricht signalisierte. Er las den kurzen Text, stöhnte, setzte sich aber in Bewegung, um seinen Neffen am Empfang abzuholen.

Der Sohn seiner Schwester hatte sich kleidungstechnisch für seinen zweiten Praktikumstag bei der Kripo nicht besonders viel Mühe gegeben. Zu einer ausgeleierten und verblichenen Jeans und Sneakers, die auch schon bessere Tage gesehen hatten, trug Torge einen dunkelblauen Hoodie, die Kapuze so weit über den Kopf gezogen, dass Bertil seine Augen erst sehen konnte, als sein Neffe den Kopf hob. Torge nickte und murmelte etwas, das »Guten Morgen« heißen konnte.

Bertil zog ihm die Kapuze vom Kopf. »Ich hatte dir gestern schon gesagt, dass wir hier kein Sportverein sind, sondern die Polizei. Hättest du nicht wenigstens ein Poloshirt anziehen können oder ein schlichtes Hemd?«

»Was denn für ein Hemd? Ist das hier eine Beerdigung?«

Schlagartig fiel beiden die Schießerei ein. Das freche Blitzen in Torges Augen verschwand. Bertil musste schlucken, als er an seinen Bruder dachte, der noch vor wenigen Stunden um sein Leben gekämpft hatte. Er räusperte sich und deutete Richtung Treppe.

»Na, dann lass uns mal. Freust du dich denn ein bisschen auf die Arbeit? Gestern hast du ja noch nicht viel gesehen.« Torge war am Tag zuvor nur für ein paar Stunden gekommen, um sich vorzustellen, einige Papiere zu unterschreiben und sich mit den wichtigsten Wegen vertraut zu machen. Torge war weder als Azubi noch als Hospitant hier, deswegen würde er in aktuelle Ermittlungen ohnehin keinen Einblick bekommen. Er hatte sein Abitur mit durchschnittlichem Ergebnis bestanden, danach war seine Zeit vor allem damit draufgegangen, sich zu überlegen, wo es beruflich für ihn hingehen sollte. Er wusste nicht, ob ein Studium für ihn das Richtige war oder ob er lieber eine Ausbildung anfangen sollte. Und auch der Vorschlag seiner Mutter, zunächst ein Jahr ins Ausland zu gehen, ehrenamtlich arbeiten vielleicht, war auf taube Ohren gestoßen. Zumindest einen Hauch von Begeisterung registrierte Bertil, als er seinem Neffen vorschlug, sich seine Arbeit bei der Kriminalpolizei einmal anzusehen und anschließend über eine Ausbildung in diese Richtung nachzudenken. Üblich war es nicht, Praktikanten bei der Kripo zu beschäftigen, aber mit einigem Papierkram war es Bertil gelungen, Torge für drei Wochen so etwas wie eine Schnupperrunde in alle Arbeitsbereiche zu ermöglichen. Offenbar war die Vorfreude schon wieder von der Resignation und der Gleichgültigkeit abgelöst worden. Von Torge gab es auf Bertils Frage jedenfalls nur ein Schulterzucken.

Sie stiegen nebeneinander die Treppen hoch, und Bertil versuchte, ein Gespräch in Gang zu bringen. »Willst du später noch zu Ingmar ins Krankenhaus?«

»Geht das? Gestern durften wir ja nur kurz zu ihm ins Zimmer, und da sah es nicht so aus, als ob …« Torge schluckte.

»Ja, wieso sollte das nicht gehen? Ich hab vorhin mit der Stationsschwester telefoniert. Dein Onkel schläft, aber die Ärzte sagen, er kommt wieder in Ordnung. Im Laufe des Tages wird er aufwachen, und dann kann man auch mit ihm reden.«

Die Spannung wich aus dem Körper des schlaksigen Teenagers, als hätte er bis jetzt die Luft angehalten. »Ich hätte mir auch gut vorstellen können, mal bei der Wasserschutzpolizei ein Praktikum zu machen, aber du hast ja gesagt …«

»Was wir hier machen, ist spannender für dich, glaub mir.« Bertil öffnete die Tür zum Großraumbüro und dirigierte seinen Neffen bis zu seinem Schreibtisch. »Wo die Küche ist und alles andere, das habe ich dir ja gestern schon gezeigt. Jetzt bekommst du deine erste Aufgabe. Kannst dich erst einmal hier einrichten.«

»Ist das dein Platz?« Torge zog die Hände aus der Bauchtasche seines Hoodies und griff nach der obersten Akte auf einem Stapel, der eine gefährliche Höhe erreicht hatte.

Bertil nahm ihm den Pappdeckel wieder aus der Hand. »Ganz genau. Das ist mein Schreibtisch mit meinen Unterlagen, und du fasst hier bitte nur die Dinge an, die ich für dich freigebe. Und ich darf dich noch kurz daran erinnern, dass du unterschrieben hast, nicht über das zu sprechen, was du hier machst. Mit niemandem, auch nicht mit deinem besten Kumpel oder deiner Mutter, klar?«

Torge nickte und ließ sich schwer auf den Schreibtischstuhl fallen, auf dem er sich umgehend hin- und herdrehte. »Und was soll ich jetzt machen?«, fragte er gelangweilt.

Sie wurden unterbrochen, als Gesche aus Richtung des Sitzungsraums auf sie zukam. »Na, wenn das nicht unser Frischling ist. Torben, oder?«

»Torge«, sagten Onkel und Neffe gleichzeitig und mit fast identischer Stimmlage. Bertil war überrascht, als Torge aufstand, um der Kollegin formvollendet die Hand zu geben und ein »Freut mich« in ihre Richtung zu schicken.

»Na, dann willkommen bei der Kriminalpolizei, Torge.« Gesche lächelte. Und das konnte sie wirklich.

Bertil vergaß augenblicklich seine Wut darüber, aus dem Fall der Schießerei ausgeschlossen worden zu sein. Wurde aber sofort von Torge wieder daran erinnert, der sich jetzt lässig auf die Schreibtischkante gesetzt hatte. »Ermitteln wir denn jetzt eigentlich, wer auf meinen Onkel geschossen hat?«

Bertil schnaubte. »Du ermittelst hier erst mal gar nichts, mein Freund.«

»Nun lass ihn doch.« Gesche nickte Torge zu, wieder das Lächeln, das auch bei seinem Neffen Wirkung tat. »Aber Bertil hat recht, als Verwandte seid ihr befangen, das geht nicht, dass man dann in so einem Fall an den Ermittlungen beteiligt ist.«

»Ich hab hier schon etwas für dich vorbereitet.« Bertil schob den Aktenstapel der linken Schreibtischseite zu Torge. »Das hier sind Akten von sogenannten Cold Cases, also Fällen, die nie aufgeklärt wurden. Ermittlungen aus Zeiten, in denen es noch keinen Computer gab, deshalb müssen die digitalisiert werden.«

»Ich soll Papierkram machen?« Der Gesichtsausdruck von Torge ließ vermuten, dass er lieber bei lebendigem Leibe gefoltert werden wollte, als sich dieser Akten anzunehmen.

»Das wird schon. Wir sehen uns später.« Gesche klopfte ihm auf die Schulter und ging zur Kaffeeküche.

Torge warf seinem Onkel einen weinerlichen Blick zu. »Wenn ich Mama nicht versprochen hätte, dass ich es jedenfalls versuche, dann …«

» … dann wärst du jetzt schon wieder mit deinen Kumpels irgendwo am Wasser und würdest die dritte Dose Bier aufmachen, schon klar, Torge. Nun mach erst mal, vielleicht findest du es am Ende ganz spannend.«

Bertil nahm seine Windjacke vom Haken. »Ich muss los, Erkundigungen zum Leichenfund im Container einholen. Wir sehen uns nachher zum Essen bei deiner Mutter. Wenn du Fragen hast, ruf mich an.«

13

Agatha wurde wach, weil Ingmar sich neben ihr räusperte. Sie lag mit dem Oberkörper auf dem Krankenhausbett und richtete sich auf. Ihr Nacken war verspannt von der unglücklichen Haltung während des Schlafens. Verlegen zog sie ihre Hand aus Ingmars.

»Guten Morgen«, sagte er und lächelte.

Die Krankenschwester musste bereits da gewesen sein, denn auf dem Nachttisch stand ein Tablett mit Frühstück. Graubrotscheiben, Schmierkäse, eine Scheibe Mortadella und Portionspackungen Marmelade und Margarine. Zwei Becher, aus denen es dampfte.

»Möchtest du frühstücken?«, fragte Ingmar und griff nach einem der Becher. »Kaffee? Wobei ich das vielleicht nicht Kaffee nennen würde, ist eher so etwas wie sehr starker Tee.«

Agatha stand auf, fummelte an ihrer Kleidung herum, strich sie glatt und bemühte sich dabei, Ingmar nicht anzusehen.

»Guten Morgen«, nuschelte sie. »Ja, gerne.«

Agatha nahm den anderen Becher vom Nachttisch und pustete hinein.

»Keinen Hunger?« Sie lehnte sich gegen die Fensterbank. Ihr war selbst nicht klar, warum es sie plötzlich so nervös machte, mit Ingmar zu sprechen. Er war doch seit Jahren ihr Kollege, Ingmar, der McGyver der Wasserschutzpolizei. Der Typ, der so gute Lasagne machte und alle mit Kräutern aus dem eigenen Garten versorgte.

Ingmar schüttelte den Kopf. »Nee, keinen Appetit. Hab schlecht geschlafen. Mies geträumt.«

»Von der Schießerei?«

»Ach, irgendwie wirres Zeug.« Ingmar schien nachzudenken. »Ich war auf unserem Schiff. Wir waren draußen auf der Nordsee, und der Motor ist ausgefallen, und dann haben uns die Kollegen von der Seenotrettung abgeschleppt. Auch der Typ mit diesem komischen Pferdeschwanz war dabei. Den kennst du doch auch?« Agatha vermutete, dass Ingmar mit seiner Frage eine bestimmte Absicht verfolgte. Denn natürlich wusste er, dass sie und Christian von den Seenotrettern während dieser Party miteinander gesprochen hatten. Vielleicht wusste er auch, dass sie später mit Christian gegangen war. Für einen Moment machte Ingmar den Eindruck, als wolle er noch mehr wissen, aber dann schloss er die Augen.

Agatha spürte, wie sie rot wurde. »Und was war da in deinem Traum mit den Kollegen von der Seenotrettung?«

Ingmar sah sie wieder an. »Hab ich doch schon gesagt, die haben uns abgeschleppt. War ja auch nur ein Traum.«

Ingmar versuchte sich aufzurichten, verzerrte dabei aber vor Schmerz das Gesicht.

»Lass mich das machen.« Agatha stellte die Tasse ab und richtete das Kissen in seinem Rücken so, dass Ingmar aufrecht sitzen konnte. Sie roch seinen Schweiß und darunter den Hauch eines Männerparfums. Und war erleichtert, als es einmal kurz an der Tür klopfte und Hans die Tür öffnete. »Hab ich doch richtig gehört.

Hier ist jemand aufgewacht.« Er trat ein, schloss die Tür hinter sich.

Agatha ging zurück an die Fensterbank.

»Wie geht es dir?«

Ingmar nickte.

»Du hast uns einen ganz schönen Schrecken eingejagt.« Hans strich sanft über die Bettdecke, setzte sich dann auf den Stuhl neben dem Bett. »Kannst du dich an irgendetwas erinnern?«

»An gestern Abend, meinst du?« Ingmar schüttelte den Kopf. »Nein, an fast nichts. Ich weiß noch, dass wir an Deck standen. Es war dämmrig, am Ufer das eine oder andere Licht, und dann hat's geknallt, aber das hätte alles sein können. Ein umgestürzter Mast, was weiß ich. Auf jeden Fall hab ich nicht an einen Schuss gedacht.«

»Also du hast auch vorher nicht irgendwo den Schützen gesehen?«

»Nein.« Ingmar richtete sich noch ein bisschen weiter auf. »Und bevor du das fragst, ich habe auch keine Ahnung, wer es auf mich abgesehen haben könnte.«

Hans zögerte. »Die Kripo wird in deinem Fall ermitteln, und die werden auch wissen wollen, ob es einen Grund gibt, warum du vielleicht die Waffe gegen dich selbst richten würdest.«

»Was soll das denn heißen?« Ingmar wurde wütend. »Bertil hat deinen Kollegen ja wohl verklickert, dass ich nicht der Typ bin, der sich selber anschießt, oder?«

Hans nickte. »Der Schuss kam laut Ärztin aus erhöhter Position, was auch bedeuten könnte, dass du dich selbst verletzt hast. Aber die Spurensicherung hat auch deine Hände untersucht, und ich bin sicher, dass sie da nichts finden werden, Schmauchspuren oder so was.«

Agatha registrierte den Blickwechsel zwischen den beiden

Männern und fragte sich, was da gerade zwischen den Kollegen stattfand. Hatte Hans einen Verdacht?

»Ich habe«, setzte Hans erneut an, »die anderen gestern Abend nach Hause geschickt, auch deinen Bruder. Doch es scheint«, Hans schaute nun zu Agatha, »dass eine besonders hartnäckige Kollegin meine Anweisung ignoriert und sich an mir vorbeigeschlichen hat.«

»Ich wollte mich einfach noch mal dafür bedanken, dass Ingmar meine Schicht übernommen hat. Also wenn ich nicht unbedingt hätte feiern gehen wollen, dann ...«

»Agatha, hör auf damit«, unterbrach Ingmar sie. »Du trägst keine Schuld daran, was passiert ist.«

»Aber ...«, setzte Agatha an.

»Nichts aber.« Hans schüttelte den Kopf. »Und nun gehst du nach Hause und schläfst dich aus. Ich habe eine Vertretung aus Hamburg angefordert, damit wir Ingmar ersetzen können.«

Agatha spürte die Müdigkeit. Sie sah ein, dass es wohl das Beste wäre, sich erst einmal auszuruhen.

Aber danach würde sie alles daransetzen, ihr Versprechen einzulösen. Sie würde denjenigen finden, der es auf Ingmar abgesehen hatte.

14

Mittagsstunde

Bereits vor der Haustür seiner Schwester roch es ganz köstlich nach etwas Gebratenem. Bertil spürte, wie er sich entspannte. Gutes Essen hatte ihm schon immer dabei geholfen runterzukommen. Torge schloss die Tür auf und öffnete sie, zog den Schlüssel ab, streifte die Sneaker von den Füßen und rief: »Wir sind dahaaa.«

Seine Mutter steckte den Kopf aus der Küchentür.

»Moin zusammen, ihr seid ja sogar pünktlich. Essen ist gleich so weit.«

Bertil zog ebenfalls die Schuhe aus und folgte Torge in die Küche. Es kam einige Male im Monat vor, dass er die Mittagspause bei seiner Schwester Inge verbrachte. Meistens war auch Ingmar dabei. Als er an seinen Bruder dachte, spürte Bertil wieder diesen Wutball im Bauch. Seine Gedanken schweiften ab zu dem Schützen und zu der Entscheidung seines Chefs, dass er nicht mit ermitteln durfte.

»Na, Bruderherz, alles so weit in Ordnung?« Inge drückte ihn, hielt dabei einen Bratwender in die Luft.

»Jaja, geht schon.«

Sie blieb vor ihm stehen, hielt sich mit der freien Hand an seinem Oberarm fest und sah ihm in die Augen. »Ingmar kommt wieder in Ordnung. Ich war vorhin bei ihm im Krankenhaus. Er ist noch ein bisschen schlapp, aber reden geht schon wieder. Und als großer Sabbelmors ist unser Bruder ja sowieso nicht bekannt.« Sie lachte. »Der Arzt sagt, alles halb so wild. Wenn die Verletzung verheilt ist, wird nichts zurückbleiben. Keine lebenswichtigen Organe getroffen, und der Blutverlust hat auch keine bleibenden Schäden verursacht.« Sie strich Bertil mit dem Handrücken über die Wange.

Inge hatte sich als Älteste der drei Geschwister immer sehr fürsorglich um ihre beiden Brüder gekümmert. Ihre Mutter war ebenfalls alleinerziehend gewesen, nachdem ihr Vater sie verlassen hatte. Zusammen mit seiner neuen Liebe, gleichzeitig Trennungsgrund, hatte er Cuxhaven damals verlassen. Ingmar war noch ein Kleinkind gewesen. Inge hatte danach gekocht, geputzt und auf die Jungs aufgepasst. Nie war es ihr zu anstrengend gewesen mit den beiden Kleinen, die sie über alles liebte. Was auf Gegenseitigkeit beruhte.

»Noch jemand?« Torge stand vor dem Kühlschrank und hielt eine kleine Flasche Limonade in der Hand.

»Nein, danke, ich trinke Wasser.« Inge wandte sich wieder ihrer Pfanne auf dem Herd zu. Auch Bertil lehnte ab und ließ sich schwer auf seinen Stammplatz am Küchentisch fallen. Torge setzte sich ihm gegenüber.

»Wisst ihr schon etwas über den Schützen?« Inge stellte schwungvoll eine Pfanne, in der das Fett noch brutzelte, auf eine Holzplatte auf den Tisch, neben eine große Schüssel mit buntem Salat. Dann setzte sie sich ebenfalls.

»Da fragst du den Falschen. Die haben mich auf einen anderen Fall angesetzt. Ich darf nicht ermitteln. Befangenheit.« Bertil ignorierte den fragenden Blick seiner Schwester und deutete auf die Pfanne. »Und was ist das? Erinnert ein bisschen an paniertes Fleisch.«

»Schnitzel.« Inge nahm eines der goldbraunen Teile mit dem Bratwender aus der Pfanne und legte es Torge auf den Teller. »Vegetarisch natürlich, keine Sorge.« Torge tat sich Salat auf, während ein Stück Gebratenes auf Bertils Teller landete. »Wieso jetzt immer vegetarisch? Ich dachte, dass sei nur so eine Phase?«

»Guten Appetit«, wünschte Inge.

»Phase? Man kann doch nicht nur übergangsweise Vegetarier sein. Du weißt schon, was diese ganze Fleischfresserei mit der Umwelt anstellt? Also vom Tierleid mal ganz abgesehen?« Torge schob sich eine große Portion Salatblätter in den Mund. Bertil pikte seine Gabel in das vegetarische Etwas und schnitt zögerlich ein winziges Stück davon ab.

»Und du, mein Kind, wie gefällt es dir bei der Kripo? Hattest du einen guten Vormittag?«

Torge schluckte, spülte mit Limo nach und nickte. »Ja, schon. Aber …« Er warf seinem Onkel einen Blick zu, bevor er weitersprach. »Ist halt echt ein Deppenjob, den sich Bertil da für mich ausgedacht hat.«

Inge kaute, schaute fragend zu ihrem Bruder.

Der fand das sogenannte Schnitzel gar nicht schlecht und schielte schon in die Pfanne, um sich das nächste Stück auszusuchen.

»Ach, was heißt denn Deppenjob? Torge soll ein paar alte Akten archivieren. Total verantwortungsvolle Aufgabe, und er ist ja noch nicht mal zwei Tage da, also …«

»Das ist wahr.« Inge legte ihr Besteck beiseite, wurde ernst. »Torge, das haben wir doch jetzt schon so oft besprochen. Du kannst nicht immer gleich alles doof und langweilig finden.

Manchmal braucht es auch ein bisschen Zeit, bis man entdeckt hat, was eine neue Aufgabe Gutes mit sich bringt.«

»Ich dachte, ich krieg auch ein Schießtraining oder kann mal mit rausfahren zu einem Tatort, also dahin, wo was passiert ist.«

»Deine Mutter hat recht, gib dir doch ein bisschen Zeit. Und wie du gesehen hast, kann nicht einmal ich mir aussuchen, was ich machen will. Da gibt's immer noch einen Chef, der entscheidet.« Er lächelte seine Schwester an. »Lecker übrigens, hätte ich nicht gedacht.«

»Nimm doch noch.« Inge deutete auf die Pfanne. Und Bertil kam der Aufforderung nach.

Torge war noch nicht fertig mit dem Nörgeln. »Aber das kann dein Chef doch nicht machen. Immerhin ist Ingmar dein Bruder. Was soll denn das heißen, Befangenheit? Wir beide könnten doch wohl am besten an diesem Fall mitarbeiten. Eben weil wir mit Ingmar verwandt sind. Es wird sich doch niemand so wie wir anstrengen, den Täter zu finden.«

Inge legte ihre Hand auf die ihres Sohnes. »Da muss ich dir widersprechen. Es geht ja zum Beispiel auch darum, dass jemand, der so nah dran ist an einem Verbrechen, nicht zum Beispiel aus Hass Selbstjustiz übt. »Stimmt's, Bertil?«

Bertil kaute und nickte gleichzeitig.

Torge riss seine Hand los. »Aber, Mama, stell dir doch mal vor, ich wäre bei der Wapo und könnte jetzt für Ingmar einspringen und so herausfinden, was passiert ist. Wenn irgendjemand ein Problem mit ihm hat, dann kennt Ingmar den doch. Höchstwahrscheinlich hat er den bei der Arbeit getroffen. Also wenn ich jetzt mein Praktikum lieber doch bei der Wasserschutzpolizei mache und bei der Kripo aufhöre, dann könnte ich einfach in Ingmars Rolle schlüpfen, also mal so tun, als wäre ich er und …«

»Es ist ja gar nicht gesagt, dass Ingmar das Ziel war«, erklärte

Bertil. »Vielleicht ging es um die Wasserschutzpolizei im Allgemeinen oder ...«

»Genug von der Arbeit. Jetzt essen wir in Ruhe«, bestimmte Inge.

Und Bertil stellte einmal mehr fest, dass sein Neffe ein ziemlich schlaues Kerlchen war. Er hatte ihn gerade auf eine Idee gebracht.

15

Mittags

Lars checkte seine E-Mails. Die erste von drei neuen Nachrichten stellte ihm als einzigen Verwandten einer todkranken südafrikanischen Witwe die Erbschaft von umgerechnet sechs Millionen Euro in Aussicht, in der zweiten wurde ihm die Verlängerung seines Penis um bis zu sechs Zentimeter – ohne Operation – für kleines Geld angeboten. Die dritte Mail war von Maik aus der IT. Die Identität der Frauenleiche sei mittlerweile zweifelsfrei geklärt, es handele sich, wie vermutet, um die 26-jährige Karima Berrada. Die marokkanischen Behörden hatten die Fingerabdrücke identifiziert. Sie stamme aus Tanger und war dort zweimal wegen Diebstahls verhaftet worden.

Lars griff zum Telefonhörer.

»Maik?«

»Ja, bei der Arbeit.«

»Ich hab deine Nachricht gerade gelesen. Wie weit ist denn die Spurensicherung im Fall der Schüsse auf das Wapo-Boot?«

»Da weiß ich auch nicht mehr als du. Die haben gestern Abend schon alles abgesucht und gesichert. Und heute, sobald es hell war, eine weitere Runde gedreht«, entgegnete Maik. »Ich hake da mal nach. Aber die Kollegen hätten sich gemeldet, wenn sie noch etwas gefunden hätten.«

»Okay. Was ist mit dem richterlichen Beschluss?«

»Wegen der Funkzellenabfrage?«

»Haben wir noch einen anderen richterlichen Beschluss offen?«

»Der Beschluss ist ergangen, hat sich ja Bertil drum gekümmert. Ich hab den Telefongesellschaften schon geschrieben. Eine hat sich gemeldet, die mit dem großen T.«

»Und? Gibt es schon was zu berichten?«

»Eine Rufnummer, die an beiden Tatorten zur Tatzeit eingeloggt gewesen wäre, habe ich nicht gefunden. Aber wie gesagt, es hat sich erst eine Telefongesellschaft …«

»Was ist mit den Zeugenbefragungen?«, fiel ihm Lars ins Wort.

»Das macht Bertil.«

»Sonst noch irgendetwas Neues?«

»Nein.« Maik zögerte. »Das heißt, doch. Ich hab die Firmen am Fährhafen kontaktiert und gefragt, ob es Außenkameras gibt.«

»Gut. Stimm dich mit Victor ab, wir brauchen ja auch Videomaterial zum anderen Fall.«

»Aye, aye, Käpt'n «, erwiderte Maik.

Lars hatte gerade aufgelegt, da klingelte sein Handy.

»Henk!«

»Hallo, Lars, hast du kurz Zeit?«

»Für dich immer.«

»Also, ich habe keine Spuren an der Leiche gefunden, womit du wahrscheinlich schon gerechnet hast. Aber die Frau hatte vor ihrem Tod Geschlechtsverkehr.«

»Wie lange vor ihrem Tod?«

»Ich war nicht dabei, aber ich schätze mal so drei bis vier Stunden. Ich habe die Samenflüssigkeit …«

»Du musst nicht so sehr in die Details gehen, bitte«, unterbrach Lars ihn. »Was noch?«

»Der Fundort ist definitiv nicht der Ort, an dem sie getötet wurde.«

Lars griff nach einem Kugelschreiber, um sich Notizen zu machen. »Ist die Frau doch nicht an einem Genickbruch gestorben?«

»Wie lange machst du diesen Job jetzt?« Henk klang genervt.

»Mir war klar, dass du darauf gleich anspringst, Herr Rechtsmediziner.«

»Weil ich euch allen auch schon tausendmal erklärt habe, dass Menschen nicht an einem Genickbruch sterben, wenn sie sich aufhängen. »Strangulieren, würgen, drosseln, egal! Wenn am Hals zugedrückt wird, dann fließt kein Blut mehr ins Gehirn, und nach wenigen Sekunden kriegst du Panik. Dann kommt aber auch schon die Ohnmacht, meistens, bevor du Gelegenheit hast, dich zur Wehr zu setzen.«

»Du weißt, wie man es spannend macht.« Lars warf den Kugelschreiber wieder auf den Tisch.

»Entscheidend ist: Wie drückt der Knoten des Seils auf den Hals. Wenn die Blutzufuhr unterbrochen ist, dann stirbt man. Der Bruch des Zungenbeins ist dann nur noch ein Merkmal, kein todesursächliches Indiz.«

Lars wechselte das Telefon an sein anderes Ohr. »Komm mal zum Punkt, ich hab nicht ewig Zeit. Mein Schreibtisch liegt voller Fälle, die alle ein bisschen Aufmerksamkeit von mir brauchen. Warum ist das wichtig?«

Henk schnaufte. »Weil es Male am Hals der Toten gibt, die nicht von einer Schlinge herrühren. Sie ist erstickt, aber durch ein breiteres Tatwerkzeug. Ich musste schon ziemlich genau hinsehen, aber es gab neben den Malen des Seils auch zarte Abdrücke eines breiten Gürtels, weicheres Material, vielleicht ein Bademantelgürtel. Ich habe einige Fasern zur Untersuchung gegeben, die sich in den Haaren verfangen hatten.«

»Was schließt du daraus?«

»Ich Rechtsmedizin, du Kripo. Ich Untersuchung, du Ermittlung.«

»Komm schon, Henk.«

Dibbersen zögerte nur kurz. »Also wenn ich die anderen Untersuchungsergebnisse dazunehme, zu einem Herzen frisierte Schamhaare, Blondierung oben und unten, schicke Gelnägel, dann kann ich dir nur sagen: Ich habe keine Ahnung.«

»Was meinst du, warum sie ihre Haare in diese Form gebracht hat? Untenrum.«

»Tja, soll ich dir nun etwa erklären, wie Mode funktioniert? Such ihren Freund oder ihre Freundin, dann werdet ihr vielleicht den Grund erfahren.«

Lars legte auf und ließ sich das Ganze noch einmal durch den Kopf gehen. Eine junge Frau, gepflegt und offenbar darum bemüht, gut auszusehen. Die Geld ausgab für Friseur und Nagelstudio. Was konnte passiert sein, dass sie am Ende ihres viel zu kurzen Lebens in einem Frachtcontainer aufgehängt wurde?

Und wieso brachte jemand die Frau um und ließ sie dann nicht an Ort und Stelle, sondern transportierte sie an den Hafen? Setzte sich der Gefahr aus, beim Transport oder der Inszenierung der Leiche erwischt zu werden?

War Karima Berradas Tod Teil einer größeren Sache? Sollte ihr Mord eine Warnung sein? Und wäre dann ein abseits gelegener Container der Ort gewesen, an dem man sie aufgehängt hätte?

Oder hatte Henk etwas übersehen, und es war doch ein Suizid, bei dem sie jemand unterstützt hatte? Lars zweifelte an dieser

These. Es gab inzwischen reichlich Informationen im Internet über den Freitod durch Erhängen. Und darüber, wie schmerzhaft diese Todesart war. Welchen Grund konnte Karima haben, Selbstmord zu begehen? Wurde sie erpresst? Hatte sie illegal als Prostituierte gearbeitet, und ein Freier war durchgedreht?

Sie mussten jemanden finden, der sie gekannt hatte. Und der alten Regel *Follow the money* nachgehen. Herausfinden, woher die Frau ihr Geld bekam und wie viel.

Lars wählte Victors Nummer.

Als Victor seinen Wagen vor der KRAFI geparkt hatte und ausgestiegen war, um in die Fischfabrikhalle zu gehen, spürte er ein Brummen und sah auf das Display seines Handys. Für Lars hatte er jetzt keine Zeit. Er steckte das Telefon in seine Jackentasche zurück. In einem KRAFI-Container war die Leiche gefunden worden. Und nun galt es herauszufinden, ob das ein Zufall war. Und ob die Tote und der Schuss auf Ingmar Ulvaeus irgendwie miteinander in Zusammenhang standen. An einem Tag zwei schwere Verbrechen in Cuxhaven – das konnte seines Erachtens kein Zufall sein.

In der Halle der KRAFI am Alten Hafen war es deutlich kühler als draußen. Zwischen den riesigen Containern, mit denen auch die Frachter beladen wurden, standen unzählige weiße Plastikwannen herum, manche leer, andere voller Eis. Ein strenger Fischgeruch hing in der Luft. Victor versuchte, nur durch den Mund zu atmen, aber das machte es nur noch schlimmer.

»Entschuldigung«, sagte er, als ein junger Mann mit blauer Plastikschürze auf ihn zukam. Der blieb nicht stehen, sondern verlangsamte lediglich seinen Gang. »Was?«

»Ich suche den Lagerleiter oder Vorarbeiter oder wie man das hier bei euch nennt.«

Der Mann deutete auf ein kleines Kabuff neben dem Halleneingang und war auch schon zwischen den Containern verschwunden, bevor Victor *Danke* sagen konnte.

Victor steuerte das Kabuff an. Wände und Dach waren aus Wellblech, ein kleines Fenster an der Vorderseite, über der Tür hing ein Schild, auf dem in verblichenen Lettern »Onkel Toms Hütte« stand.

Bertil klopfte, und statt eines »Herein« wurde die Tür aufgerissen.

»Sie dürfen hier nicht sein, das ist Privatgelände, viel zu gefährlich«, spuckte ihm ein sehr kräftiger Mann mittleren Alters mit ungepflegtem Vollbart und Bayern-München-Cap entgegen.

Victor lächelte schmal und zog seinen Dienstausweis aus der Jackentasche. »Ich bin gar nicht privat hier.«

Der Vollbart kniff die Augen zusammen, um lesen zu können, was auf dem Ausweis stand.

»Und wer sind Sie?«

»Brunsdahl«, antwortete der Mann. »Ich bin der Lagerleiter der KRAFI.«

»Gut. Hier …«, Victor machte eine ausladende Geste, » … hier wird der Fisch umgeschlagen, richtig? In Container verladen und dann verschifft?«

»Krabben *und* Fisch. Deshalb ja KRAFI.«

»Sind Ausländer bei Ihnen beschäftigt?«

»Ausländer?« Brunsdahl warf die Stirn in Falten. »Natürlich. Die fischverarbeitende Industrie ist ein Niedriglohnsektor. Das machen viele Deutsche nicht mehr. Deswegen haben wir ja Portugiesen und Spanier geholt, in den Sechzigern und Siebzigern, jetzt kommen die meisten Arbeiter aus dem Ostblock. Zumindest bei uns.« Brunsdahl trat auf Victor zu. »Warum wollen Sie das denn wissen?«

»In einem Ihrer Container wurde eine Frauenleiche gefunden. Am Fährhafen unten.«

»Hat sich schon rumgesprochen.« Brunsdahl nickte. »Hat sich aufgehängt, die Kleine, oder?«

Victor ließ sich seine Überraschung nicht anmerken. »Heute Morgen hat noch nichts davon in der Zeitung gestanden. Woher wissen Sie das?«

»Ist 'ne Kleinstadt, Cuxhaven. Da macht so was schnell die Runde.«

Victor zeigte ihm ein Foto, auf dem lediglich der Kopf der Leiche zu sehen war.

»Kennen Sie die Frau?«

»Weiß nicht.« Brunsdahl zog die Mundwinkel nach unten. »Nee, bestimmt nicht. Ach, keine Ahnung, diese Dunkelhäutigen sehen doch alle gleich aus.« Er sah zu Boden und lüftete sein Cap. Darunter kamen ein Haarkranz und ein fast blanker Schädel zum Vorschein.

»Haben Sie eine Idee, warum die Frau gerade in einem Ihrer Container gefunden wurde?«

»Nee, bin ja kein Hellseher.«

Victor zog einen Zettel und einen Stift hervor. »Können Sie mir mal den Namen Karima Berrada auf den Zettel schreiben? Berrada mit Doppel-r.«

Brunsdahl sah ihn mit zusammengezogenen Augenbrauen an. »Und wofür soll das gut sein?«

Victor wählte eine schlichte Antwort, die seine Kollegen ebenfalls gelegentlich zu hören bekamen. »Darum.«

Der Mann nahm den Füller, legte den Zettel auf einen Styroporbehälter und schrieb den Namen.

»So, und jetzt mit der anderen Hand.«

Brunsdahl sah kurz auf, schrieb den Namen aber dann mit der

linken Hand. Und verschmierte dabei den Vor- wie auch den Nachnamen.

»Noch was?«

Victor deutete in die Ecke der Halle, in der sich ein kleines, von der Halle abgetrenntes Areal befand.

»Arbeitet da jemand?«

»Margarete, an der Pulmaschine.«

»Da hinten? Ist aber nicht viel Platz zum Krabbenpulen.«

»Stimmt. Brauchen wir aber auch nicht. Die meisten Krabben gehen immer noch rüber nach Marokko. Wir entschalen hier nur kleine Mengen, für die Restaurants, die Frischetheken und ein paar private Abnehmer. Handarbeit ist immer noch besser als das, was die in einigen Betrieben mit den Schälmaschinen anrichten, wenn Sie mich fragen. Kostet mehr, die Handarbeit lohnt sich aber.« Er setzte die Kappe wieder auf den Füller.

»Ich würde mir das gerne mal angucken.«

Brunsdahl zuckte mit den Schultern, verzog die Lippen zu einem verächtlichen Grinsen. »Wenn's Ihnen Spaß macht. Aber fassen Sie da nichts an, klar? Eigentlich kann ich Sie da nicht allein hinmarschieren lassen, aber ...« Hinter ihm klingelte ein Telefon in einer unglaublichen Lautstärke. »Sie sehen ja, was hier los ist. Also ...«

Victor hob die Hand zum Gruß. Brunsdahl verabschiedete sich, indem er die Tür des Kabuffs hinter sich zudonnerte.

Ein Gabelstapler, beladen mit Holzpaletten, fuhr so dicht an Victor vorbei, dass er stehen bleiben musste. Ein junger Mann lenkte das Fahrzeug geschickt durch die Plastikwannen hindurch ins Freie. Das Gesicht kam Bertil bekannt vor, er konnte sich aber nicht erinnern, wo er den Fahrer schon einmal gesehen hatte.

Victor ging auf die Frau hinter der Trennwand zu.

»Ich suche Magarete.«

»Das bin ich.«

Gleiches Spiel wie zuvor. Griff in die Jackentasche, Ausweis vorzeigen. Nur dass Margarete nicht die Augen zusammenkniff, sie konnte offenkundig besser sehen als der Lagerleiter. Sie drückte auf einen roten Knopf, und das Fließband mit den Krabben kam zum Stillstand.

»Kripo«, sagte Victor nur.

Die Frau war sehr schmal und blass, fast durchsichtig, nur einzelne Strähnen ihrer rotblonden Haare lugten unter der weißen Schutzkappe hervor.

»Wir haben eine tote Frau in einem Kühlcontainer gefunden, vielleicht haben Sie schon davon gehört?«

Keine Reaktion. Victor hielt ihr das Foto der Toten vors Gesicht. »Kannten Sie sie?«

Wieder keine Reaktion. Schließlich ein Kopfschütteln.

»Wieso denken Sie, dass ich die Frau kennen könnte?«

Victor schob den Unterkiefer nach vorn. »Irgendjemanden muss sie ja gekannt haben. Und sie wurde in einem Kühlcontainer Ihrer Firma …«

»Wie gesagt, ich kenne sie nicht.«

»Okay«, sagte Victor und zog erneut Zettel und Stift hervor. »Dann nur noch eine kleine Schriftprobe.« Er hielt ihr beides entgegen.

»Wozu?«, fragte sie.

Victor lächelte. »Routine. Einmal mit links und einmal mit rechts einen Namen schreiben.«

Margarete zog ihre Plastikhandschuhe aus und legte sie auf das Laufband der Krabbenpulmaschine. »Na schön. Und welchen Namen?«, fragte sie genervt.

»Karima Berrada.«

Victor beobachtete Margarete aufmerksam. Sie schrieb den

Namen einmal mit links und einmal mit rechts. Und beide Male mit Doppel-r. Dann gab sie Victor Zettel und Stift zurück. Der nickte zufrieden. »Haben Sie den Namen schon mal gehört?«

Schulterzucken. »Ich hab meine eigenen Probleme. Da kann ich mich nicht auch noch um die anderer Menschen kümmern.« Das kam eher entschuldigend als vorwurfsvoll.

»Was für Probleme haben Sie denn?«

»Ach, die üblichen.«

Sie schüttelte den Kopf. Der Frau war sichtlich unwohl. Ihr Blick wurde fahrig, und sie atmete hörbar tief ein. Die Tür zum Schuppen ging auf, und Brunsdahl stand in der Tür.

»Ich muss jetzt auch mal weiterarbeiten«, flüsterte die Frau und wandte sich ab.

16

Kurz nach Mittag

Lars hatte sich zum Mittagessen einen Salat aus dem Supermarkt geholt. Als Chef der Abteilung wollte er mit gutem Beispiel vorangehen und keine Zeit verschwenden, die er besser in die Ermittlungen stecken konnte. Nach einem Mord tickte die Uhr, je schneller man sich um Beweise und Spuren kümmerte, desto größer war die Wahrscheinlichkeit, den Täter dingfest zu machen.

»Lars, hast du kurz Zeit?« Victor klang etwas unterkühlt. Er war ganz klar noch sauer auf seinen Chef, weil der ihn nicht vorab über die Einteilung der Gruppen informiert hatte. Aber auch Lars war nicht gut auf Victor zu sprechen. Er mochte es gar nicht, wenn jemand seine Anrufe nicht entgegennahm, so wie Victor in den vergangenen Stunden.

»Da bist du ja! Wo warst du denn? In Bremerhaven? Hast du Nachbarn oder Freunde ausfindig gemacht, die etwas über diese Karima Berrada sagen können? Und dich da noch mal in der Wohnung umgeschaut?«

»Nein, sorry. Ich war bei der KRAFI. Krabben und Fisch.«

»Aha! Warum?« Lars deutete auf den Stuhl vor seinem Schreibtisch, doch Victor setzte sich nicht, sondern schüttelte nur den Kopf.

»Der Kühlcontainer, in dem wir die Frauenleiche gefunden haben, gehört zur KRAFI. Der Firmensitz ist in Estland. Ich hab da den Geschäftsführer erreicht, aber der konnte zur Nutzung und Verwendung der einzelnen Container nichts sagen. Das hat mir keine Ruhe gelassen.«

Lars nickte.

»Ich bin dann zur Lagerhalle der KRAFI in der Neufelder Straße. Da habe ich mit dem Vorarbeiter Thomas Brunsdahl gesprochen. Unangenehmer Typ, kannte die Tote aber nicht. Sagt er. Dann hab ich noch mit einer Mitarbeiterin gesprochen. Margarete Swiatek, gebürtig aus Breslau. Hab ihr auch das Foto unserer Toten gezeigt, die konnte aber auch nichts sagen. Wirkte ein bisschen so, als hätte sie Angst vor diesem Vorarbeiter.«

Lars schlug die Beine übereinander. Er wartete darauf, dass Victors Ermittlungsidee auf irgendetwas Relevantes hinauslief. »Noch was?«

»Ich hab die beiden mal etwas aufschreiben lassen.« Victor zog zwei gefaltete Papierstücke aus der Innentasche seiner Jacke und legte sie auf den Schreibtisch.

Lars sah auf die Zettel und las, was darauf stand. Dann zog er aus dem Schubfach unter seiner Schreibplatte ein anderes Blatt Papier hervor. Er verglich die beiden Schriftproben mit dem Schriftzug des Namens, der hinter Victors Scheibenwischer geklemmt hatte. Und schüttelte dann den Kopf. »Keine Übereinstimmung«, sagte er. »Sehe ich auf den ersten Blick. Der Hinweisgeber auf Karima Berrada ist auf jeden Fall nicht der Vorarbeiter und auch nicht diese Margarete.«

Victor nickte. Er wandte sich Richtung Tür, drehte sich aber noch einmal um. »Als ich Margarete gesagt habe, sie soll den Namen Karima Berrada schreiben, da hat sie nichts gesagt.«

»Was soll sie auch sagen? Was das für ein seltsamer Name ist? Dass sie nicht schreiben kann? Was hast du denn erwartet?«

»Na ja, wenn du mir sagst, ich soll einen Namen aufschreiben, dann frag ich doch danach, wer das ist, oder etwa nicht?«

Lars stöhnte. »Weiß nicht, ob du da nicht ein bisschen viel hineininterpretierst. Vermutlich wird sie sich gedacht haben, dass es der Name der Toten ist.«

»Mein Bauchgefühl war mir bisher ein sehr guter Ratgeber, und das sagt mir, dass da etwas mächtig stinkt in dieser Fischhalle, und das sind nicht die Krabbenschalen!«

»Mag alles sein.« Lars stand auf. »Aber du und dein Bauch, ihr fahrt jetzt nach Bremerhaven. Und melde dich, wenn du zurück bist, ja?«

Beim letzten Satz war Victor bereits auf dem Flur. Eine Antwort gab er nicht.

17

Auch kurz nach Mittag

Cuxhaven war für Victor als Stadt nicht besonders spektakulär. Er hatte während seiner Kommissarausbildung eine Zeit lang in Berlin gelebt und auch einige Monate in München. Im Vergleich dazu war Cuxhaven übersichtlich und geradezu beschaulich. Und genau das war es, was er wollte: ein beschauliches Leben am Wasser führen.

Für Bremerhaven hingegen fand Victor kein passendes Wort der Beschreibung.

Mit seiner kleinen Schwester Ana war er früher an vielen Wochenenden im *Klimahaus* gewesen. Das Museum mit Ausstellungen über Wind und Wetter hatte sogar Victor begeistern können. Und auch den Zoo am Meer und das Deutsche Auswandererhaus hatten sie besucht. Attraktionen, auf die manch ein Cuxhavener neidisch war. Wenn es ihn an Wochentagen in die kleine Stadt an der Küste zog, dann war das bislang ausnahmslos dienstlich gewesen, und immer hatte er sich hier grundlos unwohl gefühlt. Dabei gab es wirklich schöne Stadtteile: der Speckenbütteler Park, das Schloss Morgenstern in Weddewarden. Hatte er sich alles angesehen, fand es auch recht hübsch, ebenso den Fischereihafen. Thieles Garten war ebenfalls weit über die Stadtgrenzen hinaus als Geheimtipp bekannt. Ein kleiner verwunschener Park im Stadtnorden, angelegt von zwei Künstlerbrüdern. Ein maurisch inspirierter Bau inmitten alter, zum Teil exotischer Bäume, dazwischen Skulpturen von Nymphen, Gnomen, Wassergeistern und auch Fußballspielern. Alles wunderschön. Und trotzdem: Irgendwie wurde er mit Bremerhaven nicht warm.

Die Wohnung von Karima Berrada lag in Lehe, in der Presse gern als »Deutschlands ärmster Stadtteil« beschrieben. In der Goethestraße wohnten überwiegend Ausländer und junge Menschen. Schrottimmobilien und die dazugehörigen Slumlords gehörten hier ebenso dazu wie die zarten Ansätze einer Gegenkultur von jungen Kreativen. Wunderschöne Häuser aus der Gründerzeit, etliche traurig verfallen.

Eigentlich sollte Victor hier auf einen Bremerhavener Kollegen warten, den Lars ihm schicken wollte, von wegen keine Alleingänge und so. Aber auch fünfzehn Minuten nach der abgesprochenen Zeit tauchte der Schutzpolizist nicht auf. Deshalb beschloss Victor, einfach schon mal ins Haus zu gehen.

Er suchte auf der Klingelleiste mit unzähligen Namen nach dem von Karima Berrada, fand aber kein passendes Schild. Dann fiel ihm ein, dass er ja nach dem Firmennamen suchen musste, über den die Wohnung angemietet worden war.

Victor betätigte den Klingelknopf, aber niemand öffnete. Wie auch, nach Angaben der Bremerhavener Kollegen gab es keinen Hinweis darauf, dass außer Karima noch jemand in der Wohnung gelebt hatte. Victor zog den Schlüssel aus der Hosentasche, der per Dienstpost nach Cuxhaven gelangt war, und steckte ihn in das Türschloss. Doch der Schließmechanismus ließ sich keinen Millimeter nach links oder rechts bewegen. Hatten die Kollegen den falschen Schlüssel geschickt? Er besah sich das Etikett, mit dem der Schlüssel von der Polizei in Bremerhaven versehen worden war: Wohnungstür Karima Berrada. Damit würde er nicht ins Haus kommen. Er drückte zahlreiche Klingelknöpfe. Wenige Sekunden später hörte er ohne weitere Nachfrage das Surren des Türöffners.

Im Flur war es deutlich dunkler als draußen, daran änderte auch das Betätigen des Lichtschalters nichts, vielleicht eine kaputte Glühbirne. Victor hörte, wie ein Stockwerk über ihm eine Tür geöffnet wurde.

»Kevin?«, schallte es durch den Flur. »Komm endlich rauf, verdammte Axt, ich hab Hunger.«

Von oben war nun erneut ein Klingeln zu vernehmen, offenbar hatte besagter Kevin seinen Finger auf die Taste gedrückt. »Nanu, wer ist das denn jetzt?«

»Hier ist Victor Carvalho.«

»Victor wer?«, rief die Frau zurück.

Er stapfte die Treppe nach oben, während erneut die Türklingel zu hören war.

»Ja, Herrgott noch mal. Eine alte Frau ist kein D-Zug.«

Als Victor die erste Etage erreicht hatte, surrte erneut der Türöffner. Die Frau trat in den Flur und schrie auf. »Wer sind Sie denn? Wie können Sie mich so erschrecken?«

Victor schätzte sie auf ungefähr sechzig, aber vielleicht sah sie auch nur so aus. Die Frau stand im Türrahmen und presste beide Hände auf die Stelle, auf der sie ihr Herz vermutete.

»Entschuldigen Sie, das war nicht meine Absicht.«

Die Frau hatte sich von ihrem ersten Schreck erholt und verschränkte die Arme vor der Brust. »Was wollen Sie denn von mir? Warum haben Sie bei mir geklingelt?«

»Von Ihnen will ich gar nichts.« Victor wusste aus Erfahrung, dass es bei solchen Gesprächen hilfreich sein konnte, den Dienstausweis für sich sprechen zu lassen.

Die Dame schob ihren Oberkörper in seine Richtung und starrte auf das Dokument. »Ich hab nichts gemacht. Und Kevin auch nicht.«

»Kripo Cuxhaven«, sagte Victor, während Kevin die letzte Treppenstufe nahm und neben ihm abrupt zum Stehen kam. Der junge Mann in Jeans, weißem Hoodie und schräg auf dem Kopf sitzenden Basecap starrte Victor an, dann den Dienstausweis und schließlich die Frau, die seine Mutter, Tante oder Oma sein konnte. Dann ließ er die Papiertüte von McDonald's fallen und rannte die Treppen wieder hinunter.

Die Frau im Türrahmen schlug nun die Hände vors Gesicht. »Oh nein, was hat der Junge denn jetzt wieder ausgefressen?«

»Sind Sie die Mutter?«

»Ich?«, sagte die Frau empört. »Ich bin die Oma, Frau Hacht, und wenn Sie was von Kevin wollen, dann müssen Sie wiederkommen, der ist ja nun nicht mehr da.« Die Eingangstür des Hauses krachte laut, als sie hinter Kevin zuschlug.

»Die Mutter des Vaters bin ich. Obwohl der sich so eigentlich nicht nennen sollte. Also Vater. Der hat nämlich …«

Victor vermutete, dass Frau Hacht einen erhöhten Redebedarf hatte, dem er auf keinen Fall Raum geben wollte.

»Entschuldigen Sie, dass ich bei Ihnen geklingelt habe, aber ich muss in die Nachbarwohnung.«

»Aber da wohnt keiner mehr. Die Frau ist ermordet worden.«

Victor lächelte.

»Und außerdem ist die Wohnung zugeklebt. Da waren Kollegen von Ihnen da, die haben da so Marken drangemacht, damit niemand reingeht.«

»Ja, sie haben die Wohnung versiegelt. Und deshalb habe ich das hier dabei.«

Victor hob einen Schlüssel in die Höhe.

»Wenn Sie einen Schlüssel für die Wohnung haben, warum haben Sie dann bei mir geklingelt?«

»Weil mir die Kollegen einen Schlüssel für die Wohnung gegeben haben, aber nicht für die Haustür.«

Frau Hacht schüttelte energisch den Kopf. »Typisch Polizei. Beim Grips fehlt immer mindestens 'n Groschen bis zur Mark.«

»Tja, so sind wir eben«, sagte Victor. »Warum ist Ihr Enkel denn gerade weggerannt?«

»Vielleicht ist ihm eingefallen, dass er die Pommes vergessen hat. Ich esse den Burger nur mit Pommes. Ich lege die immer noch mit drauf, auf den Burger. Und darauf dann noch extra Barbecue-Sauce. Müssen Sie mal probieren, lecker ist das.«

»Ich hatte nicht das Gefühl, dass die Reaktion Ihres Enkels mit den Pommes zusammenhing.«

Victor hob die Tüte auf und sah hinein. Die Pommes lagen obenauf.

»Pommes sind drin in der Tüte«, sagte er.

»Ich wollte aber zwei Portionen«, gab Frau Hacht schlagfertig zurück.

Victor lächelte. »Klar. Schönen Tag noch.«

Doch so schnell ließ sich Frau Hacht nicht abwimmeln. »Was wollen Sie denn in der Wohnung?«

Victor dachte, dass Frau Hacht ganz genau dem Menschenschlag entsprach, der gern »beobachtete«, was um ihn herum geschah. Manche würden sagen, sie steckte ihre Nase in Angelegenheiten, die sie nichts angingen. Aber genau diese Menschen konnten manchmal entscheidende Hinweise geben.

»Nur mal schauen, ob die Spurensicherung etwas übersehen

hat. Ist zwar unwahrscheinlich, aber bei der Polizei weiß man ja nie. Wie Sie schon gesagt haben, mit dem Verstand und so ist es bei uns nicht immer so weit her.«

Er zwinkerte ihr zu.

»Doppelt hält besser, sag ich ja auch immer«, gab sie zurück. »Aber viel werden Sie da nicht finden. Steht ja so gut wie nix drin, in dieser Wohnung.«

»Ach, waren Sie schon mal bei der Frau Berrada zu Besuch?«

»Zu Besuch?«, fragte sie mit gespieltem Entsetzen. »Ich gebe mich nicht mit leichten Damen ab. Nicht meine Liga.«

»Frau Berrada war eine Prostituierte?«, fragte Victor und tat entsetzt.

»Ja, haben Sie die denn nicht gesehen, ich meine als Leiche? Die Klamotten, die Schminke, die Haare. Das war doch alles mehr als eindeutig. So laufen die rum, wenn sie sich für Geld verkaufen. Die kam aus Afrika oder Rumänien oder vom Balkan.«

»Und wie kam es, dass Sie bei ihr in der Wohnung zu Besuch waren?«

Also Besuch war das nicht. Das war, weil … Ich hatte … Da kam so ein Geruch aus der Wohnung, und da wollte ich nachsehen. Hätte ja was Schlimmes passiert sein können mit ihr. Dass die Frau Hilfe braucht. Ich meine, man ist ja kein Unmensch.«

»Woher hatten Sie denn den Schlüssel?«

»Hatte ich nicht, woher denn? Den hat nur der Hausmeister, und der hat ihn mir gegeben.«

»Der hat Ihnen den Schlüssel gegeben, damit Sie nachsehen? Wieso hat er denn nicht selbst nachgeschaut?«

»Wissen Sie überhaupt, was der Mann alles zu tun hat? Bei so einem alten Klotz wie diesem Haus ist an allen Ecken irgendwas kaputt. Ich wollte ihn entlasten und hab dann angeboten, dass ich selber mal kurz nachschaue.«

»Das war wirklich sehr großmütig von Ihnen.«

»Nicht wahr? Aber so bin ich eben.«

Beide sahen sich an. Frau Hacht war offensichtlich zufrieden mit sich und der Welt. Victor wollte das ausnutzen. »Ich mag es gar nicht fragen, aber würden Sie mir auch einen Gefallen tun?«

Frau Hacht musterte Victor misstrauisch. »Kommt drauf an.«

»Es ist so«, druckste Victor herum. »Wenn Sie schon mal in der Wohnung waren, dann würden Sie vielleicht erkennen, ob da jetzt etwas anders ist. Also ob sich etwas verändert hat, seit Sie die Wohnung … besucht haben.«

»Sie meinen, ich bin sozusagen Ihre Miss Marple und gucke mich um und kann dann sagen, ob ein Bild anders hängt oder jemand etwas hat mitgehen lassen?«, fragte sie unsicher.

Victor wollte nicht warten, bis der Groschen endgültig fiel, weil er nicht wusste, ob er überhaupt fallen würde. »Ja, so in etwa.«

Frau Hachts Augen begannen zu leuchten. Ihr Körper straffte sich, und sie zog mit den Händen die nicht vorhandenen Falten ihrer Bluse gerade. Doch ganz so einfach wollte sie es Victor offenbar nicht machen. »Ach, ich weiß nicht. Ich bin ja nicht neugierig, wirklich. Überhaupt nicht. Außerdem, wenn mich jemand mit Ihnen in die Wohnung hineingehen sieht, der könnte ja denken, dass Sie und ich, also dass Sie mich …«

»Wir machen es so«, sagte Victor mit ernster Stimme und stellte sich an das Treppengeländer. »Ich weiß, dass Sie nicht neugierig sind, Frau Hacht. Aber Sie sind möglicherweise eine wichtige Zeugin, und daher würde ich Sie bitten, mich in die Wohnung zu begleiten.«

Den letzten Satz sprach er lauter als den davor, und nicht an Frau Hacht gerichtet, sondern ins Treppenhaus. Anschließend zwinkerte er ihr zu. Frau Hacht grinste. Victor brach das Siegel auf und öffnete die Tür. Frau Hacht ging zielstrebig ins Bad, sah dann ins Schlafzimmer und betrat schließlich das Wohnzimmer.

»Auf den ersten Blick fällt mir nichts Ungewöhnliches auf«, sagte sie zu Victor, der ebenfalls in alle Zimmer der Wohnung geschaut hatte.

Dann stockte sie. Es sah so aus, als liefe etwas an ihrem geistigen Auge vorbei. Sie ging zurück in den schmalen Flur und bog erneut ins Badezimmer ab. »Hier«, rief sie triumphierend.

Victor folgte ihr. »Was ist hier?«

»Ich kann mich sehr gut daran erinnern, weil meine Schwester ganz genau so einen hat. Darüber habe ich mit Frau Berrada gesprochen. Wir fanden das beide lustig. Wenn Sie wüssten, wie meine Schwester aussieht, dann würden Sie auch lachen.« Frau Hacht deutete einen enormen Leibesumfang an, und dann deutete sie auf einen verwaisten Haken an der Wand. »Ihr Bademantel ist weg.«

18

Kurz nach halb zwei

Zurück in Cuxhaven, verschaffte sich Victor einen Überblick über die Ermittlungsfortschritte. Immer wenn eine neue Soko einberufen wurde, legte ein Kollege eine virtuelle Akte an, in die alle Abteilungen, von der Rechtsmedizin über die Spurensicherung bis hin zur IT, ihre Ergebnisse eintrugen.

Victor hatte die Aufgaben an sein Team verteilt. Maik, der sich von allen am besten mit der Analyse von Telefondaten und der Internetrecherche auskannte, sollte nach digitalen Spuren der Getöteten suchen: Geldflüsse, Einkünfte, Hinweise auf Erpressung, E-Mail-Kontakte. Hatte sie einen oder mehrere Accounts in den sozialen Netzwerken, und war da etwas auffällig? Gab es jemanden, der offen Gewalt angedroht hatte? Kontobewegungen, die nicht zu einer Frau passten, die sich illegal im Land aufhielt?

Im Fall des Attentats auf Ingmar war eine Einheit erneut rund um den möglichen Tatort unterwegs auf Spurensuche, weitere Kolleginnen und Kollegen hatte Victor darauf angesetzt, Befragungen bei der Wasserschutzpolizei durchzuführen. Manchmal half eine Nacht Schlaf dabei, die Gedanken zu sortieren, und morgens fiel einem dann etwas ein, was zuerst durch den Schock oder den mentalen Stress verdrängt worden war.

Victor fuhr zum Krankenhaus, um Ingmar zu befragen. Der war inzwischen aufgewacht, und es ging ihm »den Umständen entsprechend«, wie es die Ärztin formuliert hatte. Victor dürfe mit ihm sprechen, aber nur kurz. Deshalb hatte er sich umgehend auf den Weg gemacht, bevor sich Ingmars Zustand womöglich wieder zum Schlechteren wendete.

Vor dem Krankenhaus war eine junge Frau in einer dünnen Steppjacke gerade damit beschäftigt, ihr gelbes Rennrad aus einem Fahrradständer zu bugsieren. Eine Frau, die er gut kannte.

»Agatha!«

»Victor, was machst du denn hier?«

Agatha hängte sich das dicke Fahrradschloss quer über die Schulter, griff dann nach dem Lenker. Sie wirkte abwesend.

»Wie geht es Ingmar? Die Ärztin hat gesagt, ich kann mit ihm sprechen.«

Agatha nickte. »Sicher. Aber vielleicht wäre es besser, wenn er sich erst mal ein bisschen erholt. Das Ganze hat ihn ganz schön mitgenommen.«

»Was kannst du mir denn über deinen Kollegen sagen?« Victor trat einen Schritt zur Seite, als ein Pfleger einen leeren Rollstuhl an ihm vorbeischob.

»Was willst du denn hören?«

»Hat es einen Grund, warum du mir gegenüber so aggressiv bist? Du weißt doch selbst, dass ich Ermittlungen anstellen muss.«

»Tut mir leid, mich nimmt das alles echt mit.« Agatha atmete tief durch. Sie zögerte einen Moment. »Und um deine Frage zu beantworten, also da gibt es nichts.« Agatha zuckte mit den Schultern. »Ich kann dir nichts über ihn erzählen, was irgendwie interessant für dich sein könnte. Er nimmt keine Drogen, hat keine finanziellen Probleme, er liebt seine Familie, also seine Schwester, seinen Bruder und seinen Neffen. Eine Freundin hat er nicht, soweit ich weiß.«

Agatha schwang ein Bein über die Stange des Rennrads.

»Ingmar hat *meine* Schicht übernommen, wusstest du das? Damit ich mit dir feiern konnte. Deshalb war *er* auf dem Schiff und wurde angeschossen, und nicht ich.« Agatha krallte sich so fest an die Griffe ihres Lenkers, dass die Fingerknöchel weiß hervortraten. »Ingmar Ulvaeus ist einer der besten und liebsten Menschen, denen ich in meinem Leben begegnet bin. Er ist immer freundlich und hilfsbereit, löst Probleme mit Ruhe und Besonnenheit, und er würde niemals jemandem einen Grund dafür geben, wütend auf ihn zu sein. Und wenn das doch mal passieren sollte, warum auch immer, dann ist Ingmar der Erste, der ankommt, um sich zu entschuldigen, auch wenn er es gar nicht müsste. Und …«

Victor unterbrach die Lobhudelei. »Das mag ja alles sein, aber Fakt ist: Er ist angeschossen worden. Dafür muss es einen Grund geben. Oder meinst du, da geht jemand zum Hafen und ballert einfach aus Jux so ein bisschen in Richtung Wapo-Schiff herum?«

Agathas Züge, die bei den liebevollen Worten über ihren Kollegen ganz weich geworden waren, spannten sich wieder an, die Augen wurden schmal. »Na, dann mach du mal deinen Job, und ich geh meinen machen«, zischte sie und fuhr davon. Victor spürte, wie es in ihm hochkochte. Er wollte sich nicht so behandeln lassen, weil er hier seiner Arbeit nachging und sich dabei an die Regeln hielt.

»Misch dich nicht wieder in meine Ermittlungen ein, klar?«, schrie er ihr hinterher und kam sich dabei unbeholfen und blöd vor.

19

Fast Nachmittag

Es war mild, die Sonne schien, und die seichte Dünung im Hafenbecken machte ein stetiges, schnappendes Geräusch, wenn die Wellen gegen den Schiffsrumpf rollten. Andere Geräusche waren an Bord der *Bürgermeister Weichmann* nicht zu hören, zu so früher Stunde fuhren nur wenige Fahrzeuge an der Wache der Wasserschutzpolizei vorbei.

Agatha schwitzte. Sie hatte sich die Wut auf Victor auf dem Fahrrad weggestrampelt.

Und auch das leise Plätschern des Wassers hatte eine beruhigende Wirkung auf sie. Was für ein schöner Tag, dachte sie, während sie mit der technischen Durchsicht der nautischen Instrumente beschäftigt war.

Und was für ein schrecklicher Tag, dachte sie im nächsten Moment. Schön und schrecklich lagen manchmal wirklich sehr dicht beieinander.

Das Schiff der Wasserschutzpolizei würde routinemäßig in etwa zehn Minuten auslaufen. Enak und Joshua checkten an Deck, ob alles zum Auslaufen klar war. Sie hörte die Stimmen der beiden leise durch das geöffnete Fenster. Bahne war noch drüben im Büro, würde gleich als vierter Mann zu ihnen stoßen.

Alles schien wie immer. Und doch war alles anders.

Die Stimmung, die Atmosphäre an Bord. Es war gespenstisch. Jeder dachte an Ingmar, aber niemand verlor ein Wort darüber. Und jeder war froh, dass er seinen Dienst verrichten und sich ein wenig ablenken konnte.

Agatha sah Bahne und Hans erst auf der Gangway, wenig später dann auf der Brücke.

»Hört mal zu, Leute«, sagte Hans laut. Enak und Joshua hielten inne und sahen ihren Chef an. Agatha tippte etwas in den Bordcomputer und gab sich unbeteiligt. Hans rief noch ein bisschen lauter: »Agatha, komm bitte mal raus. Ich hab euch allen was zu sagen.«

Agatha ging zu den anderen.

»Es ist heute schwierig, das muss ich keinem von euch sagen. Ingmar hätte um ein Haar sein Leben verloren, und das geht uns allen nicht aus dem Kopf. Aber zwei Sachen sind jetzt wichtig, deshalb muss ich sie loswerden. Erstens: Wir mischen uns nicht in die Arbeit der Kripo ein …«

»Wie kommst du denn darauf, dass wir das vorhatten?«, unterbrach ihn Enak.

Hans hob beschwichtigend die Hände. »Ich hab nicht gesagt, dass jemand das vorhatte. Aber ich weiß, wie gerne *ich* denjenigen in die Finger kriegen würde, der Ingmar das angetan hat, und ich könnte mir vorstellen, dass es dem einen oder der anderen ähnlich geht.« *Der anderen* hatte Hans besonders betont und dabei in Agathas Richtung geschaut.

Hans sah alle nacheinander an. Agatha blickte zu Boden. »Agatha?«

»Ja?«

»Du auch. Keine eigenen Ermittlungen, okay?«

»Jaja, na klar«, sagte sie.

»Ich gehe jetzt zurück in mein Büro. Und wenn ich aus dem Fenster schaue, dann werde ich nicht feststellen müssen, dass die *Bürgermeister Weichmann* in Höhe der Stelle, an der Ingmar angeschossen wurde, die Fahrt drosselt, ich nehme da dann auch niemanden an Deck wahr, der irgendwelche Beobachtungen anstellt oder das Wasser absucht.« Er schaute erneut in die Runde. »Ist doch richtig so, oder?«

Alle, bis auf Agatha, nickten.

»Gut, dann die zweite Sache. Die ist mir noch wichtiger.«

Nun sah auch Agatha zu Hans auf.

»Wir wissen nicht, wer auf Ingmar geschossen hat. Wir wissen auch nicht, warum auf Ingmar geschossen wurde. Wir wissen nicht, ob der Anschlag Ingmar galt oder einem anderen Kollegen. Wir wissen nicht, ob der Täter sein Werk vollendet hat oder ob das erst der Anfang war. Ich möchte daher, dass ihr beim Auslaufen unter Deck bleibt und während des gesamten Dienstes eine schusssichere Weste tragt.«

»Aber ist das nicht ein bisschen übertrieben?«, fragte Enak.

»Soll ich das deiner Mutter auch sagen, wenn du mit einer Schusswunde im Krankenhaus liegst? Oder noch schlimmer, in der Pathologie?«

Enak zuckte mit den Schultern.

»Bis später.« Hans warf noch einen prüfenden Blick in Agathas Richtung und machte sich dann auf den Weg zurück in sein Büro.

Sie sah ihn kurz darauf zwischen den Gebäuden verschwinden und wollte gerade wieder an ihren Computer unter Deck zurück, als ihr ein Mann auffiel, der winkend in Richtung des Schiffes gerannt kam. Wenig später erkannte sie Bertil, der schnaufend zum Stehen kam.

»Agatha, hast du mal einen Moment für mich?«

»Uiuiuiui, Agatha, du hast ja einen Lauf bei den Herren Ulvaeus gerade, was?« Enak konnte sich auch an einem Tag wie heute seinen Spott nicht verkneifen und stellte sich mit verschränkten Armen neben sie.

»Enak, vielleicht gehst du mal deine Haare kämmen oder was du sonst so machst, wenn du ausnahmsweise mal niemandem auf die Nerven gehst, okay?«

Enak grinste, verschwand aber zu Agathas Überraschung tatsächlich unter Deck.

»Ich bin gleich wieder da«, rief sie Bahne und Joshua zu und ging über die Gangway zu Bertil, der langsam wieder zu Atem kam.

»Ist was mit Ingmar? Geht es ihm schlechter?«

»Nein, deswegen bin ich nicht hier.« Bertil schaute sich um und redete erst weiter, als er sicher war, dass niemand ihnen zuhörte. »Mein Neffe hat mich auf eine Idee gebracht, und ich glaube, du bist die Einzige, mit der ich sie umsetzen kann.«

»Was soll ich umsetzen?«

»Ich muss herausfinden, warum das mit meinem Bruder passiert ist und wer ihm das angetan hat. Mein Chef hat mich einem anderen Fall zugeteilt, weil ich befangen bin, aber …«

Agatha schenkte ihm ein aufmunterndes Lächeln.

»Mein Gedanke ist Folgender.« Bertil trat noch ein bisschen näher an sie heran. »Wenn wir wissen wollen, wer ein Problem mit meinem Bruder hat, dann müssen wir in Ingmars Leben eintauchen, also in sein tägliches Arbeiten und seine Begegnungen.«

»Du willst seine Wohnung durchsuchen? Meinst du, das ist für Ingmar …«

»Nein, ich will, dass *du* Ingmar wirst. Sozusagen.«

Agatha hatte keine Ahnung, worauf Bertil hinauswollte.

»Du bittest deinen Chef darum, dass du Ingmars Schichten übernehmen darfst. Du gehst die vergangenen Wochen durch, gehst zum Kaffeetrinken dahin, wo er gewesen ist, kaufst dort ein, wo Ingmar eingekauft hat, gehst abends in die Kneipen, in denen mein Bruder abgehangen hat. Irgendwo muss es eine Spur geben. Auch wenn niemand dich genau so behandeln wird wie ihn, fällt dir vielleicht etwas auf. Wenn wir wissen, was er gemacht hat, welche Schiffe er kontrolliert hat, wo er in seiner Freizeit war, dann gibt es da vielleicht Ungereimtheiten oder etwas Auffälliges, das uns auf die Spur des Attentäters bringt.«

Agatha nickte.«

»Okay, einen Versuch ist es wert. Ich fange wohl am besten mit seinem Schreibtisch an.« Sie schaute nach oben, wo sie nun deutlich die Umrisse von Hans im Fenster seines Büros ausmachen konnte. »Wir werden beobachtet. Falls jemand fragt, dann warst du nur hier, um mir von Ingmar auszurichten, dass ich ihn besuchen kommen soll, okay?«

»Bisschen schwach, oder?«

»Was Besseres fällt mir gerade nicht ein. Kannst dir ja was überlegen. Aber manchmal sind die simpelsten Dinge die glaubwürdigsten.« Sie beugte sich vor. »Und nun nehme ich dich noch mal in den Arm, damit klar ist, dass du auch hergekommen bist, um dich trösten zu lassen.«

Während das Schiff der Wasserschutzpolizei wenig später langsam aus dem Hafen tuckerte und die übrige Bordbesatzung mit Routinetätigkeiten beschäftigt war, nutzte Agatha die Gelegenheit, unter Deck zu gehen.

An der Kombüse vorbei lief sie den schmalen Flur entlang bis zu den beiden Kojen, die am Heck lagen. Hier konnten sich die Kollegen während langer Fahrt ausruhen. Aber auch wenn sie aus irgendeinem Grund festsaßen: ein unerwartetes Unwetter, eine Schiffskontrolle, die sich verzögerte, weil sie auf den Zoll warten mussten. Es gab viele Gründe. Auch Agatha hatte hier schon auf einer der schmalen Pritschen geschlafen. Und jeder von ihnen hatte hier ein kleines Fach, in dem persönliche Dinge verstaut werden konnten.

Jeder.

Auch Ingmar.

Agatha vergewisserte sich, dass oben an Deck alles ruhig war, dann betrat sie den winzigen Raum. Ein in die Wand eingelassenes Regal, seitlich des Bettes, war in Fächer unterteilt und mit Klapptüren versehen, die man sogar abschließen konnte. Was niemand außer Enak machte. In jedem Schlüsselloch steckte ein Schlüssel, nur in einem nicht. Agatha kam sich vor wie eine Einbrecherin, ihr Puls ging schneller, und sie hatte bereits jetzt ein schlechtes Gewissen.

Die Innenseite der Klappe seines Fachs hatte Ingmar mit Fotos dekoriert. Passte zu ihm, fand Agatha, dass er Familienbilder und Urlaubserinnerungen angeklebt hatte. Sie erinnerte sich an den spontanen Grillabend im vergangenen Jahr, den sie an die Spätschicht angehängt hatten. Auf den Bildern sah sie einen breit grinsenden und tief gebräunten Enak, wie immer jedes Haar an der richtigen Stelle. Hans und Ingmar stießen mit Bier an, und auf einem Foto war sie selbst zu sehen, Seite an Seite mit Ingmar an Deck, hinter sich die untergehende Sonne.

Sie zuckte zusammen, als sie Enak rufen hörte: »Ey, Agatha, hattest du heute auch noch vor zu arbeiten, oder bereitest du da unten ein Fünf-Gänge-Menü vor?«

»Komme gleich«, schrie sie zurück und konzentrierte sich auf den Inhalt in Ingmars Fach. Papiere über Papiere, ein Notizblock, eng beschrieben mit Namen von Schiffskuttern, Zahlen, die alles

Mögliche bedeuten konnten. Sie nahm den gesamten Stapel und legte ihn in ihr eigenes Fach. Damit würde sie sich später beschäftigen müssen.

20

Mittag

Aus dem Küchenfenster des Restaurants von Victors Eltern duftete es ganz wunderbar. *Frango com Piri-Piri* und *Bacalhau à Brás* standen heute auf der Karte des Mittagstischs. Wie immer um diese Zeit war das *Belo Porto* gut besucht. Victor und sein Ermittlungsteam hatten sich an einen Tisch auf der Veranda gesetzt, obwohl es dafür eigentlich schon zu kalt war. Das Restaurant lag unmittelbar neben der Wasserschutzpolizei am Ende der Präsident-Herwig-Straße. In den ehemaligen Fischhallen rundherum hatten sich Restaurants, Läden und Büros etabliert.

Während Victors Eltern bereits vor Jahren in eine Wohnung im Lotsenviertel umgezogen waren, lebte sein Bruder Bruno noch immer hier in einer kleinen Wohnung direkt über dem Restaurant. Allerdings war fraglich, wie lange noch, denn es gab Pläne einzelner Investoren, diesen Teil Cuxhavens in eine moderne Wohn- und Touristengegend zu verwandeln. Aus dem Alten Fischereihafen sollten die Landungsbrücken der Zukunft entstehen, so stand es in einem futuristisch gestalteten Ideenpapier. Mehr als hundert Jahre Hafengeschichte wollten die Planenden durch Manufakturen, Hotels und architektonisch ambitionierte Bürogebäude ersetzen. Nicht nur Victor machte sich Sorgen darüber, was am Ende der Sanierungsmaßnahmen noch vom Charme der Fischhallen übrig bleiben würde.

»Hier zieht's«, sagte Gesche lapidar, als sie sich gesetzt hatten.

»Ja, merk ich auch«, bestätigte Victor. »Aber ist nichts anderes frei. Ich kann dir eine Decke bringen, wenn du willst.«

»Geht schon«, erwiderte Gesche, schloss den Reißverschluss ihrer Jacke und stellte den Kragen hoch.

»Also, wo fangen wir an?«, fragte Antonella.

Doch bevor Victor antworten konnte, stand auch schon seine Schwester Ana neben ihm. »Was darf ich euch bringen?«

»Ist die Schule schon aus?«, wollte Victor wissen.

»Sonst wär ich jetzt wohl kaum hier«, entgegnete Ana sichtlich genervt.

»Für mich das Huhn von der Mittagskarte«, sagte Victor schnell.

Ana notierte und wandte sich dann an die beiden Frauen.

»Für mich den Fisch«, sagte Gesche.

»Für mich auch«, ergänzte Antonella.

Sie bestellten noch Getränke, und Ana verschwand im Inneren des Restaurants.

»Fangen wir mal an.« Victor zog sein Handy aus der Jackentasche und öffnete seine Notizen. »Also, die Schussabgabe im Hafen. Unsere zentralen Fragen: Warum schießt jemand auf einen Wasserschutzpolizisten? Warum auf Ingmar? War das erst der Anfang? Kommt auch eine Selbstverletzung infrage?«

Victor wandte sich an Antonella. »Haben wir schon Infos aus dem Labor, Hinweise zu den DNA-Spuren?«

Sie schüttelte den Kopf. »So schnell geht das nicht. Die haben ja auch Asservate aus dem Fall mit der Containerleiche vom Kai zu untersuchen. Ich weiß auch gar nicht, wie viele Getränke- und Konservendosen und Kippen wir denen gebracht haben. War so einiges.«

»Tja, und dann die Gegend«, fügte Gesche hinzu. »Viel Beton und Asphalt ohne Fußspuren. Das Schiff ist ausgiebig untersucht worden, keine weiteren Einschüsse. Wir haben keine Patronenhülsen gefunden und keinen Hinweis auf mehr als einen Schuss. Eben den auf Ingmar Ulvaeus.«

Victor nickte. »Hat sich Maik noch mal wegen der Funkzellengeschichte gemeldet?«

»Nee, noch nicht«, sagte Antonella. »Oder bei dir?« Sie sah zu Gesche, die den Kopf schüttelte.

Victor ging in seine Mails und öffnete eine Nachricht von Lars. »Der Chef hat uns Informationen von Rechtsmediziner Dibbersen geschickt. Der hat sich inzwischen sowohl die Wunde von Ingmar Ulvaeus als auch die Tote angesehen. Er schreibt, laut Rechtsmedizin ist es so gut wie unmöglich, dass Ingmar sich die Schussverletzung selbst zugefügt hat. Der Winkel stimmt nicht, der Treffer kam von schräg oben. So hätte er unmöglich seinen Arm halten können. Außerdem gab es bei der Einlieferung ins Krankenhaus keine Schmauchspuren an seinen Händen.«

»Gut, dann scheidet diese Alternative schon mal aus«, sagte Gesche.

Antonella überlegte laut. »Also stand der Täter, oder die Täterin, vielleicht doch oben auf der Brücke, wie du schon vermutet hast, Victor. Das würde den schrägen Einschusswinkel erklären.«

Victor nickte gedankenverloren und überflog den angehängten Bericht aus der Rechtsmedizin. »Das ist spannend. Henk schreibt, das Muster der Munition ist ungewöhnlich und wird heute so nicht mehr verwendet. Könnte aus Kriegszeiten stammen.«

»Ein Nazi?« Antonella wurde in ihrem Gedankengang unterbrochen, als Victors Bruder Bruno mit einem Tablett an den Tisch kam und die Getränke verteilte.

»Moin zusammen. Wasser für die Damen und die Cola für dich?«

Bruno klemmte sich das Tablett unter den Arm und legte seinem Bruder eine Hand auf die Schulter.

»Kann ich mal mit dir reden, Victor?«

»Ist jetzt gerade ein bisschen ungünstig, wir sind mitten in einer Besprechung.«

»Ihr sprecht über die Tote im Container?«

»Nein, wir sprechen über … Worum geht's denn?«

Bruno zögerte, warf Antonella einen Blick zu.

»Du kannst ruhig alles sagen, wir sind schließlich von der Polizei.« Gesche schenkte Bruno ein warmes Lächeln.

»Gut, dann also …« Er setzte sich auf den freien Platz und beugte sich weit vor. »Ich engagiere mich ja seit einigen Jahren in der portugiesischen Gemeinde hier in Cuxhaven und kenne da sehr viele Leute. Die reden gerade nur noch über die tote Frau aus dem Container. Es wird gemunkelt, dass die sich ihr Geld eigentlich als Prostituierte verdient hat. Über dem spanischen Edelrestaurant *Almeria* von Benita Perez sind doch Apartments, in denen Frauen Dienstleistungen anbieten. Wohnungen, die Frau Perez angemietet hat.«

»Und da soll die Tote als Prostituierte gearbeitet haben?«, fragte Victor nach.

»Da soll angeblich eine dunkelhäutige Frau gearbeitet haben. Soweit ich gehört habe, sind da aber eigentlich nur hellhäutige Frauen beschäftigt«, sagte Bruno vorsichtig.

»Hast du gehört«, wiederholte Victor und sah seinen Bruder eindringlich an.

»Okay, ein Freund von dir aus der portugiesischen Gemeinde hat einen Freund, dessen Freund einen Freund hat, der da mal gewesen ist und eine dunkelhäutige Frau gesehen hat, die da eigentlich nicht sein sollte. Verstehe.« Victor schüttelte den Kopf. »Das ist doch nur Getratsche.«

Bruno beugte sich vor und sprach im Flüsterton weiter. »Aber habt ihr auch gehört, dass der Typ von der Wapo, dieser geschniegelte Typ ...«

»Enak von Eitzen?«, fragte Gesche.

»Genau der. Also dieser von Eitzen auch dort verkehren soll, im wahrsten Sinne des Wortes.«

Gesche war die Erste, die die Informationen verdaut hatte. Sie legte eine Hand auf die von Bruno und schaute ihm in die Augen. »Das ist jetzt ganz wichtig, Bruno: Für wie glaubwürdig hältst du diese Informationen? Derjenige, von dem du das hast, kann der das wirklich wissen, oder ist das nur Gerede?«

Bruno empfand Gesches Hand auf seiner offenbar nicht unangenehm, ganz im Gegenteil. Er legte seine andere darüber und hielt ihrem Blick stand. »Da bin ich sehr sicher, dass das nicht nur Gequatsche ist. Das kann ich gut unterscheiden.«

»Gut. Wenn das wirklich so ist, dann stellt sich mir die Frage, ob diese beiden Fälle möglicherweise doch irgendwie zusammenhängen.«

Victor räusperte sich und sah, wie der Händeturm von Gesche und Bruno zusammenfiel.

»Du meinst, dass Enak wusste, dass diese Restaurantbesitzerin Apartments an illegale Prostituierte vermietet und als möglicher Ermittler ausgeschaltet werden sollte? Und es dann aber zufällig Ingmar traf?«, sprach Gesche ihre Vermutung aus.

Antonella schüttelte energisch den Kopf. »Bisschen weit hergeholt, oder? Und vielleicht macht die Perez das ja auch offiziell, mit

Anmeldung und allem Drum und Dran. Wenn die Informationen stimmen.«

»Apropos hergeholt, ich hole mal euer Essen.« Bruno stand auf, warf Gesche einen letzten Blick zu und verschwand ins Restaurant.

»Also wirklich, ist das nicht eine etwas sehr mutige Theorie?« Antonella war nicht überzeugt, aber Gesche konnte Victors Gedanken sehr gut folgen. »Und wenn es kein Versehen war: Was wäre denn, wenn ein Wasserschutzpolizist Frauen aus Marokko, die auf Containerschiffen ins Land geschleust werden, bei seinen Kontrollen vielleicht einfach übersieht?«

»Jetzt wird es ja noch abenteuerlicher.« Antonella schüttelte den Kopf. »Kommt jetzt gleich noch die Idee, dass Ingmar Ulvaeus selbst insgeheim einen Puff betreibt und irgendein Neider ihn loswerden wollte, um selbst ins Geschäft einzusteigen? Kommt, das ist doch absurd.«

»Absurd gibt es nicht, erst mal ist es wichtig, allen Möglichkeiten nachzugehen«, stellte Victor fest. »Dann teilen wir jetzt mal ein paar Aufgaben auf. Ich kläre, ob da wirklich ein Puff existiert. Und ich spreche mit diesem Enak von Eitzen.«

Victor deutete auf Antonella und Gesche. »Ihr zwei fahrt noch mal zu Henk in die Rechtsmedizin und versucht herauszufinden, ob irgendetwas darauf hindeutet, dass die Frau als Prostituierte gearbeitet hat.«

Antonella erinnerte sich. »Henk hatte ja offenbar schon so eine Vermutung. Die in Herzform rasierten Schamhaare, die teure Frisur. Und dann die viele Reizwäsche, stand ja alles auch in der Akte.«

Victor fiel noch etwas ein. »Ich war übrigens noch mal in Bremerhaven und in der Wohnung der Toten. Ihr Bademantel fehlt. Schaut bitte in den Apartments, ob dort Bademäntel hängen. Die

Nachbarin der Toten hat mir gesagt, das Teil war weich wie Watte, bodenlang und barbierosa mit einem eingestickten K auf Brusthöhe. Davon dürfte es nicht so viele geben. Den Durchsuchungsbeschluss müssen wir uns besorgen, wenn ihr da nicht mit freundlich fragen reinkommt.«

Antonella schien zuversichtlich. »Da kommen wir schon rein. Und wenn Karimas Bademantel in einem der Apartments hängt, dann war sie vermutlich da.«

»Wenn er nicht dort ist, müssen wir herausfinden, wo er ist. Das könnte eine Spur zu unserem Täter sein.«

21

Mittag

Zum Mittagessen hatte sich die Besatzung für das Schiff der Wapo einen ruhigen Ankerplatz in einem kleinen Seitenarm der Elbe gesucht. Keine Häuser in Sichtnähe, keine Fußwege, einfach nur Natur. Bäume am Ufer, Möwen, die sich kreischend aufs Wasser stürzten, auf der Jagd nach einer besonderen Delikatesse.

Agatha hatte für alle Penne all'arrabbiata gekocht, zum Nachtisch Schokoladenpudding mit Vanillesauce, aber das gemeinsame Mittagessen war heute sehr schweigsam über die Bühne gegangen.

Joshua, Hans und Enak hatten schneller gegessen als sonst, als sei ihnen jede Sekunde in der Gemeinschaft zu lang. Alle dachten an Ingmar und an das, was passiert war, aber niemand sprach darüber. Die Schutzwesten lagen wie abgezogene Felle auf einem Stuhl in der Kombüse.

Joshua und Bahne gingen anschließend zurück an Deck, Enak lenkte das Schiff an der Küste entlang, und Agatha erledigte einige E-Mails am Platz neben ihm. Es war ruhig, so unglaublich ruhig, irgendwie gespenstisch. Alle spürten den Elefanten im Raum, die Angst, die Gefahr, die »da draußen« irgendwo lauerte. Niemand aus dem Wapo-Team konnte die Worte von Hans vergessen. Ein Mensch lag vielleicht irgendwo auf der Lauer, weil er sich, aus welchen Gründen auch immer, dazu entschieden hatte, die Wasserschutzpolizei Cuxhaven ins Visier zu nehmen. Niemand konnte vorhersagen, ob es sich um ein einmaliges Ereignis gehandelt hatte oder ob das erst der Anfang war – von was auch immer.

Und natürlich wurden alle an Bord ständig an den Ausnahmezustand erinnert, in dem sie sich befanden, durch die Sicherheitswesten, die sie laut Anweisung ihres Dienstvorgesetzten zu tragen hatten. Nur unter Deck konnten sie die Westen ablegen.

Während Agatha versuchte, sich auf die E-Mails zu konzentrieren, glitten ihre Gedanken immer wieder zu der Waffe, mit der Ingmar angeschossen worden war. Die Kugel, die aus seinem Körper geholt worden war, war Weltkriegsmunition und längst in keinem Waffengeschäft mehr erhältlich. Nur noch als Bückware bei Devotionalienhändlern und Kriegsfetischisten. Das hatte Agatha von Henk erfahren. Natürlich hätte der Rechtsmediziner ihr diese Info nicht geben dürfen. Aber er war ein alter Freund ihres Vaters, und Henk mochte sie.

Agatha fielen die Papiere ein, die sie in Ingmars Spind gefunden hatte. Gab es da einen Hinweis, der sie der Lösung des Falls näher bringen könnte? Sie stöhnte leise auf. Es hatte keinen Sinn, sie konnte sich einfach nicht konzentrieren. Die E-Mails mussten warten. »Ich geh mal einen Kaffee kochen«, sagte sie.

»Das ist heute die erste gute Idee von dir«, meinte Enak, der vor dem Computer stand und dabei sowohl die Küstenlinie als auch den Monitor mit den Seedaten im Blick hatte.

Agatha ging über die kleine Treppe nach unten, füllte den Kaffeefilter und stellte die Maschine an.

Dann wandte sie sich Richtung Heck und holte Ingmars Unterlagen aus ihrem Spind. Den Notizblock nahm sie sich als Erstes vor. Ingmar hatte drei senkrechte Spalten über die erste Seite gezogen, in der linken stand ein Datum, in der mittleren eine Eins oder Zwei und in der rechten eine vierstellige Zahl. Was bedeuteten diese Einträge?

Das Datum könnte der Tag der Kontrolle sein, die Eins oder Zwei bezog sich vielleicht auf das Schiff oder ob es bereits geladen hatte. Und die vierstellige Zahl? Möglicherweise die Fangmenge? Nur warum hatte Ingmar die notiert? Schließlich führten sie akribisch Protokoll über sämtliche Vorgänge in dem dafür vorgesehenen Fahrtenbuch. Agatha konnte sich keinen Reim darauf machen. Sie fotografierte die letzten fünf Seiten mit ihrem Handy ab und legte die Papiere wieder in Ingmars Fach. Sie musste zurück nach oben, wenn sie keinen Verdacht erregen wollte.

Der Tag zog sich in die Länge, es gab wenig zu tun. Das Wetter wurde schlechter. Für Sportbootfahrer war es zu kalt für einen Ausflug auf dem Wasser, die Hobbyfischer würden erst im Sommer zurückkehren.

Kurz vor Schichtende war Agatha allein in der Führerkabine. Enak und Joshua waren zu einer Kontrolle an Bord eines Frachters gegangen, Bahne fummelte an irgendwas unter Deck herum.

Agatha nutzte die Gelegenheit, um einen Blick in das digitale Logbuch der *Bürgermeister Weichmann* zu werfen. Und tatsächlich: An den Tagen, die Ingmar in seinem Notizblock verzeichnet hatte, gab es Schiffskontrollen, die auch im Logbuch verzeichnet waren. Und die er, Ingmar, übernommen hatte. Warum diese doppelte Buchführung? Und woher wusste Ingmar die jeweilige Fangmenge? Papiere, Fanglizenz, Einhaltung der Hygiene- und Sicherheitsbestimmungen, das wurde überprüft, aber die Fangmenge? Sicherlich gab es gesetzliche Auflagen, aber die Kutter wurden ja nicht am Ende eines Fangtages kontrolliert. Woher sollte man also wissen, mit welcher Menge sie irgendwann im Hafen einlaufen würden?

Oder waren das gar nicht Fangmengen, die er da aufgelistet hatte? Geldbeträge konnten es nicht sein. Eine kurze Internetrecherche ergab, dass die Zahlen offenkundig nichts mit den handelsüblichen Preisen für Fisch oder Krabben zu tun hatten. Was also um alles in der Welt hatte Ingmar da notiert? War er irgendetwas auf der Spur gewesen? Hatte er sich mit jemandem angelegt, und der hatte deshalb auf ihn geschossen? Sollte er ausgeschaltet werden, weil er zu viel wusste?

Agatha schloss das digitale Logbuch.

Sie schrak zusammen, als es an Deck polterte, dann Stimmen. Die Kollegen kamen zurück an Bord, und wenig später traten Enak und Joshua in die Kabine.

»Drecksding«, befand Enak, als er die schwere Schutzweste ablegte. »Besser ist das aber«, erklärte Joshua und wandte sich an Agatha. »Wo ist Bahne?«

»Unten.«

»Ich geh mal gucken«, erklärte Joshua und verschwand unter Deck.

»Und du, Lieblingskollegin, hast du auch nichts kaputt gemacht, während wir weg waren?« Enak machte alles klar zum Ablegen, zog über die Automatik den Anker ein und warf einen prüfenden Blick auf die Seekarte, bevor er den Motor startete.

Agatha ging näher ans Fenster und blickte Richtung Horizont. Die Sonne hatte sich hinter den Wolken versteckt.

»Sag mal, Enak«, begann Agatha. »Das hier ist doch die Schicht, die Ingmar letzte Woche auch geschoben hat, oder?«

Enak sagte nichts. Sie konnte nicht erkennen, ob er die Frage ignorierte oder nachdachte, denn sein Blick war starr geradeaus gerichtet. Agatha wollte die Frage gerade wiederholen, als Enak antwortete. »Ja, wir hatten gemeinsam Dienst. Und als wir hier, in Höhe der Begrenzungsboje waren, hat Ingmar genau da gestanden, wo du jetzt auch stehst. Ich erinnere mich so genau, weil Ingmar auf die Boje geschaut hat und so was wie *schmuddelig* gesagt hat.«

Nun schwieg Agatha.

»Wieso fragst du?«

»Nur so«, antwortete Agatha. »Kann es irgendwie gar nicht fassen, dass Ingmar letzte Woche noch hier stand, und heute ist alles so anders.«

Enak brummte, was Zustimmung signalisierte.

»Gab es da was Besonderes, letzte Woche?«

»Nee, nicht dass ich wüsste. Wir haben einen Kutter kontrolliert. Ich hab das Schiff längsseits gebracht, und Ingmar ist rüber.«

»Gab's dafür einen besonderen Grund? Also, dass er da alleine rüber ist?«, hakte Agatha nach.

»Wieso werde ich den Verdacht nicht los, dass du genau das machst, Fräulein, was Hans uns verboten hat?«

»Ist doch ganz normal, dass man sich fragt, was da passiert ist.«

»Nicht *man* fragt sich, was da passiert ist, sondern *du* fragst dich das. Und du willst am liebsten ganz alleine herausfinden, wer hinter dem Anschlag auf Ingmar steckt.«

»Sei nicht albern, Enak«, erwiderte Agatha und schnaubte. »Die Kripo hat da speziell ausgebildete Leute, die können das viel besser als ich.«

»Eben«, bestätigte Enak.

»Gab es irgendwelche Auffälligkeiten auf dem Kutter, den Ingmar kontrolliert hat?«

»Nein, das weißt du doch«, gab Enak zurück.

»Woher soll ich das wissen?«, fragte Agatha erstaunt.

»Du hast doch eben in den Bordcomputer reingeschaut. Und

wenn du mich eine Minute später nach dem Kutter fragst, dann wirst du genau das bereits geprüft haben.«

Agatha fühlte sich ertappt.

»Ich will nur wissen, wer Ingmar das angetan hat.«

»Wollen wir alle, Agatha. Aber lass das die Kripo machen. Was bringt es, wenn wir es herausfinden würden? Wir müssten es doch ohnehin der Kripo melden. Oder hast du an Selbstjustiz gedacht?«

»Quatsch, so was würde ich nicht machen. Never«, sagte Agatha. Aber ganz sicher war sie sich nicht.

Agatha ging, nachdem die *Bürgermeister Weichmann* angelegt hatte, augenblicklich von Bord. Sie wollte weder bei Enak noch bei Hans den Anschein erwecken, sie ginge eigenen Ermittlungen nach. Doch genau das tat sie. Denn Ingmar, so hatte sie von Enak erfahren, holte sich nach der Rückkehr von einer Routinefahrt gerne mal ein Fischbrötchen bei Janni oder einen Mohnkuchen in Jettes Bäckerei.

Vor Jannis Fischbude stand ein Touristenbus, und Agatha wusste, was das bedeutete: anstehen. Also ging sie schnurstracks an der Bude vorbei. Janni und seine Töchter hatten alle Hände voll damit zu tun, Brötchen aufzuschneiden, mit Mayonnaise zu bestreichen und dann eine Portion Backfisch, einen Lachsstremel oder Krabben zwischen die Hälften zu klemmen. Oder einen Bismarckhering, den dann allerdings ohne Mayonnaise und mit frischen Zwiebeln. Agatha hob die Hand zum Gruß, aber alle drei waren zu beschäftigt, um sie zu sehen.

In der Schillerstraße, einer der Einkaufsstraßen Cuxhavens, war heute nicht viel los. War hier eigentlich überhaupt irgendwann mal viel los? Agatha stieg die Stufen zu Jettes Bäckerei hoch und drückte die Tür auf. Und Jette war allerbester Laune.

»Moin, mien Deern. Das ist ja schön, dich hier zu sehen. Hast du schon Feierabend?«

»Nee, kleine Pause, wollte mir 'ne Stärkung für zwischendurch holen.« Sie trat an den Glastresen und begutachtete die Auslage.

Jette bediente einen älteren Herrn, der gerade sein Portemonnaie aus der Gesäßtasche fummelte. Er kramte eine gefühlte Ewigkeit im Münzfach herum, und als er dann endlich den Betrag centgenau abgezählt auf den Zahlteller gelegt hatte, brauchte er noch einmal genauso lange, um die Geldbörse wieder zu verstauen.

»Ich nehm das hier«, sagte Agatha, als sie endlich an der Reihe war, und zeigte auf ein belegtes Brötchen mit Käse und Salatblatt.

»Hab ich gerade frisch belegt.« Jette holte das Gewünschte mit einer Zange aus der Auslage, um es mit routinierten Handbewegungen in eine Papiertüte zu bugsieren.

»Bin ich froh, dass es dem Ingmar wieder besser geht.«

»Das hat ja nicht lange gedauert, bis die Geschichte hier bei dir angekommen ist«, sagte Agatha kopfschüttelnd, aber nicht ohne ein Schmunzeln.

»Diese Bäckerei ist eben die Informationszentrale von ganz Cuxhaven.«

Die Eingangstür wurde geöffnet, und eine ältere Dame trat ein. Agatha nahm die Tüte mit ihrem belegten Brötchen entgegen. »Information oder Tratsch?«

Jette lachte und stemmte die Hände in die Hüften. »Ich würde sagen, das liegt beides sehr dicht beieinander.«

Die ältere Dame hatte sich einen Sitzplatz im hinteren Bereich der Bäckerei gesucht und hängte ihren Mantel an einen Haken.

»Dann erzähl mir doch mal was über Ingmar, Jette.«

»Was willst du denn wissen, mien Deern?«

»War er oft hier? Über was hat er gesprochen? Mit wem hat er gesprochen? So was in der Art.«

»Ich weiß schon, warum dein Vater dir den Namen Agatha gegeben hat.«

Agatha war nicht zum Scherzen aufgelegt. Jette spürte das und wurde ebenfalls ernst. »Du, der Ingmar, ich meine, du kennst ihn doch. Der sagt nicht viel. Kommt rein, bestellt, bezahlt und geht wieder.«

»Und er hat nie etwas gesagt? Wie sein Tag war? Was passiert ist oder dergleichen.«

»Na ja, *Moin* hat er schon gesagt. Oder wenn man ihn gefragt hat, wie es geht, dann hat er sogar *gut* gesagt. Viel mehr war nicht.«

»Und im Café hat er auch nie gesessen? Oder regelmäßig mit jemandem hier geredet?«

»Doch, ab und zu schon. Manchmal hat er sich ein wenig unterhalten, mit unserem Cornelius.«

Agatha kannte Cornelius. Jeder Cuxhavener kannte ihn. Er stand jeden Morgen am Stehtisch neben dem Panoramafenster der Bäckerei und trank dort seinen Kaffee. Cornelius wusste alles, so hatte es zumindest den Anschein, denn er konnte auf jede Frage eine qualifizierte Antwort geben. Was er tat, wo er lebte und als was er arbeitete, das wusste niemand. Jette hatte schon vor vielen Jahren aufgehört, ihn danach zu fragen.

»Sie standen dann da am Stehtisch und haben ein paar Worte gewechselt.«

»Weißt du, über was sie geredet haben?«

Jette zuckte die Achseln. »Nee, absolut keine Ahnung. Da musst du Cornelius fragen, der gibt sicherlich gerne Auskunft.«

»Und hast du eine Ahnung, wo Ingmar sonst so unterwegs gewesen ist? Hat er sich in bestimmten Lokalen aufgehalten?«

»Jetzt fällt mir doch noch eine Sache ein. Ingmar hat im Sommer ein- oder zweimal ein T-Shirt getragen mit dem Schriftzug vom *Klabautermann*.«

»Ist das nicht diese Spelunke Richtung Duhnen?«

»Jetzt sag bloß, du hast da noch nie einen Gehängten getrunken.«

»Einen was?«, fragte Agatha erstaunt.

»Ist ein Kurzer, ich glaube Doppelkorn, und eine Sardelle hängt am Glas mit dem Schwanz überm Rand.«

»Und dann?«

»Ist ein bisschen wie beim Tequila. Also vom Ritual her. Du nimmst die Sardelle in den Mund, kaust ein paarmal auf diesem salzigen Etwas herum, und dann spülst du die Masse mit dem Kurzen runter.«

»Wow«, sagte Agatha. »Man lernt nie aus. Danke für den Tipp.«

»Da nicht für«, meinte Jette.

Agatha wandte sich zum Gehen und lief in einen Mann, der gerade die Bäckerei betrat.

»Agatha.«

»Christian. Das ist ja eine schöne Überraschung.« Agatha hatte allerdings Schwierigkeiten, ihr »Schöne Überraschung«-Gesicht aufzusetzen.

»Wollen wir einen Kaffee zusammen …« Weiter kam Christian nicht.

»Du, eigentlich sehr gerne. Aber ich bin noch im Dienst und muss zurück aufs Schiff.«

»Klar, logisch.«

Die beiden sahen sich an, unschlüssig, wer jetzt etwas sagen sollte. Und was.

»Wir telefonieren, ja?«, fragte Christian.

»Na klar, logisch.«

»Heute Abend?«, hakte Christian nach. »Oder hast du heute Abend Zeit für ein Treffen?«

»Ich hab Spätdienst«, log Agatha. Sie war eine schlechte Lügnerin, was auch Christian erkannte.

»Ja, dann ein anderes Mal«, sagte er und lächelte schüchtern.

»Auf jeden Fall. Mach's gut, bis bald.«

22

Nachmittag

Nach Schichtende schwang Agatha sich auf ihr Rennrad, um Ingmar im Krankenhaus zu besuchen.

Als sie das Krankenzimmer betrat, war Bertil gerade dabei, seinem Bruder ein Kissen in den Rücken zu stopfen.

»Agatha!« Ein Leuchten ging über Ingmars blasses Gesicht.

Sie beugte sich zu ihm, um ihn zu umarmen, nickte anschließend Bertil zu und legte die Schokolade, die sie eben noch im Krankenhauskiosk besorgt hatte, auf den kleinen Nachttisch zu den Pralinenschachteln, Lakritztüten und der Flasche Multivitaminsaft, die hier ein Stillleben bildeten.

Ingmar stöhnte, als er sich in das Kissen zurückfallen ließ. »Vielleicht gar nicht so schlecht, dass ich einen Schuss abbekommen hab.«

»Was redest du denn da?« Agatha zog sich einen Stuhl ans Bett, Bertil hatte sich auf der Bettkante niedergelassen.

»Kann die Narbe später meinen Kindern zeigen und sagen: Hier, schaut mal, da hat es mich erwischt. Aber fragt nicht, wie der andere aussieht.«

Agatha musste lachen.

Ingmar schaute sie an, lächelte, vielleicht dauerte der Blickkontakt einen Sekundenbruchteil zu lange, denn Bertil räusperte sich, stand vom Bett auf. »Tja, also, ich muss dann auch mal wieder … Ihr braucht mich hier ja wohl nicht.«

Agatha spürte, wie ihr heiß wurde. Ingmar nickte verlegen, sagte aber auch nichts.

Bertil klopfte auf die Bettdecke, sagte: »Ich melde mich«, und war kurz darauf auch schon verschwunden.

Die Stille nach Bertils Weggang war für einen kleinen Moment irgendetwas zwischen unangenehm und aufregend. »Du hast noch immer keine Idee, wer dir das angetan haben könnte?«

»Nee, ich überleg den ganzen Tag, aber mir fällt niemand ein.«
Ingmar starrte an die Decke.

»Denk doch bitte noch mal nach. Vielleicht hast du in der jüngeren Vergangenheit ja Dinge erfahren oder gehört, die für jemanden belastend sein könnten? Könnte alles Mögliche sein, vielleicht jemand, der seine Frau betrügt, oder eine Sache, die mit Kontrollen während einer Schicht zu tun hat?«

Ingmar schüttelte den Kopf.

»Hast du irgendetwas gesehen, was du nicht hättest sehen sollen? Während der Arbeit?«

Wieder Kopfschütteln.

»Aber irgendeinen Grund muss es doch geben, Ingmar. Es ballert ja niemand nur so aus Spaß in der Gegend herum.«

»Da hast du recht.«

»Was hast du denn zuletzt gemacht? Also, an dem Tag, als es passiert ist?«

»Wir wollten gerade erst im Hafen anlegen, was macht man da? Man kümmert sich drum, dass niemand im Weg ist. Ach, keine

Ahnung. Das war ein ganz normaler Abend und ein ganz gewöhnliches Anlegemanöver.«

»Und am Tag zuvor? Hast du zum Beispiel … ein Schiff kontrolliert, und dabei war irgendetwas auffällig? Besatzungsmitglieder, die dir komisch vorgekommen sind?«

Ingmar schien nachzudenken.

Agatha dachte an die Unterlagen, die sie durchgesehen hatte.

»War da vielleicht etwas mit einem Krabbenkutter?«

»Wieso fragst du danach?«

»Na ja, die überprüfen wir doch öfter, die paar, die es noch gibt, weil die es ja manchmal nicht so genau nehmen mit der Hygiene oder den Vorschriften zum Ablassen von Schmutzwasser.«

Ingmar nickte.

»Du kannst dich an etwas erinnern?«

»Nee, wollte dir nur zustimmen. Aber da war nichts.«

Für eine Minute war das Ticken der Wanduhr das lauteste Geräusch im Krankenzimmer. Agatha startete einen neuen Anlauf.

»Ich war mit meinem Vater neulich mal Krabben kaufen. Für 'n Krabbenfrühstück.«

»Aha!«

»Ja, und da hat mein Vater gesagt, dass man da aufpassen muss, denn angeblich seien die Krabbenhändler nicht immer ganz ehrlich mit der Herkunft ihrer Ware. Er ist sich sicher, dass ein Teil der verkauften Krabben nicht aus der Nordsee, sondern aus Zuchtbecken in Asien stammt. Ich glaube ja, dass ich das schmecken würde. Aber mein Vater meint, dass das nicht so einfach ist.«

Sie sah Ingmar an, versuchte, in seinem Gesicht zu lesen, ob das der Grund war, warum er die Krabbenkutter kontrollierte. Und ob er da irgendetwas auf der Spur gewesen war.

Doch in seinem Gesicht stand nichts geschrieben. Er wandte sich zum Nachttisch neben seinem Bett, zog die Schublade auf und wühlte darin herum. »Tja, kann ja sein. Aber das wäre ja kein Fall für uns, sondern für den Zoll. Oder das Veterinäramt.«

»Klar.« Agatha nickte heftig. »Logisch. Nur ist da ja nun auch noch diese tote Frau, die unten am Kai in einem Container gefunden wurde, in einem, in dem sonst Ware nach Marokko verschifft wird, und …«

»Hab davon in der Zeitung gelesen«, warf Ingmar ein und ließ sich, nun mit einer Tafel Nussschokolade in der Hand, wieder zurück auf das Kissen sinken.

»Ja, die hing in einem Kühlcontainer für Krabben.«

»Hmm«, brummte Ingmar.

»Schon irgendwie komisch, oder?«

Ingmar biss von der Schokoladentafel ab wie von einem Stück Brot, und Agatha erkannte in seinem Gesicht nichts, das auf ein schlechtes Gewissen, auf Nervosität oder auf irgendetwas anderes hindeuten würde. »Also, die Leute fragen sich, warum die Frau ausgerechnet in einem Kühlcontainer hing.«

Ingmar wickelte noch ein bisschen Papier ab. »Ja, ist ein komischer Ort, um Selbstmord zu begehen.«

»Es war kein Selbstmord!«

»Was?« Ingmar richtete den Oberkörper auf, stieß einen spitzen Schmerzensschrei aus und ließ sich langsam wieder zurückfallen. »Woher weißt du das?«

»Von Jette aus der Bäckerei. Sie und mein Vater haben die Leiche gefunden.«

»Aha! Das erklärt aber immer noch nicht die Frage, warum die Frau sich nicht umgebracht hat.«

»Mein Vater hat mir haarklein erzählt, wie die Auffindesituation war.«

»Du hast ihn wahrscheinlich so lange genervt, bis er nicht mehr anders konnte.«

Beide lächelten. »Kennst mich ja schon ziemlich gut«, sagte Agatha.

Ingmar erwiderte nichts, hielt ihr aber die fast aufgefutterte Schokoladentafel hin. »Möchtest du?«

Sie schüttelte den Kopf. »Mein Vater hat mir alles beschrieben, wie die Frau da hing, wie sie aussah. Und ein entscheidendes Detail hat ihn drauf gebracht, dass es kein Suizid gewesen sein kann: Es fehlte im Container ein Tritt oder ein Stuhl, von dem sich die Frau hätte fallen lassen können, um sich zu erhängen.«

»Weiß die Kripo das auch?«, fragte Ingmar.

»So blöd sind die ja nicht, dass sie da nicht draufkommen.«

»Bertil ist mit dem Fall betraut«, sagte Ingmar. »Kannst ihm das ja sicherheitshalber erzählen.«

»Du, Ingmar ...«, drückste Agatha herum. »Hast du wirklich keine Ahnung, wer auf dich geschossen haben könnte?«

Ingmars Blick verfinsterte sich.

»Das hast du doch schon gefragt. Glaubst du mir etwa nicht?«

»Doch, doch. Aber wenn man in deinen Aufzeichnungen von der Arbeit nun Hinweise auf einen möglichen Täter finden würde ...«

»Hast du mir etwa nachgeschnüffelt?«, fragte Ingmar. Seine Stimme klang jetzt hart.

»Ich wollte nur herausfinden, wer dir das angetan hat.«

»Du hast hier gar nichts herauszufinden.« Ingmars Stimme war jetzt nicht nur hart, sondern auch laut.

»Also jetzt warte mal!« Agatha stand auf. »Es kann doch kein Zufall sein, dass du in den vergangenen Wochen regelmäßig Krabbenkutter kontrolliert hast und nun eine Leiche in einem Krabben-Kühlcontainer gefunden wird. Da ist zum Beispiel der Kutter *Georgina* ...«

»Sag mal, spinnst du? Willst du damit sagen, ich hab was mit dem Tod von dieser Nutte zu tun?«

Agatha hielt den Atem an. Hatte sie richtig gehört?

»Hast du Nutte gesagt?«

Ingmar schob sich den Rest Schokolade in den Mund und kaute, während er mit der Faust das Papier zu einer Kugel knetete.

»Nenn es, wie du willst, meinetwegen Prostituierte«, schrie Ingmar. »Nutte, Bitch, keine Ahnung, sagt man doch so.«

»Nein, das sagt man nicht, Ingmar. Außer man ist ein Arschloch. Und dafür habe ich dich bisher eigentlich nicht gehalten.«

Agathas Stimme war nun auch lauter geworden, und sie bebte vor Wut. »Und jetzt würde ich gerne wissen, woher du auf die Idee kommst, dass sie als Prostituierte gearbeitet hat.«

Ingmars Blick wanderte zum Fenster. »Ich hab Schmerzen, lass mich jetzt allein.«

»Ja, das ist wohl das Beste«, erklärte Agatha. Tränen standen ihr in den Augen.

Sie wollte noch etwas sagen, aber sie konnte nicht.

23

Später Nachmittag

Gesche Lassen und Antonella Faruggio standen im Sektionssaal der rechtsmedizinischen Abteilung des Krankenhauses und warteten auf Henk Dibbersen. Antonella hatte immer ein Problem mit diesen Terminen, das wusste Gesche. Und es war der Kollegin auch jetzt wieder anzusehen, wie unwohl sie sich in dem weiß gekachelten Raum fühlte. Ihre Gesichtsfarbe tendierte gegen Hellgrün, und sie hielt sich immer wieder die Hand vor die Nase. Und Gesche wusste, dass sie sie mit einer duftenden Handcreme eingerieben hatte. Gegen den Geruch nach Chemikalien, Blut und Verwesung, der immer in diesem Bereich schwebte, half aber nichts. Weder Mentholsalbe in der Nase, noch durch den Mund atmen. Das machte alles nur noch schlimmer. Aber Gesche wusste, dass das Gehirn sich schnell anpassen und den Geruch dann nicht mehr so intensiv wahrnehmen würde. Ein bisschen war es so, als würde man nahe des Hafens durch die Neufelder Straße fahren. Da löste der konzentrierte Fischgeruch auch immer für einen Moment einen fürchterlichen Würgereiz aus.

Gesche sah sich interessiert um, fand es immer wieder spannend hier. Die Toten erzählten viele Geschichten. Und sie fand auch Henk Dibbersen interessant, den Mann, der diese Geschichten verstand. Der in der Lage war, Verletzungen zu deuten, zu unterscheiden zwischen Hieben und Stichen, zwischen Drosselmarken und Würgemalen und Hinweise deuten konnte, die einen Unfall von einem Mord oder einen Suizid von einem tödlichen Unfall zu unterscheiden halfen.

Insgesamt drei Obduktionsliegen standen im Raum verteilt. Eine davon wurde gerade von einer Sektionsassistentin gereinigt. Mit einem Wasserschlauch spülte sie die chromfarbene Fläche ab. Die beiden anderen Liegen waren belegt. Unter weißen Tüchern hoben sich unterschiedlich lange und breite Körperkonturen ab. Anders als in vielen Krimiserien im Fernsehen dargestellt, lief hier weder Rock- noch klassische Musik. Und die Rechtsmedizin befand sich auch nicht in einem dunklen Kellergeschoss, sondern im hellsten Teil des Gebäudes im Erdgeschoss, mit großen Fenstern zum Hof hinaus, durch dünne Gardinen vor Einblicken geschützt. Zusätzlich gab es reichlich Licht aus Deckenleuchten und verstellbaren OP-Lampen über den Obduktionsbereichen.

Der Sound des Sektionssaals war ein leises Summen irgendwelcher Geräte, die nicht zu sehen waren. Und die Geräusche derjenigen, die im Raum waren. Wie das Pfeifen. Ein Schlager, Gesche kam nicht darauf, welcher es war, bis Henk Dibbersen fast vor ihr stand.

»Santa Maria, oder?«

»Roland-Kaiser-Fan?«, fragte Dibbersen grinsend und nickte auch Antonella zu, bevor er sich dünne Latexhandschuhe überstreifte und schwungvoll das weiche Tuch von der Liege zog, die ihnen am nächsten stand.

»Meine Damen, ich präsentiere Ihnen meine jüngste Arbeit.«

Auf der Liege lag eine Frau. Ein Holzblock im Nacken sorgte

dafür, dass der Kopf an Ort und Stelle blieb. Es gab einige dunkle Flecken auf den Oberschenkeln und kurz unter dem Brustkorb. Der grob zugenähte Y-Schnitt, der sich über den ganzen Oberkörper zog, sah makaber aus und weckte gleichzeitig Mitleid in Gesche. Was war dieser Frau bloß zugestoßen, dass sie jetzt so hier vor ihnen liegen musste? Noch nicht einmal dreißig Jahre alt, und schon ein Fall für den Rechtsmediziner. Gesche schüttelte sich.

Die Arme der Frau lagen seitlich ausgestreckt, die Handflächen nach oben, als würde sie darauf warten, dass Sterne vom Himmel fielen.

Henk Dibbersen deutete auf den Hals der Frau. »Deswegen habe ich euch noch mal angerufen, das solltet ihr selber sehen.« Er griff sich ein scharf aussehendes Instrument von einem Tablett. »Kommt mal näher hier ran, bitte.«

Gesche kam der Aufforderung umgehend nach, ging um den Kopf der Frau herum zur anderen Seite der Liege. Antonella behielt einen Sicherheitsabstand bei und roch schon wieder an ihrer Hand.

Dibbersen deutete auf die Streifen, die sich rund um den Hals zogen. »Das hier, das sind die Verletzungen, die durch das Seil entstanden sind, an dem die Frau in diesem Container aufgehängt war. Sehr ihr das?« Gesche beugte sich tief über den Leichnam und erkannte Spuren, die entstanden sein mussten, als der Hals durch die Zugbewegung am Seil entlangrutschte. Kratzer und Schrammen, Hautabschürfungen und rötliche Verfärbungen.

Henk griff noch einmal zu dem Tablett und entnahm einem Asservatenbeutel ein Seil. »Das hier ist das Tau, mit dem die Frau sich angeblich aufgehängt hat.«

Henk zeigte auf den Hals der Frau. »Die Verletzungen, die ihr da seht, und dieses Seil passen nicht so richtig zu meinen Untersuchungsergebnissen. Hatte ich ja schon heute Morgen in der

Sitzung angedeutet, aber jetzt bin ich sicher, dass da etwas nicht stimmt.«

»Inwiefern?« Gesche versuchte zu erkennen, was an den Verletzungen gegen einen Tod durch diesen Strick sprach.

»Also zunächst mal ist die Frau erstickt und nicht durch Genickbruch gestorben, was sowieso eher selten vorkommt. Meistens ist Ersticken die Todesursache, wenn sich jemand aufhängt. Hier sind die Verletzungen am Hals aber entstanden, als die Frau schon tot war.«

»Wie kannst du da so sicher sein?« Antonellas Neugier war geweckt, sie hielt sich nicht einmal mehr die Hand an die Nase.

»Weil ich sehr genau bin bei meinen Untersuchungen.« Henk hielt den ausgestreckten Zeigefinger in die Luft. »Ich habe ganz dünne, aber sichtbare Spuren eines anderen Seils gefunden. Allerdings kann das nicht so ein Tau gewesen sein, wie wir es hier haben.« Er steckte das Seil zurück in den Asservatenbeutel. »Wir haben die Hautstellen auch mikroskopisch untersucht, und zu hundert Prozent war ein weiches Band aus Stoff das Tatwerkzeug. Außerdem habe ich inzwischen die Analyse der Fusseln, die ich aus den Haaren der Frau gesichert habe. Eindeutig ein pinkfarbener Frotteestoff. Geht mal vom Gürtel eines Bademantels aus.«

»Du meinst, jemand hat die Frau mit so einem Gürtel erwürgt und danach in diesen Container gehängt?«

»Das wäre eine Möglichkeit. Aber sie ist nicht erwürgt worden, denn das ist unmöglich.«

»Unmöglich?«, hakte Antonella nach.

»Genau. Nur mit Händen wird gewürgt, mit Drosselwerkzeug heißt es immer drosseln. Und sie ist gedrosselt worden.«

Henk deutete mit dem Zeigefinger auf die Augen der Leiche. »Punktförmige Blutungen in den Augenbindehäuten, die beim Erhängen nicht in jedem Fall da sind. Ist ein Hinweis, dass eine andersartige Kompression der Halsweichteile stattgefunden hat.«

Antonella stellte sich neben Gesche. Beugte sich über die Hände der Frau. »Und was ist hier mit ihren Fingern passiert?«

Henk nahm sanft die Hand der Frau, fast zärtlich drehte er die Handfläche nach oben und deutete auf die Fingerspitzen, die leicht bläulich aussahen. »Das hier sind ihre echten Nägel, aber ich bin sicher, dass sie künstliche Nägel gehabt hat. Ich habe Klebereste gefunden, und an einigen Stellen ist der natürliche Nagel sehr dünn.«

Gesche wollte eine Frage stellen, aber Henk bedeutete ihr, dass er noch nicht fertig war. »Sie hat gefärbte Haare, gut gemacht, bestimmt ein teurer Friseur, aber der letzte Besuch ist schon eine Weile her, die Ansätze sind leicht herausgewachsen. Die Haare unter den Achseln sind entfernt, die Beine rasiert.« Henk deutete in Richtung Schenkel. »Und wo wir schon da unten sind. Ich habe keinen Hinweis darauf gefunden, dass die Frau schwanger war oder ist oder je ein Kind geboren hat. Es gibt auch keine alten Verletzungen wie Knochenbrüche oder Operationsnarben. Wenn sie also jetzt nicht hier liegen würde, dann würde ich sagen: ganz normale Frau, hübsch, aber auf eine unauffällige Art, gepflegt und viel zu jung zum Sterben.«

Antonella entfuhr ein Seufzer.

Gesche ließ Henks Worte auf sich wirken.

»Wenn jemand diese Frau mit einem Gürtel getötet hat, wieso bringt er sie dann nicht irgendwohin, wo sie nicht gefunden wird?«, überlegte sie laut.

»Oder wirft sie ins Meer, um Spuren zu vernichten?«, ergänzte Henk. »Aber das, verehrte Damen, ist euer Arbeitsbereich.« Der Rechtsmediziner zog sich mit einem schnalzenden Geräusch die Gummihandschuhe von den Fingern. »Ach so, in den Haaren habe ich auch Spuren von Kokain gefunden. Der Konsum dürfte noch nicht allzu lange zurückliegen.«

Henk trat auf das Pedal eines Treteimers und ließ seine Handschuhe hineinfallen. »Mein Job ist an dieser Stelle beendet, den Obduktionsbericht habe ich …« Weiter kam er nicht, weil von draußen ohrenbetäubender Lärm alles übertönte.

Er trat ans Fenster, flankiert von Gesche und Antonella, und schob die Gardine zur Seite.

Auf dem Hof, direkt vor dem Fenster, hatte sich die Cuxland-Brass aufgestellt. Gut zwanzig Männer und Frauen in schwarzen Hosen und weißen Hemden, zum Teil mit schwarzen Krawatten, Schleifen oder Hosenträgern spielten *Happy Birthday*. Vor sich hatten sie ein Tuch ausgerollt, das verdächtig danach aussah, als hätte es zu anderen Zeiten dazu gedient, Leichen im Sektionssaal abzudecken. Darauf stand: Alles Gute zum 55., alter Leichenfledderer!

»Ich wusste gar nicht, dass du heute Geburtstag hast, Henk. Happy Birthday«, sagte Antonella. Gesche gratulierte ebenfalls. »Was für ein Ständchen. Wer ist denn das?«

»Ich spiele selbst da mit, die Tuba«, erklärte der Rechtsmediziner und wippte im Takt der Musik.

Gesche war wieder einmal überrascht davon, welche Talente manche Menschen im Alltag vor anderen verborgen hielten.

24

Später Nachmittag

Maik war dabei, die Speichen seines Rollstuhls zu überprüfen, als ein Klingelton eine eingehende Mail ankündigte. Victor, der ihm gegenübersaß, war damit beschäftigt, zum wiederholten Mal den Bericht von Henk Dibbersen zu lesen.

»Ah, eine Antwort auf meine Anfrage nach Kameras rund um den möglichen Standort des Schützen.« Er suchte Victors Blick. »Das hier kommt von einem Restaurant am Nordseekai, gegenüber von der Wapo, die haben Kameras rund um ihren Lagerschuppen angebracht. Der liegt auch nicht weit weg von der Anlegestelle der *Bürgermeister Weichmann*. Da stapeln die Leute die leeren Bierkästen und so 'n Zeug. Die haben uns das Material für den fraglichen Zeitraum zugeschickt. Vielleicht sehen wir da ja irgendwo den Schützen.«

Victor rollte mit seinem Stuhl zum Schreibtisch von Maik. »Oder den Mann, der eine tote Frau über der Schulter in Richtung Fährhafen verbringt.«

Maik öffnete eine der beiden angehängten Dateien. Es war nur der Eingangsbereich des Restaurants zu sehen.

»Damit können wir nix anfangen. Mach mal bitte die andere Datei auf, vielleicht ist das eine Kameraeinstellung in die Gegenrichtung.«

Maik tat wie geheißen. Beide starrten auf den Monitor. Die Kamera erfasste eine Freifläche hinter dem Nordseekai, im Hintergrund waren schemenhaft die Laternen der Kapitän-Alexander-Straße zu erkennen. Die Aufnahmen waren schwarz-weiß. Das Metalltor des Lagerschuppens war beleuchtet, daher konnte man die Freifläche und die Straße dahinter nur dort erkennen, wo eine Laterne Licht spendete.

Victor starrte auf den Monitor. »Kannst du den Ausschnitt vergrößern?«

»Kann ich schon. Nur wird das Bild dann noch unschärfer, als es ohnehin schon ist.«

Maik nahm die Veränderung im Ausschnitt vor und behielt mit seiner Voraussage recht. »Da sieht man wirklich nicht mehr viel.«

»Wieso sind Bilder aus Überwachungskameras eigentlich immer so unscharf?«, fragte Victor genervt.

»Sind sie gar nicht immer, aber das hier wurde nachts aufgenommen, und der Fokus kann immer nur auf eine bestimmte Entfernung optimal eingestellt werden. Ich mach mal den Schnelldurchlauf.«

»Kann ich technisch alles nachvollziehen. Aber wenn ein Bankräuber gesucht wird, dann zeigen die immer ein total verschwommenes Bild aus irgendeiner Sparkasse. Obwohl Licht da ist und der Fokus vorher genau eingestellt werden kann. Ich kapiere das einfach nicht. Ich kann mit meinem alten Handy bessere Aufnahmen machen als jede Überwachungskamera.«

Zu weiteren Ausführungen kam Victor nicht. Maik zeigte auf den Bildschirm. »Nichts zu erkennen, was auf einen Schützen hindeutet, der sich in Position bringt. Ist einfach keine Menschenseele zu sehen.«

Maik stoppte das Video.

»Haben wir das ganze Band gesehen?«

»Nee, nur ab dem Zeitpunkt, als es zu dämmern beginnt. Der Schütze, der auf den Wapo-Kollegen geschossen hat, wird ja nicht schon Stunden vor dem Schuss da irgendwo durchs Bild laufen.«

»Trotzdem. Spul mal an den Anfang zurück.«

Die beiden sahen sich angestrengt das gesamte Video noch einmal an. Ohne Ergebnis.

»Mist, der Schütze muss von der Wasserseite aus gekommen sein. Oder er hat einen anderen Zugang zum Nordseekai gewählt, der von der Kamera nicht erfasst wurde«, sagte Maik resigniert.

»Wenn man sich ein bisschen auskennt in der Gastronomie, dann weiß man, dass inzwischen fast jeder Laden eine Außenkamera hat, die Eingang und Lager erfasst.« Das wusste Victor natürlich als Sohn eines Gastronomenpaars auch. Auch seine Eltern hatten zum Schutz vor Einbrechern Kameras am Eingang ihres Restaurants installiert. »Und wenn man das weiß, dann kann man so eine Kamera eben auch umgehen.«

»Hallo, Maik«, rief Lars, der plötzlich im Türrahmen stand.

»Und Victor ist auch dabei.« Lars kam näher. »Was ist das für ein Video?«

»Von einer Kamera vor einem Restaurant, mit Blick auf die Schleuse.«

»Und?«

»Nichts«, sagte Victor.

Lars nickte. »Maik, was ich eigentlich sagen wollte: Macht nichts. Wahrscheinlich hast du es nur vergessen. Also, mir zu sagen, dass bei der Funkzellenabfrage an beiden Tatorten nichts herausgekommen ist.«

Lars' Lächeln wirkte unecht. Maik drehte seinen Rollstuhl um neunzig Grad und fuhr auf Lars zu. »Ich hätte dich doch angerufen, wenn sich irgendein Anhaltspunkt ergeben hätte. Ist doch klar, oder?«

»Wenn du nicht anrufst, heißt das, du hast nichts gefunden. Richtig?«

»Ja, genau richtig«, sagte Maik. Sein Lächeln war echt.

Das war zu viel für Lars. »Und du kannst dir nicht vorstellen, dass es die Ermittlungen nicht nur beeinflusst, wenn man einen solchen Zusammenhang herstellen kann, sondern ebenso, wenn eine Funkzellenabfrage keine Ergebnisse bringt.«

Maik spürte offenbar, dass es ernst wurde. »Doch, natürlich weiß ich das.«

»Und wie hätte ich denn von Letzterem erfahren sollen, wenn du mich nicht anrufst?«

»Hab ich doch gesagt: Nicht anrufen heißt kein Treffer.«

»Maik …«

»Ja?«

»Bist du so blöd, oder tust du nur so?«, fragte Lars eine Spur zu scharf.

Maik stellte auf stur. »Für den Dienst hier bei der Polizei hat es bislang gereicht.«

Lars konnte nur mühsam seine Emotionen verbergen. »Wenn du mir gleich gesagt hättest, dass du nichts gefunden hast, und zwar genau in dem Moment, als du es herausgefunden hast, dann hätte ich diese Option in meine Überlegungen einbeziehen können, was ich nun nicht konnte.«

»Ja, aber das heißt doch nicht, dass ich …«

Victor fragte sich, ob es an der Zeit wäre, sich in den Streit einzuschalten, als Maik zeigte, dass auch er ein falsches Lächeln im Repertoire hatte. Er löste die Feststellbremse seines Rollstuhls.

Doch bevor er ihn in Richtung Tür ausrichten konnte, ergriff Lars noch einmal das Wort.

»Wir müssen hier einen Mörder und einen Attentäter ausfindig machen. Und möglichst, wenn die Spuren noch heiß sind. Da brauche ich Kollegen, die da voll mitziehen.«

»Ich habe einen gesetzlichen Anspruch ...«, begann Maik.

Lars schüttelte energisch den Kopf. »Ich denke nur, dass wir über eine Arbeitstätigkeit nachdenken sollten, die nicht so zeitkritisch ist wie diese.«

»Was meinst du mit *wie diese?*«

»Wie diese bei der Kripo. Es wird doch sicherlich in der Cuxhavener Behörde Stellen geben, wo du, wie gesetzlich vorgeschrieben, jeden Tag nach Ablauf deiner genau definierten Dienstzeit nach Hause fahren kannst.«

»Lars, ich ...«

»Ich meine das ohne jede Emotion. Ich brauche Leute, die auch mal eine oder zwei oder drei Stunden länger arbeiten, wenn es nötig ist. Unabhängig davon, ob sie im Rollstuhl sitzen oder nicht. Wenn du das nicht kannst oder nicht willst oder nicht darfst, dann müssen wir uns etwas anderes überlegen.«

Maik senkte den Blick und starrte einige Sekunden vor sich hin. Dann fuhr er aus der Tür und verschwand, ohne Lars noch einmal angesehen zu haben.

»War das nötig?« Victor verstand diese wiederkehrenden Ausbrüche von Lars nicht.

»Offenbar war das außerordentlich nötig«, erklärte sein Vorgesetzter. »Hier kann nicht einfach jeder und jede für sich entscheiden, wie gearbeitet wird. Es geht hier gerade um zwei schwere Straftaten, da hängen Angehörige dran, die wissen wollen, ob die Schuldigen bestraft werden. Aber diese Schuldigen müssen wir ja erst mal finden, und wenn wir da nicht als Team arbeiten, dann bekommen wir ein Problem. Oder bist du da anderer Ansicht, Victor?«

»Natürlich nicht, aber es ist doch auch nicht …«

Er kam nicht dazu, seine Meinung zu äußern.

»Gut, dann würde ich vorschlagen, dass du auch wieder an deine Arbeit gehst und den anderen über die digitale Akte mitteilst, was ihr in diesem Video gefunden beziehungsweise nicht gefunden habt.« Mit den letzten Worten drehte Lars sich auf dem Absatz um und ging. Jeder Schritt ein Ausrufezeichen.

25

Tag 3, kurz nach Dienstbeginn

Lars fuhr mit den Fingern gedankenverloren über seine Schreibunterlage und dachte über die Konfrontation vom Vortag nach. Vielleicht war er gegenüber Maik und Victor gestern ein bisschen übers Ziel hinausgeschossen. Andererseits musste er diese Abteilung zusammenhalten und dafür sorgen, dass die beiden Fälle so zügig wie nur irgend möglich aufgeklärt wurden.

Es klopfte an seiner Tür. Einmal, kurz und zaghaft, und dann, nach einigen Sekunden, dreimal, etwas bestimmter.

»Herein«, rief Lars, der Maik oder Victor vermutete. Aber der Praktikant Torge trat in den Türrahmen.

»Ach, du«, sagte Lars und deutete auf den Stuhl vor seinem Schreibtisch. »Komm rein und setz dich.«

Torge schloss leise die Tür hinter sich und nahm auf der Stuhlkante Platz.

»Was kann ich für dich tun?«

Der junge Mann hatte sich offenbar genau zurechtgelegt, was er sagen wollte, aber rutschte unruhig auf dem Stuhl herum, ohne Lars anzusehen.

»Entschuldige, dass ich dich noch nicht persönlich begrüßt habe«, sagte Lars und setzte sein freundliches Gesicht auf. »Wir haben hier zwar nicht so oft Praktikanten, aber du hast ja mitbekommen, dass wir zurzeit zwei ziemlich schwerwiegende Fälle zu bearbeiten haben, den der Leiche im Container und, na ja, den ...«

Lars kannte Torge nicht und wusste auch nichts über seine emotionale Verfassung nach dem Anschlag auf seinen Onkel.

» ... also den Schuss auf deinen Onkel, den müssen wir ja auch aufklären. Zum Glück geht es Ingmar wieder besser. Ich bin sicher, er ist schon bald wieder ganz der Alte.«

Torge nickte.

»Gefällt es dir bei uns? So nach den ersten Eindrücken, die du dir bisher verschaffen konntest? Sind alle nett zu dir?«

Endlich machte Torge den Mund auf. »Ja, also, deshalb wollte ich mit Ihnen sprechen. Mir gefällt es eben nicht so gut. Muss ich leider sagen.«

»Kannst du das ein wenig konkretisieren?«

Torge sah ihn kurz an, dann schweifte sein Blick durch das Zimmer. »Mein Onkel hat mir einen riesigen Stapel mit Akten auf den Tisch gelegt und gesagt, dass ich die digitalisieren soll. Ich weiß nicht, wie viele Fälle das genau sind, aber dafür brauche ich bestimmt ein Jahr, vielleicht auch länger.«

Lars nickte. »Verstehe«, sagte er dann. »Hat Bertil dich in die Arbeit eingewiesen?«

»Er hat nur gesagt, dass sämtliche geschriebenen Texte in eine digitale Akte überführt werden sollen.«

»Genau. Das ist übrigens die Arbeit, die wir anderen auch machen, wenn es hier mal ein bisschen ruhiger ist. Zum Beispiel in der Nachtschicht. Es ist also keine Beschäftigungsmaßnahme für einen Praktikanten, sondern eine verantwortungsvolle Aufgabe.«

Torge schüttelte den Kopf. »Ich kann nicht erkennen, was daran verantwortungsvoll sein soll.«

Lars stand auf, umrundete den Schreibtisch und setzte sich auf die Kante. »Bei Ermittlungen allgemein ist der Zeitfaktor von großer Bedeutung. Wenn wir alle Daten digitalisiert haben, müssen wir nicht umständlich irgendwo nachschlagen, was Zeit kostet und Personalressourcen bindet, sondern wir können eine Stichwortabfrage über unser Archivsystem machen, in das die digitalisieren Akten eingespeist sind. Und damit trägst du unter Umständen dazu bei, dass ein Täter oder eine Täterin gefasst wird und keinen weiteren Schaden anrichten kann.«

Lars schlug sich auf die Oberschenkel. »Also, ich finde, dass das eine sehr wichtige und verantwortungsvolle Aufgabe ist.«

Torge kam sichtlich ins Schwanken, ob er bei seiner Meinung bleiben sollte.

»Verstehst du etwas nicht?«

Torge fühlte sich sichtlich unwohl und begann, seine Finger zu kneten. »Nein. Ist eigentlich alles selbsterklärend. Protokolle scannen und in die vorgesehene Maske importieren, Fotos in die entsprechenden Felder hochladen, und den Rest kann man über Copy and Paste organisieren.«

»Das habe ich mir gedacht.« Lars lächelte zufrieden.

»Was genau? Sie kennen doch das Programm, oder?«

»Das meine ich nicht. Es gibt einen Grund, warum wir nur selten einen Praktikanten haben. Wir müssen auch das Gefühl haben, dass er gut ins Team passt und für die Arbeit geeignet ist. Deshalb haben wir dir zugesagt und nicht, weil dein Onkel Polizist ist.«

Torges Wangen färbten sich rot, und er blickte verlegen zu Boden.

»Wir glauben, dass du hier bei uns richtig bist. Du hast eine schnelle Auffassungsgabe, bist intelligent und kannst dir übertragene Aufgaben konzentriert und gewissenhaft angehen.«

Lars schob sich vom Schreibtisch hoch und stellte sich vor Torge, der nun aufstand. »Was ich damit sagen will: Du bist bei uns genau richtig. Gib dir ein bisschen Zeit, dann wirst du es auch merken.«

Torge nickte.

»Eigentlich wärst du der ideale Ermittler im Fall mit der toten Frau, die im Container gefunden wurde. Du kennst den doch, oder?«

Torge nickte vorsichtig. »Gesche und Antonella waren in der Rechtsmedizin, und aufgrund der Ergebnisse steht ziemlich fest …« Er hielt inne.

»Also, aus den Ergebnissen der Obduktion haben wir geschlossen, dass die Frau nicht in diesem Container gestorben ist. Sie wurde mit einem weichen Gürtel erstickt. Außerdem war offenbar Geld für Nagelstudio und Friseur vorhanden. In ihrer Wohnung hat die Spurensicherung zwar keine Hinweise auf einen Mord gefunden, aber teure und aufreizende Dessous und …«

»War die Frau eine Prostituierte?«

Lars wunderte sich über die schnelle Auffassungsgabe des Jungen. Eigentlich hatte er Torge schon viel zu viele Details verraten. Ein Praktikant sollte gar nicht so genau Bescheid wissen. Andererseits hatte er auch in der Vergangenheit mitunter die besten Erfolge bei Ermittlungen erzielt, wenn er ein klein wenig vom geraden Weg abbog.

»Warst du schon mal bei einer?«

Torge wurde rot und schüttelte den Kopf.

Lars lachte. »Hab ich's mir doch gedacht. Deshalb wärst du in diesem Fall der ideale Ermittler. Niemand würde vermuten, dass du für die Polizei arbeitest.«

Torge wollte gerade zu einer weiteren Frage ansetzen, als es an der Tür klopfte, die gleich darauf aufgerissen wurde.

»Torge!« Victor stand im Türrahmen. »Hier steckst du. Wir haben jetzt eine Vernehmung, und ich dachte, du willst dir das vielleicht mal ansehen?«

Lars reichte ihm die Hand, und Torge schüttelte sie, drehte sich um und ging zur Tür. Als er sich noch einmal umdrehte, hatte sich Lars bereits wieder hinter seinen Schreibtisch gesetzt.

»Ist schon erstaunlich«, sagte Torge. »Wie gut Sie mich nach einem so kurzen Treffen bereits kennen.«

Lars lächelte. »Menschenkenntnis.«

Wenn Lars auch gelernt hatte, Arbeitszeugnisse normgerecht zu formulieren, Ironie zu erkennen war nicht seine Stärke.

Wenig später saß Torge neben seinem Onkel hinter einer einseitig entspiegelten Scheibe und blickte auf einen Raum, in dem ein einfacher Tisch und mehrere Stühle standen.

Die Wände waren in einem Eierschalenton gestrichen. An den Wänden hingen keine Bilder oder Kalender, und der mittelgrüne Laminatboden machte die Atmosphäre auch nicht heimeliger.

Auf einem der Stühle saß ein Mann aufrecht am Tisch: kariertes Hemd unter einem Leinensakko und den Scheitel in den schwarzen Haaren wie mit dem Rasiermesser gezogen. Er blickte auf seine Fingernägel, hauchte sie an und polierte sie an seinem Hemd. Victor betrat den Raum, nickte dem Mann zu, und kurz darauf war auch seine Stimme über den Lautsprecher zu hören.

»Herr von Eitzen, wie schön, dass Sie es einrichten konnten.«

»Oh, sind wir jetzt wieder beim Sie? Beim Fest der Seenotretter waren wir doch schon beim Du.«

Victor ließ die Frage unbeantwortet, legte eine Mappe auf den Tisch und setzte sich.

»Es geht um die tote Frau, die wir in einem leeren Krabbencontainer am Hafen aufgefunden haben. Karima Berrada, die nach unserem bisherigen Kenntnisstand allein in Bremerhaven gelebt hat. Keine Familienangehörigen, kein Lebenspartner beziehungsweise Partnerin oder Freunde.« Er schlug die Mappe auf, entnahm ihr einige Fotos und legte sie vor Enak von Eitzen auf den Tisch.

»Kennen oder kannten Sie diese Frau?«

Von Eitzen griff nach dem ersten Bild, betrachtete es, legte es zurück, nahm das nächste und schüttelte langsam den Kopf. »Nein, ich denke nicht.«

»Sie denken nicht?« Victor entnahm der Mappe ein eng bedrucktes Blatt, überflog, was darauf stand. Wandte sich wieder an von Eitzen. »Kennen Sie das Restaurant *Almeria* hier in Cuxhaven?«

Der nickte.

»Haben Sie da schon mal gegessen?«

»Brauchen Sie einen Restauranttipp, Herr Kommissar?«, fragte von Eitzen in seiner typisch überheblichen Art.

Victor beantwortete die Frage nicht. Er saß nur still da und beobachtete sein Gegenüber.

»Ja, ich hab da schon gegessen.«

»Häufiger?«

»Ein paarmal. Da gibt es den besten Fisch in ganz Cuxhaven. Die Dorade ist exzellent. Und die Seezunge erst. Ein Gedicht.«

»Wissen Sie, was sich über dem Restaurant befindet?«

»Der erste Stock?«, versuchte es von Eitzen erneut mit Ironie.

Gleiches Spiel wie zuvor. Victor ließ die Frage unbeantwortet und fixierte sein Gegenüber.

»Da sind Wohnungen, nehme ich an.«

»Waren Sie schon einmal in einer dieser Wohnungen?«

Von Eitzen schien angestrengt nachzudenken. »Nicht in diesem Leben, glaube ich.«

»Über dem Restaurant befinden sich drei Apartments, alle gehören der Besitzerin des Restaurants, und alle drei hat die Frau an Prostituierte vermietet, die dort ihrer Arbeit nachgehen.«

»Sagst du mir auch noch … Oh, entschuldige, sagen Sie mir irgendwann auch noch, warum Sie mir das alles erzählen? Ich habe kein Interesse daran, ein Apartment anzumieten.«

»Ich möchte ganz offen mit Ihnen sprechen, Herr von Eitzen.«

»Ich bitte darum.«

»Sie sind nicht so witzig, wie Sie denken. Und da Sie Polizist sind, sollte Ihnen der Ernst der Lage eigentlich bewusst sein. Daher finde ich Ihre Sprüche ziemlich unangemessen.«

Von Eitzen zog die Mundwinkel nach unten. »Ist mir ehrlich gesagt ziemlich egal, wie Sie meine Sprüche finden oder was Sie von mir halten. Aber ich kann Ihnen mal sagen, was ich als unangemessen empfinde.«

Von Eitzen beugte sich über den Tisch und fuhr fort: »Ich bin weder Verdächtiger, noch bin ich verhaftet. Dann würde ich gerne mal wissen, warum Sie mich hierherzitieren, denn Sie wissen doch, wo ich arbeite. Und da es sich vermutlich um eine Befragung handelt, also noch nicht mal um eine Zeugenaussage, wüsste ich gerne, warum ich in diesem Kack-Verhörzimmer sitze und möglicherweise irgendwelche Typen hinter der Spiegelscheibe mich anglotzen.«

Bertil und Torge wichen instinktiv einige Zentimeter zurück, obwohl von Eitzen sie aus dem Verhörraum durch die Scheibe nicht sehen konnte.

»Sie sind weder Beschuldigter noch Zeuge. Aber wir haben Hinweise darauf, dass Sie in den besagten Apartments gewesen sind, und wenn Sie dort waren, dann wussten Sie auch, was dort angeboten wird.«

Von Eitzen ließ sich auf dem Stuhl zurückfallen, schlug die

Beine übereinander und wischte sich einen unsichtbaren Fussel vom Knie.

»Selbst wenn ich dort gewesen wäre, dann ginge Sie das überhaupt nichts an. Gar nichts.«

»Wenn Sie dort mal bei einer Frau waren, die wir kürzlich tot in einem Krabbencontainer gefunden haben, dann ginge mich das schon etwas an. Finden Sie nicht?«

Enak von Eitzens Selbstsicherheit bröckelte sichtlich. Er verschränkte die Arme vor der Brust und kniff die Augen zusammen. »Was wollen Sie mir denn mit Ihren Fragen hier eigentlich unterstellen?«

»Ich unterstelle Ihnen gar nichts. Ich habe Zeugen, die Sie mehrfach in diesem Etablissement von Benita Perez gesehen haben. Und ich frage mich, was Sie da gemacht haben und ob es vielleicht eine Verbindung zu unserer Toten gibt.« Victor sammelte die Fotos wieder ein und legte sie in die Mappe zurück.

Von Eitzen starrte schweigend auf die Tischplatte. Victor klappte den Deckel der Akte zu, schob die Unterlagen mittig auf den Tisch, verschränkte die Finger wie zum Gebet und fixierte sein Gegenüber.

»Sollte der Tod dieser jungen Frau in irgendeinem Zusammenhang mit Ihren Besuchen in den Apartments stehen, dann werden wir es herausfinden. Und wenn Sie da mit drinhängen, dann ist es auch egal, ob Sie Polizist sind«, sagte Victor schließlich.

Von Eitzen löste seine starre Haltung und sah Victor in die Augen. »Ich bin da gewesen, ja. Aber weder um Sex zu haben noch um jemanden umzubringen. Und jetzt werde ich gehen.«

»Klar. Könnten Sie bitte vorher noch einen Namen auf einen Zettel schreiben?«

»Einen Namen?« Van Eitzen starrte Victor an. »Wozu soll das denn gut sein?«

Victor schob ihm Zettel und Stift über den Schreibtisch zu. »Karima Berrada. Einmal mit links, einmal mit rechts. Einfach hier auf den Zettel.«

Von Eitzen sah auf das leere Stück Papier. Atmete tief ein, dann wieder tief aus. Dann schob er es zurück zu Victor, ohne etwas darauf geschrieben zu haben.

26

Später Vormittag

Es war frisch geworden. Feuchtigkeit lag in der Luft, und der Wind
blies in heftigen Böen um die Häuserecken. Agatha vergrub sich
tief in ihrem Schal, als sie am Pier des Fischereihafens entlangging.
Sie war direkt vom Krankenhaus hierhergefahren. Mit jedem Tritt
in die Pedale war ihre Wut auf Ingmar weniger geworden – ihr Ehr-
geiz, herauszufinden, was passiert war, dafür umso größer.

Ingmar hatte ihr nicht die Wahrheit gesagt, so viel war klar.
Aber warum nicht? Hatte seine Geheimnistuerei etwas mit anderen Kollegen bei der Wasserschutzpolizei zu tun, oder wollte er etwas vor ihr verheimlichen? Sie war ja nicht komplett bescheuert
und spürte, dass sie Ingmar nicht egal war.

Eine Möwe stürzte sich mit einem grellen Schrei auf das Wasser.

Bis auf Ingmars kryptische Notizen hatte sie nichts in der
Hand. Bertils Plan, dem Tagesablauf von Ingmar nachzugehen,
war für sie im Moment auch der einzig schlüssige Weg, um mehr
über den Attentäter herauszufinden. Schließlich würde sie keinen
Zugang zu den Akten der Kripo bekommen, Victor hatte sie ja so-

wieso auf dem Kieker. Ingmar hatte Krabbenfischer kontrolliert, also würde sie sich mal bei den Krabbenfischern umhören.

»Moin«, rief sie einem älteren Mann zu, der seine dunkelblaue Strickmütze tief ins Gesicht gezogen hatte und gerade dabei war, die Netze auf seinem Kutter nach schadhaften Stellen abzusuchen.

Der Fischer, klein, aber breit, nickte stumm zu ihr hinauf: strahlend blaue Augen, buschige Brauen, schmale, fest zusammengepresste Lippen. Die Haut wettergegerbt und von Falten durchzogen wie bei ihrem Vater.

Der Krabbenkutter hieß *Georgina* und gehörte zu den schönsten Schiffen, die Agatha hier je gesehen hatte. Sie wusste von ihrem Vater, der jeden Fischer in Cuxhaven kannte, dass die Familie Thies schon seit Generationen mit Krabbenfang ihr Geld verdiente. Allerdings wusste sie auch, dass eine Existenz allein vom Krabbenfang kaum noch möglich war. Viele Fischer boten inzwischen Showfischen an und nahmen Touristen mit hinaus auf die Nordsee. Dabei wurden zwar nicht viele Krabben gefangen, aber die Urlauber bezahlten gern für eine Tour auf einem echten Krabbenkutter, bei der sie nicht nur erlebten, wie die Netze eingeholt, sondern auch wie die Tiere anschließend direkt auf dem Schiff gekocht wurden. Die *Georgina* war aus Holz, während die meisten Kutter der Flotte Stahlschiffe waren, schon deshalb war sie besonders.

»Kann ik di helpen?«, fragte der Fischer und ließ die Netze auf das Schiffsdeck fallen, um näher an Agatha heranzutreten.

»Moin, Herr Thies. Ich bin Agatha Christensen, die Tochter von Dirk«, versuchte Agatha es mit einem Eisbrecher, der ihr schon manche Tür in Cuxhaven geöffnet hatte.

»Nee, dat gifft dat nich.« Jetzt grinste der Mann und legte Zahnreihen frei, die nicht mehr ganz komplett waren. »Du bis de lütte

Deern vun Dirk?« Der Alte kniff die Augen zusammen, dann winkte er sie an Bord.

Agatha ging zum Heck, sprang auf die Holzplanken der *Georgina* und wurde dort von kräftigen Händen aufgefangen. »Hoppala.«

Sie überlegte, wie sie sich am besten vortastete, ohne gleich mit ihren Fragen Misstrauen zu erwecken. »Tolles Schiff, wirklich, ich bin schon als Kind mit meinem Vater immer gern hergekommen und hab mir die *Georgina* angesehen.«

Der alte Fischer lehnte sich gegen die Bordwand, verschränkte die Arme vor der breiten Brust. »Ja, dat is wohl so. Schönes Schiff …«, wechselte er ins Hochdeutsche. »Aber das hilft uns auch nicht dabei, unsere Rechnungen zu bezahlen.«

»So schlimm?«

»Ach, weißt du, mien Deern, ich wollte ja nie was anderes als hier auf dem Kutter sein. Früher, als ich noch son lütter Butscher war«, er hielt seine Hand auf Kniehöhe, »haben wir noch Hummer an den Helgoländer Klippen gefangen, mit meinem Opa war das. Aber heute? Es wird immer schwerer. Mal gibt's keine Nordseegarnelen, mal werden die Fangquoten geändert, mal erlassen sie neue Umweltvorschriften für unsere Schiffe. Manchmal tut mir das ein büschen leid, dass ich nicht Bäcker geworden bin.«

Agatha erinnerte sich wieder an die Kutterdemos vor einigen Monaten gegen neue Pläne der Europäischen Kommission. Auch schwarze Kreuze, die an den Häfen aufgestellt worden waren, sollten auf die Situation der Fischerei aufmerksam machen. Brüssel hatte Pläne vorgestellt, nach denen die sogenannte *grundberührende Fischerei in Meeresschutzgebieten* verboten werden sollte. Hatte sie gelesen. Das würde auch die Krabbenfischer betreffen, denn die Netze wurden teilweise über den Grund des Wattenmeers gezogen, und das war nun einmal Naturschutzgebiet. Sollte das Gesetz kommen, dann wäre es vermutlich das Aus für Fischer Thies und seine verbliebenen Kollegen.

»Und du? Bist du auch Kapitänin geworden wie dein Vadder?«

»Nee, ich bin bei der Wasserschutzpolizei.«

»Ach nee, sach bloß.« Für einen Moment hatte Agatha den Eindruck, Missbilligung im Gesicht des Fischers zu lesen, aber dann war dieser Augenblick auch schon wieder vorüber.

»Und wolltest du Krabben holen bei mir? Da muss ich dich enttäuschen. Wir haben schon vor zwei Stunden gelöscht, und da stehen hier die ersten Urlauber immer schon beim Einlaufen Schlange und reißen uns das Zeug aus den Händen.«

»Und geht der Rest nach Marokko? Also abgesehen von den paar Kilo, die Sie hier an die Touristen direkt verkaufen?«

Der Fischer hatte das Netz vom Boden aufgenommen und konzentrierte sich wieder ganz auf die Sichtung, während er antwortete: »Ach, 'n büschen was geht auch nach Polen. Und wir haben ja auch hier bei uns in Cuxhaven schon Pulmaschinen, die sind aber nicht so genau wie flinke Finger. Aber das meiste wird mit LKW nach Marokko gebracht, also bis nach Andalusien, glaub ich, und dann von dort mit Schiffen rüber. Würde zu lange dauern, wenn man die Krabben von Cuxhaven per Schiffscontainer da runterbringt. Aber jetzt, wo du mich fragst, ein bestimmter Teil der Krabben wird tiefgefroren von hier aus verschifft. Ist irgend so ein Steuermodell, da bin ich aber nicht beteiligt.«

»Und die Ware, die von Marokko zurückkommt, kommt die immer auf denselben Schiffen?«

Der Fischer schaute auf. »Wat hest du egens in Kopp, mien Deern?«

»Wieso?«

»Ich kenn deinen Vadder, der stellt auch keine Fragen, ohne dass er dabei irgendwas ausheckt. Und wenn du nur ein bisschen nach ihm kommst, dann hat diese ganze Fragerei ja wohl einen Sinn. Also spuck's aus.« Die blauen Augen wirkten noch ein bisschen blauer, fast eisig, als sie Agatha fixierten.

»Ich, also, es ist so, ein Kollege von mir wurde angeschossen …«

»Ingmar Ulvaeus«, sagte Fischer Thies zu ihrer Überraschung. »Ist hier im Hafen natürlich Gesprächsthema. Einige Kollegen haben Angst, dass da ein Irrer unterwegs ist und alles abknallt, was auf dem Wasser unterwegs ist, vielleicht so ein verrückter Umweltschützer. Da kann ja denn jeder von uns der Nächste sein …« Er deutete zu den anderen Schiffen, die links und rechts angelegt hatten. »Aber was hast du denn damit zu tun? Hier waren doch schon Leute von der Kripo, die uns befragt haben.«

»Ingmar ist mein Kollege, und da ist es doch klar …«

Thies winkte ab. »Is klor, mien Deern. Aber da wird dir hier keiner helfen können. Disse Ingmar kennt hier keen een, höchstens von irgendwelchen Kontrollen auf See, mich hatt he ook n poor Mol in de Mangel het in de leste Tied.«

Agatha nickte. »Gab es dafür einen besonderen Grund, dass er Sie ausgerechnet jetzt stärker oder öfter gecheckt hat?«, hakte Agatha nach.

Thies kratzte sich am Kopf. »Nicht dass ich wüsste. Mal wird man mehr, mal weniger kontrolliert. Das gleicht sich dann irgendwann aus.«

»Tja, dann vielen Dank.« Agatha hob die Hand zum Gruß und machte kehrt.

»Ach, warte.«

Agatha drehte sich um.

»Der Hannes, von der *Oceanqueen*, sein Kutter liegt da drüben.« Er deutete in Richtung der gegenüberliegenden Hafenseite. »Also der Hannes hat gesagt, dass er den Ingmar manchmal in so 'ner Kneipe sieht. Im *Klabautermann*.«

27

Früher Nachmittag

Die Verwandtschaft zwischen Bertil und Ingmar hätte niemand leugnen können, der an diesem Nachmittag einen Blick in Ingmars Krankenzimmer geworfen hätte.

Der eine Bruder saß aufrecht im Bett, der andere stand am Fußende. Bei beiden pochte eine blaue Ader an der Schläfe. Bei Bertil an der linken, bei Ingmar an der rechten.

»Ich weiß gar nicht, wie oft ich dich aus der Scheiße gezogen habe, Ingmar. Es reicht mir langsam.«

Ingmar knetete den Rand der Bettdecke und wich dem Blick seines Bruders immer wieder aus. Er spürte, dass Bertil ihn fixierte.

»Weißt du noch, als du mit sechzehn Papas Auto genommen hast, um für dich und deine Kumpels Schnaps zu kaufen? Ich hab dich auf dem Parkplatz vom Discounter gesehen und dafür gesorgt, dass du nach Hause kommst, ohne dass etwas passiert.«

Ingmar schluckte, aber Bertil war noch nicht fertig.

»Du bist mein kleiner Bruder, deshalb war das selbstverständlich für mich, dir zu helfen, wenn du mal wieder Scheiße gebaut hast. Aber ich habe nicht eine einzige dieser ganzen Geschichten vergessen.«

Ingmar knetete immer noch Falten in seine Decke und schaute sich selbst dabei zu.

»Fahren ohne Führerschein in Papas Auto, der Schulverweis, der dir fast den Abschluss versaut hätte.«

»Das war nicht meine Schuld«, brauste Ingmar auf. »Ich war das gar nicht, das war ein Missverständnis.«

Bertil entließ ein *pfffff* in die Welt und setzte seine Rede fort. »Was ist denn wohl der Grund dafür, dass ich Polizeioberkommissar geworden bin und es bei dir nur zum Polizeiobermeister gereicht hat? Warum hast du die Prüfungen, mit denen du in den höheren Dienst hättest wechseln können, immer wieder verbockt?«

»Was hat das jetzt damit zu tun, dass ich hier liege?« Ingmar war genauso wütend wie sein Bruder. »Irgendein Spinner hat mich angeschossen, weil er, was weiß ich, Langeweile hatte oder eine Knarre testen wollte, oder …«

»Ingmar! Wie wäre es denn zur Abwechslung mal mit der Wahrheit?«

»Was denn für eine Wahrheit?«, schrie Ingmar.

»In deiner Wohnung steht ein Wahnsinns-Soundsystem. Ich möchte gar nicht wissen, was das gekostet hat. Und dann diese italienische Espressomaschine, ein Riesending. Das hast du dir ja wohl kaum von deinem Gehalt zusammengespart, oder?«

»Ich hatte dich lediglich gebeten, mir Unterwäsche und ein paar Klamotten für die Entlassung mitzubringen. Es hätte gereicht, wenn du die einfach aus meinem Schlafzimmerschrank genommen hättest, statt noch einen Rundgang durch meine Wohnung zu machen.«

»Ach, hör doch auf.« Bertil trat einen Schritt näher ans Bett und umfasste die chromfarbene Stange am Fußende mit beiden

Händen. »Du hast irgendeine Geldquelle, die wahrscheinlich nicht ganz legal ist. Und womöglich bist du deswegen auch angeschossen worden, liegst hier aber und machst einen auf Unschuldslamm.«

Die Brüder starrten sich an.

»Ich habe auch ein paar Unterlagen auf deinem Schreibtisch durchgesehen. Willst du mir was dazu sagen?«, unterbrach Bertil das Schweigen.

»Arsch.« Ingmar löste seinen Blick von Bertil und richtete ihn zur Decke. Er schluckte. Mehrfach.

»Ich meine die Listen mit den Summen, die ganz sicher keine Ideen für Lottozahlenkombinationen waren.«

»Das ist nicht so einfach zu erklären.« Ingmar wand sich sichtbar.

»Doch, ist es.« Bertil ließ sich auf der Bettkante nieder. »Was ist da los, Ingmar, hast du dich in Gefahr gebracht?«, fragte er, nun mit ruhiger Stimme.

Ingmar sah seinen Bruder an. Tränen stiegen ihm in die Augen. »Ich stecke voll in der Scheiße. Aber ich krieg das wieder hin, das musst du mir glauben, ich …«

Bertil fasste nach der Hand seines Bruders. »Erzähl's mir einfach. Alles.«

Ingmar holte tief Luft. »Ich habe Geld genommen.«

»Für was?«

»Kennst du Thomas Brunsdahl?«

»Den von der KRAFI?«

Ingmar nickte.

»Ich hab den mal im *Klabautermann* kennengelernt. Wir haben getrunken, reichlich, und er wusste, dass ich bei der Wapo bin.«

Bertil ermunterte seinen Bruder mit einem Nicken weiterzuerzählen.

»Benita Perez hat über ihrem Restaurant Apartments, in denen sie Frauen für sich anschaffen lässt. Ganz legal, soweit ich weiß. Aber manchmal arbeiten da auch Frauen aus Marokko, ohne Steuerkarte.«

»Und woher weißt du das?«

»Auf so einem Containerschiff fällt es nicht auf, wenn mal eine oder zwei Frauen mitfahren. Die sind dann weit draußen auf die Krabbenkutter umgestiegen und an Land gebracht worden. Und diese Schiffe habe ich kontrolliert. Und nicht so ganz genau hingesehen.«

»Du hast Kontrollen manipuliert?« Bertil sprang von der Bettkante auf. »Bist du komplett wahnsinnig geworden? Ist dir klar, was passieren kann, wenn das jemand rauskriegt? Du musst dich sofort stellen, bevor meine Kollegen von der Kripo bei ihren Ermittlungen irgendwie dahinterkommen.«

»Aber ...«

»Nix aber, Ingmar. Es reicht. Ich kann in so einem Fall nicht für dich lügen. Wenn rauskommt, was du gemacht hast, und klar wird, dass ich davon wusste und nichts gesagt habe, dann hänge ich da genauso drin wie du.«

Ingmar nickte.

»Welche Containerschiffe waren das und welche Kutter?«

»Ich ... ich ...« Ingmar fing an zu weinen. Bertils Zorn verrauchte ebenso schnell, wie er gekommen war. Er setzte sich wieder zu seinem Bruder. »Was ich nicht verstehe, warum dich deswegen jemand ausschalten wollte?«

»Was meinst du?« Ingmar wischte sich über die Wange.

»Ich meine, dass diejenigen, denen du da geholfen hast, doch nur Nachteile haben, wenn sie dich umbringen. Dann brauchen sie jemand Neuen bei der Wasserschutzpolizei, der bei den Kontrollen ein Auge zudrückt. Warum also sollte deswegen jemand auf dich schießen?«

Ingmar ließ sich in die Kissen zurückfallen, schloss die Augen, seufzte.

»Ingmar, ist da noch etwas, was du mir nicht gesagt hast?«

28

Abend

»Ist ja nicht jedermanns Sache, aber ich finde es köstlich.« Dirk Christensen verdrehte genießerisch die Augen. Agatha saß zusammen mit Jette am Esstisch ihres Vaters beim Abendessen. Vinnie lag entspannt vor einem der Fenster auf dem Fußboden und schlief. Erschöpft von einem langen Spaziergang mit seinem Herrchen.

Jette hatte Labskaus nach einem Rezept ihrer Mutter zubereitet. Das Gericht, das für Nicht-Norddeutsche auf den ersten Blick nicht wahnsinnig appetitlich aussehen mochte, wurde aus Kartoffeln, Rindfleisch, Gurken und Roter Bete gekocht. Das Ergebnis lag auf dem Teller wie eine große Portion rötlich brauner Kartoffelbrei, gekrönt von zwei Spiegeleiern und flankiert von einem Gabelrollmops.

»Schmeckt wirklich fantastisch, Jette.« Agatha zerteilte ein Spiegelei. »Übrigens, Papa, schöne Grüße vom alten Fischer Thies, den habe ich vorhin im Hafen getroffen.«

»Getroffen?«

»Ja, ich bin da so rumspaziert, und er hat auf seinem Kutter Netze geflickt. Da sind wir ins Gespräch gekommen.«

»Soso.« Dirk Christensen grinste.

Er kannte seine Tochter und wusste, dass Agatha ganz sicher nicht einfach nur so einen Spaziergang am Hafen gemacht hatte.

»Ach, die Krabbenfischer, die haben es auch echt nicht leicht.« Jette griff nach dem Glas Gewürzgurken und zog mit spitzen Fingern eine heraus, während sie weitersprach. »Immer wieder neue Gesetze, und wenn mal alles läuft, dann bleiben plötzlich die Krabben aus. Und die Preise steigen. Ich musste zum Teil meine Krabbenbrötchen für sechs Euro anbieten. Stell dir das mal vor, das sind zwölf Mark!«

»Und dann hast du wahrscheinlich die Portionen auch noch kleiner gemacht, wie ich dich kenne«, neckte Dirk sie.

Jette schlug spielerisch nach seiner Hand. »Frechheit, ich würde doch meine Kunden nicht betrügen.«

»Apropos Betrug.« Dirk griff nach der Schüssel mit dem Labskaus und füllte sich großzügig nach. »Ich hab's Agatha neulich schon erzählt. Jette, wusstest du, dass Nordseekrabben gar nicht immer aus der Nordsee kommen?«

»Sondern?«

»Die werden in irgendwelchen Becken gezüchtet.« Dirk schlug mit der Faust auf den Tisch, um seinen Worten Nachdruck zu verleihen.

»Aber gibt's da nicht Kontrollen? Jemanden aus der Nahrungsmittelindustrie oder so, der das im Blick hat und dieses Zeug dann aus dem Verkehr zieht?«, wollte Jette wissen.

»Pah.« Dirk winkte ab. »Wer sollte das denn überprüfen, das sind solche Mengen, da verliert doch jeder Kontrolleur den Überblick.«

»Mir hat Cornelius ja neulich erzählt, dass ganz viele Krabben geschmuggelt werden, also dass sich da gar nicht alle an die Fangquoten halten«, berichtete Jette.

Agatha schaute auf die Uhr und schob sich hektisch die letzte Gabel Labskaus mit Spiegelei in den Mund. »'tschuldigung, ich muss los, hab noch eine Verabredung.«

Der *Klabautermann* war eine Mischung aus Restaurant, Kneipe und Schnellimbiss. Dunkles Holz mit viel Seefahrerromantik, an den Wänden Ölgemälde von Kuttern in aufgepeitschter See und ein rot-weißer Rettungsring. Auf dem Regal über dem Tresen hingen eine Schiffsleuchte aus Bronze und ein Kompass aus Messing. Direkt neben dem Eingang befand sich ein Glaskasten, in dem ein T-Shirt ausgestellt war, das am Tresen erworben werden konnte, sowie Bierkrüge und Kaffeetassen mit dem Logo des *Klabautermanns*. Bei Touristen sehr beliebt.

Agatha und Bertil hatten sich an einen der einfachen Holztische in einer hinteren Ecke des Lokals zurückgezogen, direkt neben der Jukebox, die seit Jahren einstaubte, weil sie kaputt war.

»Immerhin hat Ingmar zugegeben, dass er von Brunsdahl Geld genommen hat. Die Frage ist, wer die Hintermänner sind, also an wen letztlich die Kohle ging.«

Agatha seufzte und schüttelte den Kopf. »Na ja, zumindest könnt ihr Brunsdahl jetzt festnageln.«

Bertil gab einen Laut von sich, eine Mischung aus Prusten und Niesen. »Brunsdahl wird doch alles abstreiten. Ingmar und er haben ja keinen schriftlichen Vertrag gemacht, den wir ihm unter die Nase halten könnten.«

Agatha überlegte laut. »Wahrscheinlich hast du recht. Außerdem ist Menschenhandel doch wohl eine Nummer zu groß für diesen Brunsdahl, da wird es bestimmt Hintermänner geben, und an die müsste man rankommen.«

Bertil nahm einen kräftigen Schluck aus seinem Glas und wischte sich dann mit dem Handrücken über den Mund. »Ingmar hat mir erzählt, dass er aussteigen wollte. Und wenn das wirklich stimmt, dann haben genau diese Leute ein echtes Problem. Zum einen wäre dann da ein Polizist, der über ihre Geschäfte Bescheid weiß und quatschen könnte, zum anderen brauchen sie einen neuen Mann bei der Wapo, der bei Kontrollen ein bis zwei Augen zudrückt.«

»Meinst du, die versuchen es wieder, ihn umzubringen, wenn sie erfahren, dass er noch am Leben ist?«

Bertil sah sie erschrocken an. »Daran habe ich noch gar nicht gedacht.«

»Ingmar hat mich angeschrien, als ich ihn das letzte Mal besucht habe. Ich glaube nicht, dass ich so schnell noch mal ins Krankenhaus fahre.«

»Aber du musst mit ihm reden. Mir erzählt er nicht alles.«

»Aber mir?« Agatha schüttelte den Kopf. »Das glaubst du doch selbst nicht. Eigentlich müsstest du bei deinen Kollegen melden, was du von Ingmar erfahren hast.«

»Mache ich auch, da kannst du dir sicher sein.«

»Und wie lange willst du damit warten?«

»Morgen früh haben wir Dienstbesprechung, da sage ich es den Kollegen. Der Anschlag galt wohl tatsächlich ihm, aber im Krankenhaus ist er relativ sicher. Ich denke nicht, dass er da in Gefahr ist.«

»Aber ausschließen kannst du es auch nicht.«

Bertil dachte nach. »Nein, kann ich nicht.«

Er schob sein Bierglas zur Seite und legte Papiere auf den Tisch. »Ich habe mir in der Wohnung von Ingmar mal die Unterlagen zusammengesucht, die uns vielleicht weiterhelfen. Einen Teil seiner Akten und Belege haben meine Kollegen, die mit dem Fall befasst sind, natürlich schon sichergestellt. Aber weil mein Bruder ein so unordentlicher und unsortierter Mensch ist, weiß ich, dass einige der Papiere nie da liegen, wo sie hingehören. Das hier habe ich unter ein paar Autozeitschriften neben der Toilette gefunden.« Er schob Agatha einige Blätter zu. Kariertes Papier, offenbar aus einem DIN-A5-Block rausgerissen, eng beschrieben mit Zahlen und Daten.

»Sieht aus wie das, was ich in Ingmars Fach auf dem Schiff gefunden habe. Ich dachte erst, es sind Fangmengen.« Sie deutete auf die oberste Zeile. »Siehst du das hier, das ist das Datum und dann eine Eins oder eine Zwei. Das ist vermutlich die Anzahl der Frauen, die geschmuggelt worden sind. Und dann diese Zahlen hier.« Agatha fuhr mit dem Zeigefinger ein Stückchen weiter auf dem Blatt. »Das sind dann wohl die Zahlungen, die dein Bruder eingestrichen hat. Ich hab in unser Logbuch geschaut, und die *Georgina* ist eins der Schiffe, die Ingmar in letzter Zeit häufiger kontrolliert hat.«

Bertil sah Agatha erstaunt an. »Die *Georgina*? Das ist der Kutter vom alten Thies.«

»Ich hab mit ihm gesprochen. Er sagt, dass sich das mit den Kontrollen immer ausgleicht, mal erwischt es den einen, mal den anderen häufiger.«

»Vielleicht hat Ingmar das Geld, das er bekommen hat, auf der *Georgina* deponiert, ohne dass der alte Thies das wusste, und es sich dann nachts geholt. Damit es im Ernstfall nicht bei ihm gefunden wird«, vermutete Bertil.

»Überweisen konnte man ihm das Geld ja schlecht, das hätte man ja nachverfolgen können. Insofern ist da vielleicht was dran: Ingmar hat das Geld bei den Kontrollen von den Containerriesen bekommen und dann auf der *Georgina* zwischengelagert.«

Bertil zuckte mit den Schultern. »Du musst mit ihm reden.«

Die beiden tranken einen Schluck und sahen sich im *Klabauter-mann* um.

»Und was hat Ingmar in diesem Lokal gemacht?«, fragte Bertil.

Am Tresen saß ein einzelner Mann, der sich an seinem Bier festklammerte. Er hatte einen Vollbart und trug eine dunkelblaue Strickjacke, die schon bessere Tage gesehen hatte. An einem der Tische weiter vorn im Lokal wurde gerade eine Runde Schnäpse unter lautem Gejohle in Empfang genommen. Die Gruppe jüngerer Frauen feierte vielleicht einen Geburtstag oder Junggesellinnenabschied.

»Getrunken?« Agatha nahm Bertil die Papiere aus der Hand, faltete sie und steckte sie in ihren Rucksack. »Ich heb das lieber bei mir auf.«

»Was hat er hier gemacht, außer was trinken und sich mit Brunsdahl zu treffen? Ich bin nie mit ihm hier gewesen.«

»Und das ist so etwas Besonderes?«

»Wir haben ein gutes Verhältnis, wir Geschwister untereinander. Meine Schwester kocht oft für uns, wir gehen zusammen ins Kino oder auch mal was essen.« Bertil zögerte einen Moment, bevor er weitersprach. »Wir hatten ja beide nie so richtig Glück mit Beziehungen. Meine große Liebe ist mit einem anderen Mann nach Spanien gegangen, danach … Ach, egal.«

»Und Ingmar war nie verheiratet?«

»Nee, der hatte immer nur kurz mal 'ne Freundin, nie was richtig Ernstes.«

»Meinst du, es gab eine Beziehung zu einer der Frauen, die auf den Schiffen hergebracht wurden?«

»Glaub ich nicht. Aber ich weiß es nicht.«

»Würde mich mal interessieren, wo die Frauen aus Marokko jetzt alle sind. Wenn Ingmars Listen stimmen, müssen das allein im Laufe der letzten Monate ziemlich viele gewesen sein.«

Bertil schüttelte den Kopf. »Ich kann das gar nicht glauben, dass Ingmar sich für so etwas hergegeben hat.«

»Vielleicht hat er sich in eine der Frauen verguckt und wollte sie retten. Und deshalb aussteigen«, sagte Agatha zögerlich.

Bertil schien nachzudenken, trank sein Bier aus und zuckte mit den Schultern. »Ach, keine Ahnung. Zuzutrauen wäre es ihm schon. Ingmar ist ein sehr feinfühliger Mensch. Das kriegt man nicht immer mit, weil er so wenig redet. Aber im Grunde seines Herzens will er eigentlich nur, dass es allen um ihn herum richtig gut geht.«

Agatha hatte das durchaus schon mitbekommen. Und der Gedanke daran, dass sich Ingmar um eine der Frauen besonders gut gekümmert hatte, bereitete ihr aus irgendeinem Grund Unbehagen.

»Bertil, ich hab noch was.«

»Na, schieß los.«

Was für eine unpassende Redewendung, dachte Agatha. »Es geht um die tote Marokkanerin.«

»Was ist mit ihr?«, fragte Bertil misstrauisch.

»Ich hab gehört, dass Enak von Eitzen bei euch war. Zum Verhör.«

Bertil sah Agatha einige Sekunden an. »Woher weißt du das? Er wird damit bestimmt nicht hausieren gegangen sein.«

»Ich hab da meine Quellen.«

Bertil lächelte. »Ich kann mir schon denken, woher deine Info kommt, oder glaubst du, ich hab nicht gesehen, wie du und Ingmar, wie ihr euch anglotzt. Und zweitens …«

»Moment, Moment. Wie glotzen wir uns denn an?«

»Ihr glotzt euch an wie verliebte Hühner. Fehlt nur noch das Gackern.«

Agatha prustete den Schluck Cola, den sie im Mund hatte, über den Tisch.

»Danke, ich möchte nicht«, sagte Bertil und lachte.

Die Tresenbedienung hatte das Malheur mitbekommen und brachte Agatha einen Wischlappen.

»Wir sind Arbeitskollegen, also Ingmar und ich. Alles rein beruflich«, sagte Agatha und wischte die Cola vom Tisch.

»Klar. Ich glaube auch nicht, dass die anderen was mitbekommen haben. Aber ich kenne meinen Bruder eben sehr gut.«

»Und du glaubst, er mag mich?«, fragte Agatha und verzichtete auf das Wort »auch« am Ende ihrer Frage.

»Sieht ein Blinder mit 'nem Krückstock. Nur du anscheinend nicht.«

Und schon breitete sich ein angenehmes Gefühl in Agatha aus, ein leichtes, luftiges, wohliges Gefühl, das allen Dingen, die sie umgaben, die Schwere nahm. Für einen kurzen Moment, dann war sie wieder im Hier und Jetzt. »Was ist jetzt mit Enak?«

Bertil sah sich um, als könnte hinter ihm ein unerwünschter Lauscher stehen.

»Enak ist ein klassischer Salamitaktiker. Sagt nur das, was wir schon wissen. Dass er im Puff war, über dem spanischen Restaurant von der Perez. Ist auch kein richtiger Puff, da sind Apartments, in denen drei registrierte Frauen Freier empfangen. Alle drei sind angemeldet, genau wie das Gewerbe. Und eine Marokkanerin ist nicht dabei. Von Eitzen will nicht sagen, bei wem er war. Aber ...«

»Was aber?«

»Victor hatte einen Zettel an der Windschutzscheibe, mit dem Namen Karima Berrada und ihrer Adresse in Bremerhaven.«

Bertil zögerte.

»Ja, und?«, fragte Agatha ungeduldig nach.

»Victor wollte eine Schriftprobe von dem von Eitzen haben. Aber die hat der verweigert.«

»Das heißt, dass er den Zettel geschrieben hat? Um euch einen Hinweis zu geben?«

»Er hat zugegeben, dass er das geschrieben hat. Aber das ist auch alles, was er dazu gesagt hat.«

»Aber dann hängt Enak doch da ganz dick mit drin, wenn er den Namen und die Adresse der Toten kannte.«

Bertil dachte nach und trank einen weiteren Schluck.

»Vielleicht hat er sie heimlich in dem Puff aufgesucht und kannte ihre Geschichte.«

»Warum hätte Enak sie aufsuchen sollen?«, fragte Agatha verwundert.

»Warum geht ein Mann in den Puff?«

»Ach so«, entgegnete Agatha und schob sich eine Haarsträhne hinters Ohr.

»Aber einen Beweis haben wir nicht, diese Karima kann auch sonst wo gearbeitet haben, in Bremerhaven oder Bremen. In den Apartments über dem Restaurant sei sie nie gewesen, sagt zumindest die Perez. Und die anderen Prostituierten sagen das auch. Aber die würden es wohl auch kaum zugeben, dass da eine illegal gearbeitet hat.«

»Und was passiert jetzt mit Enak?«

»Tja, das müssen meine Chefs entscheiden. Aber eins ist klar: Mit dem Typen stimmt was nicht. Laut Zeugen war von Eitzen manchmal mehrere Tage hintereinander da, also man hat ihn da bei den Apartments gesehen.«

Agatha zuckte mit den Schultern. »Es gibt meines Wissens kein Verbot regelmäßiger Puffbesuche.«

»Das nicht. Aber es ist schon merkwürdig, dass er ausgerechnet in den Puff geht, in dem Karima Berrada möglicherweise gearbeitet hat. Und von der er nachweislich wusste, denn er kannte ja ihren Namen und ihre Anschrift.«

Agatha dachte nach. »Soll ich mal mit Enak reden?«

»Das geht nicht«, sagte Bertil entschieden.

»Ich weiß, ich bin nicht bei der Kripo.«

»Das meinte ich nicht. Offiziell ist deine Wapo-Dienststelle nicht über den Vorgang informiert worden. Schließlich liegt nichts gegen von Eitzen vor. Seine Puff-Besuche sind nicht strafbar. Und dass er den Namen und die Anschrift der Toten kennt, macht ihn zwar verdächtig, ist aber kein Grund für eine Festnahme. Du kannst also gar nicht wissen, dass er in unser Visier geraten ist.«

»Okay. Und was ist mit der Verbindung zwischen den beiden Fällen? Seid ihr da weitergekommen?«

Bertil schüttelte den Kopf. »Es war schon vorher schwer zu glauben, dass das Zufall ist, also dass Ingmar angeschossen wird und eine erhängte Frau am gleichen Abend in einem Kühlcontainer gefunden wird. Aber jetzt, nachdem Ingmar mir gestanden hat, dass er Geld fürs Wegschauen bekommen hat und in dem Menschenhandel mit drinsteckt, kommt mir das noch merkwürdiger vor.«

Agatha schüttelte gedankenverloren den Kopf und starrte in ihr Glas.

»Und wenn Ingmar nichts sagt?«

»Ich werde es morgen bei der Dienstbesprechung erzählen, so oder so. Aber ich hoffe, dass Ingmar das Richtige tut und sagt, was er weiß. Auch wenn er dann seinen Job los ist und wahrscheinlich in den Knast kommt.«

29

TAG 4, acht Uhr

Lars schlug die Tür des Konferenzraums mit einem solchen Schwung hinter sich zu, dass alle, die am Tisch saßen, zusammenzuckten. Er zog ebenso geräuschvoll einen der Stühle zu sich heran, drehte ihn um hundertachtzig Grad und setzte sich darauf wie ein Cowboy auf sein Pferd.

»Kollegen …«

»Und Kolleginnen …«, flüsterte Gesche.

Victor empfand den Auftritt von Lars als übergriffig und störend. Er hatte gerade mit der Sitzung begonnen, in der die Ergebnisse ihrer Ermittlungen in den Fällen Wapo und Containerleiche vorgestellt werden sollten.

»Lars, wir sind hier mitten in unserer Besprechung, können wir dein Anliegen vielleicht an den Schluss unserer …«

Lars schüttelte den Kopf. »Wir müssen zuerst über Enak von Eitzen sprechen.« Er umfasste die Rückenlehne des Stuhls und schaute in die Gesichter der Runde. »Der Mann ist die Verbindung zwischen der Toten im Container und dem Schuss auf seinen Kollegen. Beide Fälle hängen zusammen.«

Antonella, die herzhaft gähnte, hielt sich die Hand vor den Mund.

»Es ist so.« Lars stand auf, steckte die Hände in die Hosentaschen und wanderte um den Tisch. »Von Eitzen ist dabei gesehen worden, wie er das Etablissement von Benita Perez besucht hat. Mehrfach übrigens. Und er hat das auch in unserer Befragung gar nicht abgestritten, wie ihr alle im Protokoll der Akte nachlesen konntet.«

»Na ja, ist zwar moralisch fragwürdig, aber wieso soll der Typ deshalb mit beiden Fällen zu tun haben? Von Eitzen hat doch ganz sicher nicht auf seinen Kollegen geschossen. Er war doch auch an Bord«, warf Antonella ein.

Lars prüfte mit einem Blick in die Runde, ob er die volle Aufmerksamkeit aller hatte.

»Enak von Eitzen kannte nicht nur den Namen der Toten, sondern auch ihre Adresse. Denn er war es, der Victor den Zettel hinter die Scheibenwischer geklemmt hat. Das hat er zugegeben.«

»Selbst wenn er den Zettel bei Victor unter die Wischer geklemmt hat, muss er ja nichts mit dem Mord zu tun haben«, warf Maik ein.

»Sehe ich anders«, sagte Lars. »Wenn er nichts mit dem Mord zu tun hat, warum macht er dann nicht seine Klappe auf und erzählt uns alles, was er weiß, um sich zu entlasten? Wieso gibt er nur das zu, was uns sowieso schon bekannt ist? Der Mann ist Polizeibeamter, Menschenskind, der weiß doch, dass wir nicht einfach aufhören zu ermitteln! Und er arbeitet mit Ingmar Ulvaeus zusammen. Das kann doch kein Zufall sein. Wir müssen jeden in diesem Puff ganz genau unter die Lupe nehmen, oder hast du das schon gemacht, Bertil?«

»Hab ich. Aber es gibt keinen Hinweis darauf, dass die Perez mit dem Fall irgendetwas zu tun haben könnte. Und ich hab's ja schon in die digitale Akte geschrieben: Sie hat für den Betrieb, wenn wir es so nennen wollen, ein Gewerbe angemeldet, und die Frauen arbeiten da legal.«

»Und Karima Berrada hat auf Steuerkarte bei ihr gearbeitet?«, wollte Maik wissen.

»Eine Karima ist da nicht gemeldet, lediglich drei andere Frauen, zwei gebürtig aus Deutschland, eine aus Polen. Aber der Vorarbeiter der KRAFI, Thomas Brunsdahl, arbeitet auch bei der Perez als so eine Art Wirtschafter.«

Lars sah Bertil überrascht an. »Das könnte die Verbindung zum Krabbencontainer sein. Woher hast du denn diese Info?«

»Das hat mir mein Bruder gesagt.« Lars schien zu überhören, was Bertil da gerade gebeichtet hatte. »Vielleicht arbeiten die Marokkanerinnen nur nachts und zeigen sich tagsüber nicht. Oder die …«

Bertil unterbrach Lars. »Sorry, Lars, aber ich muss euch noch etwas sagen.«

Lars setzte sich wieder, schlug die Beine übereinander.

Bertil sammelte sich einen Moment. »Ich hab die ganze Nacht nicht geschlafen, weil ich nicht wusste, wie ich mit den Informationen umgehen soll, die ich von meinem Bruder erhalten habe. Aber ich glaube, es ist am besten, wenn ich … Also, ich habe beschlossen, euch alles zu sagen.«

Die ganze Truppe starrte Bertil an.

Maik, der seinen Rollstuhl neben Bertil geschoben hatte, klopfte ihm ermutigend auf die Schulter. »Spuck's schon aus. So schlimm kann es nicht sein.«

»Also …« Bertil räusperte sich. »Ich will, dass wir diesen Dreckskerl finden, der Ingmar angeschossen hat, und dazu braucht ihr die Hintergründe. Mein Bruder hat mir gesagt, was er getan hat, und vielleicht hilft uns das bei der Suche nach dem Täter. Ingmar hat sich schon eine ganze Weile schmieren lassen.« Er warf einen Blick in die Runde, aber niemand wollte das Gesagte offenbar kommentieren. »Mein Bruder hat bei Schiffskontrollen nicht so genau hingeschaut, wenn Frauen aus Marokko zu uns nach Cuxhaven gebracht wurden – ohne Papiere natürlich –, die dann in diesem Puff bei der Perez gearbeitet haben. Schwarz. Zum Teil sind die von hier aus auch in andere Teile Deutschlands gebracht worden, in ähnliche Etablissements. Ingmar ist dafür bezahlt worden, dass er den Kuttern, die die Frauen von Containerschiffen übernommen haben, die Kontrollen komplett vom Hals gehalten hat. Welche Kutter das sind, hat Ingmar nicht gesagt. Das Geld hat er angeblich direkt von Thomas Brunsdahl bekommen, der die Aufsicht in der Fischfabrik hat. Ich habe keine Ahnung, wer die Hintermänner bei diesen Geschäften sind, aber die muss es geben, weder Brunsdahl noch der Perez traue ich es zu, so ein Geschäft aufzuziehen. Ingmar wollte jetzt aber aussteigen, und ich vermute, er sollte deshalb ausgeschaltet werden.« Bertil fing völlig unvermittelt an zu weinen.

»Und seit wann weißt du davon?«, fragte Lars wütend.

Gesche stand auf, ging zu Bertil und zog ihn vom Stuhl hoch.

Lars' Gesicht glühte. »Bertil, wann hast du von der Sache mit deinem Bruder erfahren?«

»Komm, wir machen dir erst mal einen Tee«, sagte Gesche zu Bertil und führte ihn aus dem Raum.

»Hier wird jetzt kein Tee getrunken«, schrie Lars.

Victor richtete sich auf. »Wir lassen Bertil erst mal ein bisschen zur Ruhe kommen, Lars.«

»Zur Ruhe kommen? Spinnst du?«

»Wir sind doch einer Meinung, Lars, dass wir die nächsten Schritte jetzt genau planen sollten. Möglichst unaufgeregt und faktenbasiert. Da haben Emotionen nichts zu suchen, richtig?«

Lars nickte.

Victor schaute in die Runde. »Gesche fährt zu dieser Benita Perez und nimmt das Lokal aus der Entfernung in Augenschein, zunächst unauffällig. Maik kümmert sich um Telefondaten von Ingmar, ob er mit diesem Brunsdahl und auch mit der Perez gesprochen hat. Dann such nach Überweisungen von ausländischen Konten, so was. Schick auch noch mal ein Team in Ingmars Wohnung, die sollen nach Dokumenten und Aufzeichnungen suchen, die auf den Menschenschmuggel hindeuten. Antonella, du sammelst Infos zu diesem Brunsdahl und bestellst den Typen ein. Und ich nehme mir mal Ingmar vor.«

30

Um die Mittagszeit

Gesche wickelte ein Zitronenbonbon aus dem knisternden Papier, während sie den Eingang des Edelrestaurants von Benita Perez nicht aus den Augen ließ. Der Laden lag in einer belebten Gegend von Cuxhaven. Teuer, viele Touristen, und jetzt, um die Mittagszeit, ein ständiges Kommen und Gehen. Gesche hatte den Wagen schräg gegenüber dem Eingang geparkt. Sie saß auf dem Beifahrersitz, zur Tarnung lag eine Illustrierte aufgeschlagen auf ihren Knien. Victor hatte ihr per Textnachricht mitgeteilt, dass er Bertil zur Verstärkung schicken würde, aber noch war von dem Kollegen nichts zu sehen.

Jetzt, wo es Herbst wurde, kamen weniger Urlauber nach Cuxhaven, aber die Gegend in diesem Teil der Stadt, nahe am Strand, war immer noch recht belebt.

Ein Stückchen weiter die Straße hinunter standen mehrere ältere Paare an einem Fischimbiss an, und vor dem Postkartenständer eines Buchladens konnten sich zwei Freundinnen mittleren Alters offenbar nicht für ein Motiv entscheiden.

Gesche notierte Uhrzeiten und kurze Personenbeschreibungen in ihrem Handy, sobald jemand das Restaurant betrat oder verließ. In den oberen Geschossen herrschte völlige Ruhe, keine Gardine, die auf- oder zugezogen wurde.

Bisher verzeichnet:

- Ein Quartett mittelalter Herren in Anzügen und leichten Mänteln, Geschäftsessen, ganz sicher.
- Eine Familie mit zwei Teenager-Töchtern.
- Die Mutter war stärker geschminkt, als Gesche es mit ihrer gesamten Make-up-Kollektion je zustande gebracht hätte, dazu einen Ausdruck demonstrativer Langeweile in den Gesichtern der Töchter, wegen des Urlaubs mit den Eltern, wegen des Ortes, wegen des Mittagessens, wegen was auch immer.

Gesche wollte gerade ein weiteres Zitronenbonbon auswickeln, als ihr Handy klingelte.

»Victor, es ist nichts Besonderes los hier. Ein paar ganz gewöhnliche Gäste, aber die Perez ist noch nicht aufgetaucht. Und dieser Brunsdahl auch nicht, in der oberen Etage des Hauses ist sozusagen tote Hose. Wenn Bertil gleich kommt, sollen wir uns den Brunsdahl schon vornehmen, falls wir ihn sehen?«

»Brunsdahl ist für die KRAFI im Ruhrpott unterwegs.«

»Ach so. Für einen Haftbefehl reicht es nicht, oder?«

»Nein, kann ja auch sein, dass Ingmar die Schuld nur von sich abwälzen will. Brunsdahl kommt morgen wieder. Dann nehme ich den in die Mangel. Ihr konzentriert euch auf die Perez.«

»Ich war vorhin kurz im Lokal, hab so getan, als wüsste ich nicht, in welche Richtung die Kurverwaltung liegt. Aber da waren nur ein Kellner und eine junge Frau im Laden«, berichtete Gesche.

»Die Chefin kann ja auch in einem Büro sitzen oder in der Küche gewesen sein, oder?«

»Nee, der Postbote kam gerade, als ich da stand, und der hatte ein Einschreiben für Benita Perez. Der Kellner hat gesagt, dass sie noch nicht da ist. Und das würde er doch nicht machen, wenn da ein wichtiger Brief für sie ankommt, oder?«

»Wahrscheinlich nicht«, gab Victor zu. »Ich habe übrigens mit Bertil gesprochen. Danke, dass du dich vorhin um ihn gekümmert hast. Die Sache mit seinem Bruder nimmt ihn verständlicherweise sehr mit. Ich kann ihn jetzt nicht komplett freistellen, dafür gibt es keinen Grund, und im Übrigen will er das auch gar nicht. Deshalb habe ich ihn losgeschickt, um dich zu unterstützen.«

In diesem Moment öffnete sich die Fahrertür. Bertil steckte den Kopf ins Auto und ließ sich auf den Sitz fallen.

»Er ist schon da«, sagte Gesche ins Telefon und verabschiedete sich von Victor.

»Mach die Tür zu. Die Perez ist da.« Gesche deutete auf den Eingang. Dort stand eine kleine, drahtige Frau und sprach mit dem Kellner, der gerade eine Zigarettenpause machte. Sie trug eine leichte Steppjacke mit Leopardenmuster und sehr enge Jeans. Die Absätze ihrer Stiefel waren für Gesches Geschmack einige Zentimeter zu hoch. Mimik und Gestik von Benita Perez deuteten darauf hin, dass sie wütend war. Der Kellner legte eine Hand auf ihre Schulter, die sie abstreifte wie eine giftige Spinne. Schließlich warf er seine Kippe auf den Gehweg und trat sie mit dem Fuß aus, als wolle er ein Loch bohren, bevor er der immer noch schimpfenden Frau ins Restaurant folgte.

»Ja, das ist sie«, sagte Bertil nach einem Blick auf das Foto, das er in der digitalen Akte gefunden hatte, und machte Anstalten, die Tür wieder zu öffnen.

»Was hast du denn vor? Beobachten war die Ansage.«

»Du glaubst doch nicht, dass ich hier einfach rumsitze und abwarte.« Bertil stieg aus, schlug die Tür zu und marschierte Richtung Restaurant.

Gesche zog den Zündschlüssel ab und folgte ihm, so schnell sie konnte. Vor dem Eingang hatte sie ihn eingeholt und packte ihn am Ärmel.

»Bertil, nun warte mal. Wir können doch nicht einfach so ohne Plan da rein. Wir müssten uns zumindest eine Strategie zurechtlegen.«

»Strategie?« Bertil sprach das Wort so aus, als entstamme es einer unbekannten Sprache.

»Ja. Was willst du die Frau denn fragen? Ob sie einen Killer beauftragt hat, auf deinen Bruder zu schießen? Und dann sagt sie *Nein* und ist gewarnt.«

»Na und, hast du eine bessere Idee?«

Gesche tippte sich an die Stirn. »Du hast sie doch nicht mehr alle. Wenn du das machst, dann kannst du danach gleich nach Hause fahren, dann wird Lars dich nämlich umgehend suspendieren, dafür sucht er sowieso schon nach einem Grund.«

Bertil schien zu überlegen. Lehnte sich gegen die Wand neben dem Eingangsbereich des Restaurants. »Also, was machen wir, Frau Tausendschlau?«

Gesche stellte sich ihm gegenüber. »Wir gehen da rein, bestellen uns einen Kaffee, checken erst mal ein bisschen die Lage. Wenn Benita Perez da herumläuft, dann stellen wir uns offiziell vor. Keine unüberlegten Fragen, die sie aufschrecken könnten. Unser Ziel muss sein, herauszufinden, was im Obergeschoss so los ist.«

»Aber das wissen wir doch schon.« Bertil trat nach einem kleinen Stein auf dem Bürgersteig.

»Dann versuchen wir, Informationen aus ihr herauszubekommen, was die Mädchen angeht. Wer die sind und wo die herkommen und wieso von Eitzen so oft da war.«

»Und das wird sie uns auch sicher einfach so erzählen, Gesche. Wer von uns spinnt denn jetzt?« Bertil stieß sich von der Wand ab und ging zur Tür des Restaurants. »Wir müssen erst mal einen Tisch bekommen. Dann sehen wir weiter.«

Der Wechsel von der Straße in das Restaurant war wie eine Reise durch einen Spiegel in eine andere Welt. Statt Autolärm und Geruch nach Abgasen und Frittierfett gab es hier drinnen den unaufdringlichen Geruch nach aromatischen Kräutern, dazu sanfte Klaviermusik, die aus versteckten Lautsprechern zu ihnen drang.

Im Empfangsbereich befand sich ein lang gestreckter Tresen aus weiß lackiertem Holz. Darauf stand ein riesiger Blumenstrauß mit weißen Lilien und Rosen, dahinter eine junge Frau in einem weißen Smoking mit knallrotem Lippenstift und einem Lächeln wie aus dem Katalog.

»Sie hatten reserviert?«

»Leider nicht. Haben wir auch ohne Reservierung eine Chance auf ein Plätzchen bei Ihnen?« Gesche wunderte sich noch darüber, wie charmant Bertil sein konnte, als er auch schon nach ihrer Hand griff. »Wissen Sie, ich habe mal wieder unseren Hochzeitstag vergessen, und nun wollte ich mich bei meiner lieben Frau mit einem ganz besonderen Essen entschuldigen.«

Die knallroten Lippen verschoben sich zu einem Lächeln. »Ach, da will ich doch mal sehen, was ich für Sie tun kann.« Sie holte hinter dem Tresen ein Tablet hervor, tippte geschäftig darauf herum, sagte: »Da haben Sie aber Glück«, legte es dann wieder beiseite, während sie Bertil und Gesche mit einem Winken hinter sich herzitierte.

Gesche glaubte nicht für eine Sekunde daran, dass hier wirklich alles reserviert war. Das war doch alles nur Show, um nach außen hin zu demonstrieren, wie begehrt die Plätze hier angeblich waren.

Die beiden folgten der Frau in das Restaurant, in dem vor einer offenen Küche einzelne Tische eingedeckt waren – viel Kristallglas, viel weißes Porzellan mit Goldrand.

Die Besucher, die Gesche von ihrem Beobachtungsposten notiert hatte, waren mittlerweile gegangen. Kein einziger Gast außer ihnen.

Die Dame in Weiß ließ sie zurück, nachdem sie ihnen die Speisekarten überreicht hatte.

»Herzlichen Glückwunsch zum Hochzeitstag«, zischte Gesche. »Wie lange sind wir denn schon glücklich miteinander?«

Bertil winkte ab. »Hab aufgehört, die Jahre zu zählen.«

Gesche warf einen Blick in die Karte. Selbst die Vorspeisen lagen finanziell nicht einmal im Entferntesten in ihrer Preisklasse.

Bertil legte seine Speisekarte auf die weiße Tischdecke und beugte sich über den Tisch. »Wenn ich das gewusst hätte, dass hier kein Mensch …«

Bertil kam nicht dazu, seinen Satz zu beenden, denn die drahtige Person, die den Kellner vorhin angeranzt hatte, war an ihren Tisch getreten. Statt der Raubtierjacke trug Benita Perez jetzt einen schmal geschnittenen schwarzen Blazer, der auch als Kleid interpretiert werden konnte.

»Guten Tag, die Herrschaften. Ich würde Ihnen gerne zum Hochzeitstag gratulieren, wenn ich es nicht besser wüsste.«

»Was wissen Sie besser?«, fragte Bertil verdutzt.

»Sie sind von der Polizei, richtig?«

Gesche verdrehte die Augen.

Bertil zeigte seine Dienstmarke vor und deutete auf den dritten Stuhl am Tisch. »Mein Name ist Ulvaeus, und das ist meine Kollegin Lassen, Kripo Cuxhaven. Nehmen Sie doch bitte Platz, denn wir haben ein paar Fragen.«

Benita Perez wirkte kein bisschen überrascht, blieb aber stehen. »Um was geht es?«

»Gut, dann eben so.« Bertil schob seinen Stuhl zurück und schlug die Beine übereinander. »Es geht um eine Tote, die im Hafen in einem Container aufgefunden wurde …«

»Sie meinen den Selbstmord?«

»Wie kommen Sie auf Selbstmord?«, wollte Bertil wissen.

Jetzt setzte sich Benita Perez doch. »Es wird viel geredet.«

»Wer redet viel?«, mischte sich Gesche ein.

Die Restaurantbesitzerin lächelte, aber Gesche registrierte den wippenden Fuß unter dem Tisch und setzte nach: »Sie haben hier oben im Haus ein paar Frauen untergebracht, die man buchen kann.«

»Ach, wissen Sie, Männer haben Bedürfnisse. Sie langweilen sich mitunter in ihrer Ehe. Auf sexueller Ebene. Und dann muss man sich ja nicht gleich trennen, eine Familie zerstören. Man kann sich auch einfach ein bisschen Abwechslung holen, ohne immer gleich das Komplettpaket infrage zu stellen. Eigentlich ganz vernünftig, oder?«

»Dann sind Sie ja eine regelrechte Wohltäterin«, befand Bertil und erntete dafür ein säuerliches Lächeln.

»In gewisser Weise würde ich das tatsächlich so sehen. Übrigens sind durchaus auch Kollegen von Ihnen ab und zu meine Gäste.«

»Gäste? Sie werden doch sicher Geld für die Dienste der Damen nehmen?« Gesches Tonfall wurde überfreundlich.

Benita Perez richtete sich auf und schaute ihr fest in die Augen. »Haben Sie ein Problem mit Sexarbeiterinnen? Das ist eine ehrenwerte Aufgabe, meine Liebe. Und ich vermiete ganz legal Zimmer in meinem Haus an meine Mädchen, die ihrer Tätigkeit im Übrigen freiwillig nachgehen. Und das auch lieber machen, als in der Fischindustrie zu arbeiten.« Sie holte kaum Luft. »Was die Mädchen da oben im Einzelnen tun, geht mich nichts an. Und auch nicht, mit wem sie es tun. Aber es ist doch wohl besser, wenn das alles da oben passiert und nicht auf irgendeiner dreckigen Straße. Sind wir uns da einig?«

Gesche zog ihr Handy aus der Jackentasche, rief das Foto der Toten aus dem Container auf und zeigte es der Perez. »Kennen Sie diese Frau?«

Die Restaurantchefin griff nach dem Telefon, schaute sehr genau auf das Bild, zog es mit zwei Fingern größer, reichte das Handy wieder an Gesche zurück.

»Hab ich schon mal gesehen, vielleicht hier in meinem Restaurant.«

»Hat die Frau für Sie gearbeitet?«

»Noch mal: Für mich arbeitet niemand. Außer den Leuten hier im Restaurant natürlich.«

»Natürlich.« Bertil nickte. »Und wer vermittelt die Wohnungen an die Prostituierten, wenn Sie es nicht tun?«

»Das macht Herr Brunsdahl für mich. Er kümmert sich hier oben«, sie deutete auf die Decke und meinte die Apartments, »um die formalen Dinge. Und das alles ganz legal.« Das Fußwippen hörte abrupt auf. Benita Perez stand auf. »Und jetzt entschuldigen Sie mich bitte, ich habe noch zu tun.«

»Einen Moment noch.« Gesche setzte ihr schönstes Lächeln auf. »Könnten wir bitte mit Ihren Mieterinnen sprechen? Jetzt gleich?«

»Wie gesagt, ich bin Vermieterin und keine Puffmutter, die Anordnungen geben kann.« Benita Perez wandte sich ab, drehte sich dann noch einmal auf dem Absatz um und sprach Bertil an. »Sie werden übrigens in Ihrem Job nie genug Geld verdienen, um eine Ehefrau an Ihrem Hochzeitstag mal eben hier zum Essen einzuladen. Aber damit Sie sehen, was Sie verpassen, genießen Sie heute einfach mal ein Menü auf meine Rechnung«, sprach's und stakste auf ihren viel zu hohen Absätzen davon.

Wie auf Bestellung erschien der Kellner, mit dem Perez vor dem Lokal gestritten hatte.

»Einen Aperitif vor dem Essen? Ich kann Ihnen da …«

Gesche stand auf. »Danke, wir essen zu Hause.«

Sollte der Kellner von dieser Aussage überrascht sein, ließ er es sich zumindest nicht anmerken. Er lächelte und nickte. »Ich wünsche Ihnen noch einen angenehmen Tag.«

Bertil stand ebenfalls auf, und die beiden verließen das Restaurant.

»Das Essen ist wahrscheinlich wirklich ganz gut«, meinte Bertil und stieg in den Wagen.

»Für Beamtinnen und Beamte besteht ein grundsätzliches Verbot, Belohnungen, Geschenke und sonstige Vorteile für sich oder Dritte in Bezug auf ihre dienstlichen Tätigkeiten zu fordern, sich versprechen zu lassen oder anzunehmen. Paragraph zweiundvierzig Beamtenstatusgesetz.«

»Und da gehört ein Essen dazu?«

»Bei den Preisen und in diesem Fall mit Sicherheit.«

Gesche klemmte sich hinters Lenkrad.

»Hat die Perez eigentlich einen Mann? Oder einen Freund?«

»Oder eine Frau oder Freundin?«, ergänzte Gesche, um die Frage dann zu beantworten. »Nichts bekannt. Ich würde vorschlagen, wir laden die Mieterinnen der Apartments eben vor. Ich bin sicher, dass wir …«

»Das glaub ich jetzt nicht«, sagte Bertil und starrte aus dem Fenster. Sein Blick traf eine junge Frau.

»Kennst du sie?«, fragte Gesche erstaunt.

»Ich glaub schon.«

»Bist du etwa auch einer der Kollegen, von denen die Perez gesprochen hat? Also, die hier schon mal waren, oben in den Apartments?«

Bertil schüttelte den Kopf. »Wohl kaum«, sagte er.

»Als Victor in der Halle war, in der die Krabben umgeschlagen werden, hat er nicht nur mit diesem Brunsdahl gesprochen, sondern auch mit einer Frau, die an einer Krabbenpulmaschine gearbeitet hat.«

»Ich weiß. Hab seinen Bericht gelesen. Margarete … ähm … Margarete sowieso.«

Bertil hatte sein Handy hervorgeholt und die digitale Akte geöffnet.

Dann klingelte es bei Gesche. »Jetzt sag nicht, dass das Margarete war.«

Bertil zeigte ihr das Foto der Frau, das Victor eingestellt hatte.

»Morgens an der Krabbenpulmaschine, mittags und abends empfängt sie Freier.«

»Wollen wir mit ihr sprechen?«, fragte Gesche.

»Nein.« Bertil schüttelte den Kopf. »Die wird jetzt keine Zeit haben, die kommt ja zum Arbeiten her. Macht außerdem zu viel Wirbel.«

»Wir sollten sie aber so bald wie möglich fragen, ob sie Karima kennt. Margarete könnte ja vielleicht bestätigen, dass Karima hier oben gearbeitet hat.«

Gesche startete den Motor.

»Das hat Victor schon gemacht. Steht alles in der Akte. Margarete hat gesagt, dass sie Karima nicht kennen würde.«

Gesche fädelte sich in den fließenden Verkehr ein. »Da wusste sie aber auch noch nicht, dass wir sie hier gesehen haben.«

»Ich glaub nicht, dass das was geändert hätte.«

»Wir hätten die Perez nach ihrem Alibi fragen sollen«, sagte Gesche.

»Ihr Alibi? Guckst du zu viele Krimis im Fernsehen? Oder hat man dir das auf der Polizeihochschule gesagt?«

»Verdächtige fragt man nach einem Alibi, ja!«, erwiderte Gesche mit Nachdruck.

»Wir haben gar nichts gegen die Perez in der Hand, sie ist noch nicht mal verdächtig. Wieso sollten wir sie da nach einem Alibi fragen? Nein, mich beschäftigt etwas ganz anderes.« Bertil kratzte sich ausgiebig am Kopf. »Wieso hat die Perez zugegeben, dass sie Karima Berrada kennt? Das kann sie doch in Schwierigkeiten bringen.«

»Kann sein«, erwiderte Gesche. »Aber vielleicht hat sie einfach nur ganz kühl kalkuliert, dass sie mit Karima gesehen wurde, und dann wäre sie in Erklärungsnot. Und da hat sie es lieber vorher schon zugegeben.«

Als Gesche auf den Parkplatz vor dem Polizeigebäude einbog, seufzte Bertil und sah zu Gesche hinüber.

»Schade, dass ich nicht ein bisschen mehr wie mein Bruder bin. Dann hätte ich jetzt ein sehr gutes Fünf-Gänge-Menü mit dir zusammen genossen.«

31

Früher Nachmittag

Dirk Christensen und seine Tochter gingen auf dem Deich Richtung *Alte Liebe*, dem ehemaligen Pier am Hafen. Es gab einige Geschichten dazu, wie die *Alte Liebe* zu ihrem Namen gekommen war. Eine besagte, dass ein altes Schiff namens *Oliv* einst als Anlegeponton gedient haben soll, übersetzt aus dem Plattdeutschen, bedeutete Oliv eben *Alte Liebe*. Eine andere Geschichte erklärte den Namen so: Der Wasserbaumeister Kapitän Spanninger habe 1733 drei alte Schiffe vor der Küste versenkt, eines davon sei die *Alte Liebe* gewesen. Die drei Schiffe wurden mit Steinen und Büschen umbaut, und daraus entstand der Anleger. So oder so, das heimliche Wahrzeichen Cuxhavens sah bei jedem Wetter wunderschön aus, fand Agatha, sowohl von der Land- als auch von der Wasserseite. Die weiß lackierten Holzgeländer und die zweistöckige Aussichtsplattform machten vor allem bei strahlendem Sonnenschein etwas her, aber auch jetzt, an diesem grauen Septembertag, wirkte das Bauwerk schon aus der Entfernung sehr eindrucksvoll. Hier standen Urlauber und Einheimische, um die großen Pötte zu bestaunen, die ganz nah am Ufer vorbeikamen, auf ihrem Weg in die weite

Welt. Der Schiffsansagedienst informierte dabei über Größe, Herkunft und Ziel der Schiffe.

Agatha ging häufig mit ihrem Vater spazieren. Sie verbrachten gern Zeit miteinander und waren sich immer schon nahe gewesen. Nach dem Tod ihrer Mutter hatte es eine Zeit gegeben, in der es schien, als würde die Trauer ihren Vater zum Einsiedler werden lassen. Er zog sich zurück, blieb für sich, saß stundenlang im Sessel am Fenster seiner Wohnung und starrte auf die Grimmershörnbucht.

Dann war eines Tages Hans Itjen gekommen, der Chef der Wasserschutzpolizei und alte Freund der Familie. Hans war es gewesen, der ihren Vater aus seiner Starre gerissen und sich um Agatha gekümmert hatte. Er ging mit ihr ins Kino, führte sie aus in die Eisdiele, brachte sie einfach auf andere Gedanken. Tag für Tag redete er mit Dirk, tröstete ihn, erinnerte ihn daran, dass es da eine Tochter gab, um die er sich kümmern musste.

Nach und nach war der Schmerz immer weiter in den Hintergrund gerückt. Er war zwar bis heute nicht verschwunden, aber erträglich geworden. Bei Agatha und auch bei Dirk. Und ihre Beziehung war sehr viel inniger geworden in den vergangenen Jahren. Beide liebten es, bei einem guten Essen über Gott und die Welt zu sprechen oder sich auf langen Spaziergängen auszutauschen.

Vor ihnen, hinter ihnen, neben ihnen und mitunter auch zwischen ihnen wuselte Vinnie herum, ständig auf der Suche nach einer interessanten Fährte.

»Sag mal, Papa, wie ist das für dich, mit Jette? Ihr seid euch ja doch ein bisschen nähergekommen in den letzten Wochen, oder?«

»Herrlich fühlt sich das an, mein Kind. Ich hätte wirklich nicht gedacht, dass ich noch mal so glücklich sein könnte. Mir war gar nicht mehr bewusst, wie schön das ist, wenn man jemanden hat, den man einfach so in den Arm nehmen kann, der einem mal übers Gesicht streichelt, oder auch wenn man sich einander nähert ...«

»Papa, im Ernst? Das interessiert mich wirklich nicht. Erzähl mir bitte nur das, was ich dir auch erzählen würde, ja?«

Dirk fand das über die Maßen komisch, nahm das aber natürlich sofort als Anlass, um zu fragen, was denn in ihrem Liebesleben gerade so los war.

»Da gab's doch diesen jungen Mann von der Seenotrettung, diesen hübschen, mit dem Dutt. Bist du nicht mit dem nach dieser Party verschwunden?«, erinnerte er sich. »Und wenn ich meine Tochter richtig einschätze, dann hat sie auch eine kleine Schwäche für diesen portugiesischen Kommissar von der Kripo, oder? Ist aber auch ein hübscher Kerl, der Victor.«

»Ach, Papa, du wirst es schon erfahren, wenn ich jemanden zum Heiraten gefunden habe«, war das Einzige, was Agatha darauf erwiderte. Sie wollte einen Rat von ihrem Vater. »Wenn du weißt, dass jemand, den du gernhast, einen riesigen Fehler gemacht hat, und dieser Mensch gibt das dann aber nicht zu, sondern schreit dich auch noch an, was würdest du tun?«

Dirk überlegte. Auch das war typisch für ihn. Nicht einfach irgendeine Antwort zu geben, sondern darüber nachzudenken, bevor er einen Rat erteilte.

Agatha ließ ihm Zeit, genoss den Wind, die Seeluft und die Aussicht.

Dirk hob einen kleinen Stock vom Boden auf und warf ihn für Vinnie. Dann legte er seiner Tochter einen Arm um die Schultern. »Dieser Fehler, von dem du da redest, hat der andere Menschen in Gefahr gebracht?«

Agatha nickte. »Doch, das kann man wohl sagen.«

»Ist was Schlimmes passiert?«

»Ja, aber es ist niemand gestorben. Und niemand wird bleibende Schäden erleiden, und der Mensch, der dafür verantwortlich ist, der wollte diese schlimmen Sachen wohl auch nicht mehr machen, aber er hat sie getan. Wieso kann man das denn nicht einfach zugeben, sondern muss …«

Dirk drückte Agathas Schulter. »Du hast diesen Menschen gern, mien Deern, stimmt's?«

»Ich glaube, ja.«

»Und dieser Mensch hat dich auch gern?«

»Da bin ich nicht so sicher.«

Dirk drückte sie noch einmal an sich und gab ihr einen Kuss auf die Schläfe. »Menschen sind manchmal so. Vor allem, wenn sie jemanden sehr mögen, dann neigen sie dazu, sich in besseres Licht stellen zu wollen. Dann werden sie vielleicht auch mal laut, obwohl sie eigentlich ganz sanft bleiben möchten. Dann werfen sie mit Dingen um sich, obwohl ihnen viel mehr nach einer Umarmung ist. Versuch doch, hinter die Kulissen zu gucken, um zu ergründen, warum der Mensch so ist, wie er ist.«

Ein guter Rat, dachte Agatha. Und gar nicht teuer.

32

Nachmittag

Nach dem Spaziergang mit ihrem Vater hatte sich Agatha auf ihr Rennrad geschwungen, um zu Ingmar ins Krankenhaus zu fahren.

Nun stand sie vor der Tür zu seinem Zimmer, traute sich aber nicht anzuklopfen. Und während sie noch darüber nachdachte, ob sie lieber doch wieder nach Hause fahren sollte, wurde die Tür von innen aufgerissen, und Hans stand vor ihr. »Agatha, das passt ja … ich gehe, du kommst.«

Er ließ sie eintreten, winkte Ingmar noch einen flüchtigen Gruß zu und verschwand.

Agatha schloss die Tür hinter sich und trat an Ingmars Bett. Beide fingen gleichzeitig an zu sprechen.

»Du weißt wahrscheinlich schon, dass ich Bertil …«

»Wie bist du nur da hineingeraten … «

Verlegen schauten sie sich an.

Ingmar fing sich zuerst wieder.

»Es tut mir wirklich leid, Agatha. Alles hat sich zu so einem riesigen Haufen Mist aufgetürmt, und ich wusste nicht mehr, wie ich da wieder rauskomme. Ich hab angefangen Geld zu nehmen, und irgendwann war ich mittendrin und wusste nicht mehr, wie ich das beenden kann. Und als du mich dann damit konfrontiert hast, was du weißt oder vermutest, da war ich einfach so hilflos, weil ich doch möchte, dass du nicht schlecht von mir denkst.«

Agatha ließ sich auf die Bettkante sinken. »Aber was ist denn eigentlich genau passiert? Ich meine, wie kommt man als Polizist dazu, sich bestechen zu lassen? Geld zu nehmen für etwas, das strafbar ist? Das war doch klar, dass das irgendwann rauskommt, wenn jemand genauer hinschaut.«

»Ach, keine Ahnung. Mein Bruder würde wahrscheinlich sagen, ich hatte immer schon diese Veranlagung dazu, alles kaputt zu machen. Der hat mich nicht nur einmal aus einer schwierigen Situation geholt. Aber jetzt ging das eben nicht mehr.«

»War er hier?«

Ingmar schüttelte den Kopf. »Er hat angerufen und mir gesagt, dass er den Kollegen bei der Kripo alles erzählt hat. Da wird sicher bald jemand kommen und mich noch mal befragen.«

»Scheiße.« Agatha griff nach seiner Hand. »Aber wenn du alles erzählst, dann wird es sicherlich nicht so schlimm. Vielleicht musst du deine Strafe nicht mal absitzen, wenn du etwas über die Hintermänner sagen kannst. Menschenschmuggel ist ja schließlich kein Kavaliersdelikt.«

Ingmar lächelte und hielt ihre Hand sehr fest. »Im Moment ist mir das gerade ziemlich egal.«

Agatha spürte, wie ihr warm wurde. Und das lag nicht nur an der schlechten Krankenhausluft.

Ingmar war, ganz entgegen seiner Gewohnheit, in Plauderlaune. »Weißt du, es ist mir egal, ob du das jetzt hören willst oder nicht, aber ich hatte mir fest vorgenommen, endlich ein besserer Mensch zu werden. Ich wollte eine Frau, eine Familie vielleicht,

Kinder und so. Was Normales. Deswegen habe ich Brunsdahl ja auch gesagt, dass ich aussteigen will.«

»Ach, Ingmar, was ist denn schon normal.« Agatha dachte an all die verkrachten und unvollständigen Familien in ihrem Umfeld. Das fing ja bei ihrer eigenen an. Ihre Mutter nicht mehr am Leben, sie selbst bisher an jeder Beziehung gescheitert. Aber dann fiel ihr das Glück in den Augen ihres Vaters wieder ein, als er von Jette erzählt hatte. »Die einen finden eine Liebe fürs Leben, die anderen holen sich eben im Puff, was sie brauchen.«

»Ich war nie im Puff. Also nicht deswegen«, gab Ingmar zu. »Wenn Enak das braucht, dann soll er, aber ich mag das nicht. Ich möchte, dass eine Frau mich liebt, wenn sie … Du weißt schon.«

Aber Agatha hatte noch eine andere Information herausgehört. »Du hast Enak in diesem Etablissement über dem Edelrestaurant gesehen?«

Ingmar nickte. »Ich kann dir aber nicht sagen, was er da gemacht hat. Und er hat mich nicht gesehen, da bin ich sicher.«

»Denkst du, Brunsdahl hatte dich auf dem Kieker und wollte dich ausschalten, weil du deren Spiel nicht mehr mitspielen wolltest?«

»Gut möglich.« Ingmar hielt kurz inne. »Aber andererseits wäre es ja auch dumm, weil sie dann erst recht Aufmerksamkeit auf sich ziehen. Also ich meine, durch diesen Schuss auf mich gucken doch jetzt alle ganz genau auf die Wapo und das, was wir so machen. Da wäre es doch schlauer gewesen, mich abzumurksen, wenn ich aus dem *Klabautermann* komme oder so.«

Agatha wollte gerade etwas entgegnen, als die Tür zum Krankenzimmer aufgerissen wurde und Victor in Begleitung zweier Schutzpolizisten eintrat.

Sie ließ Ingmars Hand los und sprang auf. Victor hatte die leicht romantische Stimmung offenbar sofort erfasst, wirkte für

einen Augenblick irritiert, sammelte sich dann aber. »Ingmar Ulvaeus, ich habe einen Haftbefehl wegen Verdunkelungsgefahr gegen Sie, wegen des Verdachts auf Vorteilsgewährung durch einen
Amtsträger. Die Krankenschwester bringt gleich einen Rollstuhl,
und dann helfen diese beiden Kollegen bei Ihrer Überführung in
das Krankenhaus der JVA.«

33

Früher Abend

Torge schob sein Fahrrad in einiger Entfernung des Restaurants von Benita Perez hinter eine Bushaltestelle und schloss es an einen Metallbügel. Er war sportlich, hätte die Strecke schneller zurücklegen können, aber er hatte sich gezwungen, langsam zu fahren, um nicht ins Schwitzen zu geraten. Schweißflecken unter den Armen wollte er in jedem Fall vermeiden, wenn er sein Unternehmen startete.

Er war aufgeregt, weil er nicht wusste, was ihn erwartete. Und wie weit er gehen würde.

Er redete sich ein, er sei hier, um für den Fall zu recherchieren, und doch hatte er in seiner linken Hosentasche zwei Kondome und vier Fünfzig-Euro-Scheine, die er aus seiner Spardose genommen hatte. Torge schlenderte die Einkaufsstraße entlang, drehte einen Ständer mit Ansichtskarten, für den sich im Dämmerlicht niemand interessierte. Auch er nicht.

Aber Torge brauchte noch ein bisschen Zeit. Und von hier aus hatte er den Rest der Straße im Blick, ohne selbst aufzufallen.

Schließlich ging er langsam weiter, warf einen Blick in das Innere des Gebäudes.

Das Restaurant von Benita Perez schien gut besucht, zumindest waren alle Tische an den Fenstern besetzt. Kerzenschein malte sanftes Licht auf die Gesichter. Die obere Etage des Hauses lag im Dunkeln. Lediglich an einer Stelle war ein schwaches Licht zu sehen, und der Schriftzug über der Eingangstür des Restaurants strahlte hellgelb in die beginnende Nacht.

Torge zog sein Hemd zurecht und schlug den Kragen seines Konfirmationssakkos hoch. Er glaubte, dass ihm dieser Look etwas Verwegenes verleihen würde. Zumindest wollte er erfahrener wirken, als er war.

Torge suchte gerade nach einem Eingang für die obere Etage, denn schließlich würden Freier ja wohl nicht quer durch das Restaurant marschieren müssen, als ein schwarzer Porsche auf einen der Parkplätze vor dem Restaurant einbog.

Schlagartig wurde Torge bewusst, dass er hier womöglich auf jemanden treffen könnte, den er kannte. Und der ihn kannte. Was würde passieren, wenn dieser Besuch hier in seinem Freundeskreis die Runde machte? Torge muss in den Puff gehen, weil er keine abbekommt. Der ist so eklig und hässlich, der muss Frauen bezahlen, damit sie sein Ding anfassen. Er hörte die Stimmen seiner Klassenkameraden hinter seinem Rücken schon jetzt.

Aber für einen Rückzug war es zu spät. Er war so weit gekommen, nun würde er auch die letzten Schritte gehen. Außerdem wollte er Lars Plambeck, seinem Chef bei der Kripo, zeigen, was er draufhatte.

Torge entdeckte an der Seite des Hauses eine unscheinbare Tür und eine Klingel ohne Namensschild, die er betätigte. Wenige Sekunden später hörte er, wie jemand eine Treppe herunterkam. Die Tür öffnete sich, und ein Mann mittleren Alters stand vor ihm.

Der Mann trug ein Basecap von Bayern München. Das rot-blau karierte Hemd spannte sich über dem Bauch, der mittlere Knopf drohte abzuspringen.

»Ja? Was willst du hier?«, fragte er tonlos.

Damit hatte Torge nicht gerechnet. Er dachte hektisch nach. Gab es vielleicht so etwas wie ein Codewort, das man nennen musste, damit sich der mürrische Blick des Mannes in ein Lächeln verwandelte und er den Weg in das weiß gekachelte Treppenhaus freigab? Oder musste man sich mit einem Geldschein den Weg freikaufen?

Der Mann schien Torges Gedanken zu erraten. Was vermutlich nicht schwierig war, denn an dieser Tür klingelten ganz sicher jeden Abend mehrere Männer, die um Einlass baten.

Torge versuchte es mit dem einen Namen, den er kannte. »Ich möchte zu Karima.«

»Eine Karima gibt es hier nicht.« Der Mann sah ihn misstrauisch an.

»Das ist ja merkwürdig. Ich habe von einem guten Freund erfahren, dass Karima hier oben arbeitet. Vielleicht unter einem anderen Namen?«

Der Mann musterte Torge von oben bis unten. »Bist noch ziemlich jung«, stellte er dann fest.

»Gut beobachtet«, konterte Torge. »Na und?«

Er fasste noch einmal nach seine Kragenenden und versuchte lässig zu bleiben.

»Eine Karima gibt es hier nicht«, wiederholte der Mann und stellte sich breitbeinig in den Türrahmen. »Aber vielleicht gibt es eine andere Frau, die du auch kennen könntest?«

Torge nickte, weil ihm klar wurde, worauf der Türsteher hinauswollte. »Ja, vielleicht gibt es die.« Er zog die Geldscheine aus seiner rechten Hosentasche, gerade so weit, dass der Mann sie erkennen konnte.

Anstatt etwas zu sagen, trat der Mann einen Schritt zur Seite, zog die Tür auf und deutete auf die Treppe. »Viel Spaß.« Als Torge gerade den Fuß auf die erste Stufe setzte, rief er ihm noch hinterher: »Und oben rechts an der Wohnungstür warten, es holt dich jemand ab.« Torge nickte, ohne sich umzudrehen, und stieg die Stufen hoch.

Was er durch die geringe Fahrgeschwindigkeit hatte verhindern können, war nun durch das angespannte Gespräch mit Mister Türsteher doch noch eingetreten. Er hob erst den linken, dann den rechten Arm und roch an seinen Achseln. Doch das Deo hielt, was die Werbung versprochen hatte. Kein Schweißgeruch, nur zwei dunkelblaue Flecken auf dem hellblauen Hemd.

Als er die Wohnungstür erreicht hatte, sah er noch einmal in das Treppenhaus hinunter.

Der Mann war verschwunden.

Torge räusperte sich und wartete. Eine oder zwei Minuten vergingen, dann wurde die Tür geöffnet. Er spürte, wie Adrenalin seinen Körper flutete.

Eine Frau stand im Türrahmen, die vom Alter her seine Mutter hätte sein können. Ihr Dekolleté zeigte mehr, als es verbarg.

»Hallo, mein Süßer«, sagte sie und lächelte. »Dich hab ich hier ja noch nie gesehen.« Sie strich ihm über den Arm und zog ihn in die Wohnung. »Ist es dein erstes Mal?«

Torge wusste nicht, was er sagen sollte.

»Na, dann komm erst mal an und folge mir in den Salon. Ich heiße übrigens Charlene.«

Das Einzige, was Torge denken konnte, war, dass Charlene sicherlich nicht Charlene hieß. Ihm war aber auch klar, dass das überhaupt keine Rolle spielte. Sie griff nach seiner kalten Hand. Ihre war warm und weich. Sie führte ihn in den Salon.

Im Raum dominierte ein süßliches Parfum, und das Licht wechselte alle drei oder vier Sekunden von einer zur anderen Farbe. In einem gleitenden Übergang war alles erst in Gelb getaucht, dann in Rosa und schließlich in Grün.

Auf dem Boden lag das Fell eines Tigers inklusive Kopf. Es erinnerte Torge an den Sketch »Dinner for One«, den die Familie immer gemeinsam am Silvesterabend im Fernsehen guckte.

An den Wänden standen voluminöse Sofas, mit, wie es Torge erschien, edlen Stoffen in Rot, Gold und Nachtblau bezogen. Auf ihnen saßen zwei jüngere Frauen. Knapp bekleidet, eher fast nackt, stark geschminkt, aufwendig frisiert.

Torge überlegte, ob er einen Rückzieher machen sollte. Er hatte damit gerechnet, dass sich hier irgendwo eine Bar befand, an der er zu überteuerten Preisen ein Bier trinken oder eine der Frauen zu einem Getränk einladen konnte, um so erst einmal ins Gespräch zu kommen.

Charlene führte Torge in die Mitte des Salons, bis kurz vor den Tigerkopf. Sie deutete auf eine der beiden jungen Frauen, die nun aufstand und einige Schritte auf die beiden zukam. Sie trug ein hellblaues Kleid, unter dem sie augenscheinlich nichts anhatte.

»Das ist Lara«, sagte sie.

Lara lächelte und nickte Torge zu. Charlene drehte sich zur zweiten Frau, die sich ebenfalls lächelnd erhob, kurz vor ihnen stehen blieb und ihre Hände sanft auf ihre Hüften legte. Die Frau war klein und zierlich, hatte kurze, dunkelblonde Haare. »Das ist Maggie«, stellte Charlene die Frau vor. »Und mich kennst du ja bereits.«

Charlene ließ Torges Hand los. »Jede von uns würde sich freuen, wenn sie dich in eins der Apartments begleiten darf. Hast du dich entschieden?«

Torge stand in der Mitte des Salons, als sei er dort einbetoniert worden. Mit einer dieser Frauen jetzt wirklich auf ein Zimmer zu gehen, das war doch etwas anderes, als es sich vorzustellen. Und sich für eine von drei Frauen zu entscheiden, das schien ihm unmöglich.

Das war für Maggie, die nun an ihn herantrat, offenbar keine ungewohnte Situation. »Magst du mit mir kommen?«, fragte sie, und es klang ganz normal, als wolle sie ihn zum Kinobesuch einladen. Torge nickte. Maggie drehte sich um und ging durch eine Tür, die von einer roten Lichterkette in Herzchenform eingerahmt wurde.

Und Torge folgte ihr.

34

Abends

Agatha hatte eingesehen, dass sie die Verlegung von Ingmar in die JVA nicht verhindern konnte. Aber sie hatte Victor den kältesten aller Blicke zugeworfen und war dann mit sehr viel Wut im Bauch auf ihr Fahrrad gestiegen. Wie immer funktionierte das Radfahren wie eine Therapie.

Nach ein paar Minuten heftigen Tretens ging es schon etwas besser, und als sie zu Hause angekommen war, hatte sie sich fast wieder beruhigt. Auch wenn Ingmar eine Straftat begangen hatte, so eine Maßnahme war in keinem Fall gerechtfertigt.

Vor der Haustür lief sie ihrem Vater in die Arme. »Hoppla, mien Deern, alles klar bei dir?«

»Ach, geht schon wieder.«

Aber ihrem Vater konnte sie nichts vormachen. Er stellte sich direkt vor sie, fasste sie an den Schultern und schaute ihr in die Augen.

»Erzähl doch mal. Was ist passiert?«

Agatha schnaubte. »Victor ist passiert! Der hat Ingmar im Krankenhaus festnehmen lassen und hatte auch Kollegen dabei, die ihn in die JVA bringen sollten. Ohne Vorankündigung, einfach einmarschiert, und zack war Ingmar verschwunden. So geht man doch nicht miteinander um, schon gar nicht unter Kollegen.« Sie spürte, wie die Wut zurückkam.

»Glaubst du denn, dass dein Ingmar unschuldig ist?« Dirk umfasste sie noch ein bisschen fester und ließ sie nicht aus den Augen.

»Ach, weißt du …« Agatha zögerte. »Man muss einen Menschen, der gerade angeschossen worden ist, nicht einer solchen Demütigung aussetzen. Wem wäre denn ein Schaden entstanden, wenn man Ingmar da einfach in seinem Bett liegen lässt, bis alles aufgeklärt ist? Er hat schließlich niemanden umgebracht und auch keine kleinen Kinder angefasst. Ja, er hat Geld genommen, das ist schlimm. Und ein Gericht muss darüber entscheiden, wie das bestraft wird. Aber Ingmar wollte ja damit aufhören, und vielleicht muss man dann nicht so eine filmreife Verhaftung durchziehen, wie Victor das gemacht hat.«

Dirk ließ seine Tochter los, gab ihr einen Kuss auf die Wange. »Ach, meine Süße, was genau stört dich denn so? Dass dieser Victor die Verlegung veranlasst hat, dass dein Kollege jemand ist, der sich an Regeln hält, die plötzlich für dich nicht mehr gelten, weil du Ingmar …«

»Was willst du denn damit sagen? Mir ist schon klar, dass wir uns nicht gesetzeswidrig verhalten dürfen. Schon gar nicht als Polizisten, aber in diesem ganz speziellen Fall, bei dem wir uns alle kennen, da könnte man doch einfach ein bisschen Mensch bleiben und … Warum grinst du so? Was daran ist so lustig?«, entrüstete sich Agatha.

»Nichts, gar nichts. Ich stelle nur fest, dass es im Leben meiner Tochter Männer gibt, mit denen sie sich intensiv beschäftigt.« Er zog die Tür auf, durch die Vinnie sofort nach draußen flitzte.

»Was ist? Willst du uns ein Stück zum Schiff begleiten?«

Zusammen machten sie sich kurz darauf auf den Weg zur MS *Helgoland*, gefolgt von Vinnie. Dirk trug seine dunkelblaue Kapitänsuniform, dazu schwarze Slipper. Beides von zeitloser Schönheit, Anzug wie Schuhe, nur der Träger hatte sich über die Jahrzehnte von einem attraktiven, schlanken Offizier in einen imposanten Seebären verwandelt.

Agatha wollte nicht mehr über Victor und Ingmar reden, nicht einmal denken wollte sie an die beiden. »Bist du im Stress, Papa? Oder warum gehst du heute so früh zum Dienst?«

»Stress kenne ich nicht«, antwortete Dirk flapsig. »Ich muss vor der Fahrt die technischen Geräte auf der Brücke überprüfen, das mache ich lieber schön in Ruhe, weißt du doch.«

Alles, was Dirk vor dem Ablegen zu tun hatte, waren Routinetätigkeiten, die er bereits seit mehreren Jahrzehnten verrichtete. Und doch hielt er sich strikt an die Vorgaben und arbeitete die Checkliste stets konzentriert ab.

Agatha spürte, wie sie sich langsam beruhigte: Der Hund, der fast zu tanzen schien auf dem grünen Deich, der frische Nordseewind, der ihr die Haare durcheinanderwehte, die beruhigende Hand ihres Vaters, der immer mal wieder ihre Schulter drückte. Die salzige Luft, die schon ein kleines bisschen nach Herbst roch, nach welkem Laub.

»Ich freue mich übrigens wirklich für dich und Jette, dass ihr euch gefunden habt. Ich glaube, das habe ich dir bei unserem letzten Gespräch gar nicht gesagt.«

»Und ich freue mich erst! Aber ging vorher ja auch. Ich hab ja dich und Vinnie!«

Agatha sah ihrem Vater ins Gesicht. Sie wusste, dass er in den vergangenen Jahren mit der Einsamkeit zu kämpfen hatte.

»Die am lautesten lachen, wissen manchmal nicht, wie sie den Tag überstehen sollen. Das hab ich bei dir oft gedacht.«

Dass sie recht hatte, konnte sie an seinem Gesichtsausdruck ablesen. »Kommst du noch mit auf die Hundewiese?«, fragte er.

Agatha sah auf die Uhr. »Ja, ich hab noch fast eine Stunde Zeit, bis mein Dienst beginnt.«

Vater und Tochter gingen hinter dem vorauslaufenden Hund über die kleine Wiese Richtung Bucht. Die Strandkörbe waren bereits zusammengeschoben worden, morgen oder übermorgen würden sie alle im Winterlager verschwunden sein. Auch vor dem kleinen Restaurant direkt an der Promenade standen keine Stühle und Tische mehr.

Der Hund freute sich über viel Platz zum Rennen. Dirk zog eine Ballschleuder aus seinem Rucksack. Der Tennisball flog und flog, und der Hund sauste hinterher. Es schien, als würde auch er fliegen, zumindest phasenweise.

Der Ball tupfte einmal auf, und schon war Vinnie zur Stelle. Mit steil aufgestelltem Schwanz brachte der Mischling den Ball danach umgehend zurück, legte ihn vor Dirk ab und wartete auf den nächsten Wurf.

»Sag mal ganz ehrlich, Agatha.« Dirks Stimme schien belegt. »Hast du Angst wegen des Anschlags auf deinen Kollegen? Sorgst du dich, dass es jemand auf dich und die anderen abgesehen hat?«

»Nein«, antwortete Agatha schnell, vielleicht einen Tick zu schnell.

»Du willst mich nicht nur beruhigen, oder?«, fragte Dirk nach.

»Die Kripo hat noch keine Ahnung, wer auf Ingmar geschossen hat. Aber ich glaube nicht, dass hier in Cuxhaven ein verrückter Psychopath herumläuft, der alle Wasserschutzpolizisten abknallen will.«

»Wenn dich jemand verletzen würde, oder Schlimmeres, dann hätte der nicht mehr lange zu leben.«

»Sag so was nicht, Papa«, erwiderte Agatha streng, obwohl sie seine Sorge nur zu gut verstehen konnte.

»Ist aber so. Und warum soll ich es dann nicht sagen?«

»Weil so was irgendwie … Ich weiß nicht, Selbstjustiz ist nie eine Lösung.«

Dirk nickte und hob den Tennisball auf. »Ich weiß. Gewalt führt zu noch mehr Gewalt. Und deswegen würde ich es auch nicht machen. Wahrscheinlich nicht machen.«

Dirk lächelte, und Agatha lächelte zurück.

Ihr Vater drückte den Tennisball erneut in die Schleuder und holte aus. Vinnie hatte sich zunächst hingesetzt, hielt es nun aber nicht mehr aus und trippelte umher, den Blick starr auf den Ball gerichtet. Dirk schleuderte den Ball, doch der flog nicht in die Richtung, die er anvisiert hatte. Er prallte von der Kante eines Informationsschilds nach oben ab und kam keinen Meter vor Vinnie auf, der sich auf der Suche nach dem Ball hektisch im Kreis gedreht hatte.

Agatha starrte Dirk an. »Was war das denn?«

»Was das war?« erwiderte Dirk. »Das war der Wurf eines Mannes, in dessen Schulter sich die Arthrose so langsam einnistet. Ich kann weiter werfen, wenn ich …«

»Natürlich, das ist es.« Agatha schlug sich mit der flachen Hand auf die Stirn.

»Sag mal, kann es sein, dass du …«

Aber weiter kam Dirk nicht, denn Agatha hatte bereits auf dem Absatz kehrtgemacht und spurtete in die Richtung, aus der sie gekommen waren.

35

Noch später am Abend

Ein kühler Wind strich um die großen Gebäude, die zwischen Nordseekai und Kapitän-Alexander-Straße lagen. Am Ende der Straße ein Hotel, ein paar Lagerhallen, ein Yogastudio, ein Weinhandel, eine Spedition.

Der Mond hatte sich hinter Wolken versteckt und half Agatha nicht dabei, sich zu orientieren.

Sie zog ihre Stabtaschenlampe aus dem Rucksack und leuchtete die Umgebung ab, vor allem die Container, die vor den Lagerhallen standen. Nichts Auffälliges. Sie ging ein paar Schritte auf einen Containerblock zu, bis sie zwischen den Lagerhallen freie Sicht auf die Schleuse hatte.

Der unterste der drei Container war unbeschädigt, von den Gebrauchsspuren abgesehen.

Rechts von ihr war auf dem sandigen Boden zu erkennen, dass dort bis vor Kurzem noch weitere Container gestanden hatten.

»Dann wollen wir mal«, murmelte Agatha und sah an den Außenwänden der Container empor, die aus dieser Perspektive wie ein Hochhaus wirkten.

Auf den ersten Blick war nichts zu erkennen.

Sie sah sich nach etwas um, auf das sie steigen konnte. Auf der anderen Seite der Container entdeckte Agatha eine Papiermülltonne. Sie entriegelte den Wegrollmechanismus, schob die Tonne an den Container und kletterte hinauf.

»Vorsichtig, vorsichtig. Ein falscher Schritt, und ich lande im Altpapier.«

Agatha suchte den mittleren Container ab.

»Nüscht«, sagte sie resigniert. Vielleicht war ihre Theorie doch etwas weit hergeholt. Sie hatte einen ähnlichen Fall bei einer dieser amerikanischen True-Crime-Dokus gesehen: Eine Kugel war von einem Schießstand so unglücklich abgeprallt, dass sie einen Jugendlichen getroffen und getötet hatte.

»Ich könnte mit meiner Handykamera mehrere Fotos von unterschiedlichen Abschnitten vom obersten Container machen, und die vergrößere ich dann«, murmelte Agatha vor sich hin.

Sie zog ihr Handy aus der Gesäßtasche und schoss mehrere Fotos mit Blitz. Dann besah sie sich die Aufnahmen.

»Zu unscharf. So wird das nichts.«

Agatha suchte am mittleren Container nach einer Stelle, an der ihre Füße Halt finden konnten. Auf der schmalen Seite war der Schließmechanismus des Containers, da könnte sie sich vielleicht auf die Griffe stellen. Doch was, wenn die nachgaben? Außerdem musste sie dann ja noch um den Container herum auf die Seite gelangen. Während sie über weitere Alternativen nachdachte, näherte sich ein Wagen. Als seine Scheinwerfer den Papiercontainer erfassten, verlangsamte der Fahrer die Geschwindigkeit, bis er schließlich neben dem Container zum Stehen kam.

»Kann ich der Dame behilflich sein?«, fragte ein junger Mann aus dem offenen Fahrerfenster.

Agatha drehte sich um und verlor das Gleichgewicht. Sie

sprang vom Müllcontainer und landete gekonnt auf den Fußballen. Um den Schwung auszugleichen, lief sie einige Schritte in Richtung des Autos und kam kurz vor der Fahrertür zum Stehen.

»Sie haben es aber eilig«, sagte der Typ. Er lächelte, und Agatha erkannte jetzt, wer da im Wagen saß.

»Christian. Das ist jetzt aber ein Zufall.«

»Nicht ganz. Ich hab dich und deinen Vater in der Nähe der Hundewiese gesehen. Bin gerade vorbeigefahren, als du kehrtgemacht hast und Richtung Hafen losgelaufen bist. Ich dachte, es ist vielleicht etwas passiert, und hab die Straßen hier nach dir abgesucht.«

»Ja, und jetzt hast du mich gefunden und siehst, dass nichts Schlimmes passiert ist.«

Sie setzte ein Lächeln auf.

»Klar«, sagte Christian und stieg aus dem Wagen. »Vielleicht ist das jetzt aber eine gute Gelegenheit, um mal miteinander zu reden.«

Agatha schüttelte heftig den Kopf. »Es gibt nichts zu reden, Christian. Es ist passiert, einmal, und ich denke, dass es das Beste ist, wenn wir es dabei belassen.«

»Okay, aber vielleicht können wir uns trotzdem mal ab und zu sehen und was trinken gehen?«

»Klar«, antwortete Agatha und nickte ein klein wenig zu heftig.

»Und wenn du schon mal da bist …«

» … dann können wir jetzt im *Klabautermann* ein Bier trinken gehen«, ergänzte Christian und lächelte. Er ist sehr attraktiv, wenn er so lächelt, dachte Agatha. Und auch ohne das Lächeln. Bis vor Kurzem hatte er einen Man-Bun getragen, aber nun war er zu einem Undercut gewechselt. Stand ihm auch. Und er war wirklich nett. Und aufmerksam. Und zugewandt. Aber etwas fehlte. Etwas, das da sein musste, ein Gefühl, auf das man eine Beziehung aufbauen konnte. Und das gab es nicht. Zumindest nicht von Agathas Seite. Aber zusammen ein Bier trinken gehen, da sprach nichts dagegen.

»Okay. Aber erst die Arbeit und dann das Vergnügen.«

Agatha machte kehrt. Sie entriegelte die Wegrollsperre und schob den Papiercontainer an seinen angestammten Platz zurück.

»Fahr mal deinen Pick-up an die Container. Der ist höher und stabiler als ein Müllcontainer.«

»Wozu denn?«, wollte Christian wissen.

»Mach einfach.«

Der Seenotretter stieg zurück in seinen Wagen und manövrierte den Dodge seitlich an den Container, öffnete die Schließung der Heckklappe und ließ eine kleine Leiter herunter.

Mit einer Geste bot er Agatha an, die Treppe auf die Ladefläche zu besteigen.

»Auf dem mittleren Container habe ich schon alles abgesucht. Ich muss mir den obersten anschauen.«

Christian lächelte und hob die Augenbrauen. »Auf die Schultern?«

Agatha stieg von der Ladefläche auf das Dach des Führerhauses und sah sich um. »Nun komm schon«, forderte sie Christian auf. Der kletterte ebenfalls auf das Dach des Führerhauses.

»Und nun?«

»Knie dich hin.«

»Wie Sie befehlen, Mylady.«

Christian ging in die Hocke. Agatha zog ihre Sneaker aus und stellte sich auf seine Schultern, während sie mit den Händen in die Rippen des Containers griff.

»Und jetzt langsam hoch.«

Manch einer wäre bei diesem Zirkuskunststück vielleicht der Meniskus eingerissen, oder das Kreuzband hätte sich abgemeldet.

Nicht so bei dem durchtrainierten Ersthelfer. Vorsichtig drückte er sich aus den Knien in den Stand. Agathas Hände suchten dabei die Wand des Containers, um nicht das Gleichgewicht zu verlieren.

»Super, Christian. Und jetzt geh ganz dich an den Container.«

Christian folgte der Aufforderung. Agathas Gesicht war in Höhe der Auflagefläche des dritten Containers, dicht genug, um gute Fotos machen zu können.

»Okay«, sagte sie schließlich. »Kannst mich wieder runterlassen.«

Christian ging erneut in die Hocke, und Agatha sprang auf das Dach des Führerhauses.

»Da ist jetzt bestimmt 'ne Beule drin«, meinte Christian.

»Dafür geb ich dir ein Bier aus. Okay?«

36

Rechtsmediziner Henk Dibbersen biss in eine Brötchenhälfte, was zur Folge hatte, dass sich etliche kleine Krabben auf dem Tisch vor ihm verteilten. Was wiederum zur Folge hatte, dass Antonella ihm erst einen missbilligenden Blick und dann eine Serviette zuwarf.

»Können wir dann jetzt weitermachen?« Victor stand am Whiteboard des Tagungsraums und wedelte ungeduldig mit einem Stift.

»Hau rein, Chef«, rief Maik, während er nach einer der Thermoskannen griff, die auf dem Tisch standen.

»Wir sind uns also einig, dass der Anschlag nicht der Wasserschutzpolizei im Allgemeinen, sondern Ingmar Ulvaeus im Speziellen galt.« Er deutete auf die Wand hinter sich, an der Tatortfotos und Informationen zu beiden Fällen mit Magneten angeheftet waren.

»Denn Ingmar Ulvaeus hat sich bezahlen lassen, dafür, dass er weggeguckt hat bei Kontrollen der Containerschiffe, die unter anderem junge Frauen ohne Papiere aus Marokko hierhergeschifft haben. Die Namen der Kutter, die die Frauen dann von den Containerschiffen aufgenommen und an Land gebracht haben, hat uns der Kollege ebenfalls nicht verraten. Der Beweis dafür, dass diese Frauen dann in den Apartments von Benita Perez gearbeitet haben, fehlt uns bislang auch. Was wir aber wissen: Die Margarete, die tagsüber bei der KRAFI arbeitet, empfängt abends Freier, da nennt sie sich dann Maggie. Sie hat ausgesagt, dass sie Karima nicht kennt. Die beiden deutschen Frauen, die in den anderen Apartments arbeiten, wollen auch nie eine dunkelhäutige Frau gesehen haben, die sich prostituiert hat. Aber vielleicht wollen die auch einfach keinen Ärger. Die Eigentümerin des Edellokals hat bisher lediglich zugegeben, dass sie Zimmer an diese drei Frauen vermietet, was ja nicht strafbar ist.«

»Ich kann mir gut vorstellen, dass die Marokkanerinnen nicht nur hier in Cuxhaven gelandet sind. Ganz bestimmt war diese Sache größer angelegt«, vermutete Gesche.

»Lars hat das LKA informiert, vielleicht auch das BKA. Für deutschlandweiten Menschenhandel sind wir nicht zuständig. Aber der Fall Karima Berrada bleibt vorerst bei uns.«

Victor wandte sich an Maik, der an seiner Kaffeetasse nippte. »Du hast doch noch etwas herausgefunden. Kannst du bitte auch die Kollegen auf den aktuellen Stand bringen?«

»Oh ja, warte mal.« Maik stellte die Tasse ab und griff nach einer Mappe, die vor ihm auf dem Tisch lag. »Wir haben inzwischen Ingmars Konten durchgesehen und …« Er zögerte, warf einen Blick zu Bertil. Der winkte ab. »Ja, schon gut, Maik, ich halte das alles aus.«

»Gut, da haben wir nichts Besonderes gefunden.« Maik blätterte durch seine Unterlagen. »Wir haben aber bei der Wohnungsdurchsuchung Bargeld gefunden. Die Scheine waren in einem kleinen Fach in einem Kleiderschrank versteckt. Insgesamt haben die Kollegen … Moment, ich sag's euch ganz genau.« Er fuhr mit dem

Finger das Blatt entlang. »Vierzehntausendachthundert Euro haben sie gefunden.«

»Wow!«, entfuhr es Antonella.

Victor übernahm wieder. »Dieses Geld stammt aus Bestechungsgeschäften, die Ingmar bereits zugegeben hat. Das alles war ausreichend, um Ingmar in die Klinik der JVA nach Lingen zu überführen, darum habe ich mich gekümmert.«

»Ganz toll, Victor, da hast du ja wieder herausragend deinen Job gemacht.« Bertils Ton war mehr als verächtlich.

»Was willst du denn damit sagen?«, hakte Victor nach.

»Dass man mitunter auch einfach mal nicht ganz so streng nach Dienstweg vorgehen muss.« Bertil stand auf. »Es wäre ja ganz schön gewesen, wenn du ausnahmsweise ein kleines bisschen Vertrauen in deine Kollegen hättest. Niemand hätte Schaden genommen, wenn Ingmar einfach im Krankenhaus geblieben wäre. Fluchtgefahr besteht ja wohl kaum in seinem Zustand, und er hat von sich aus erzählt, wie er zu dem Geld gekommen ist. Also hättest du vielleicht mal diesen Stock aus deinem Hintern ziehen können, um ein bisschen mehr Mensch und weniger Paragrafenreiter zu sein, bei allem Verständnis dafür, dass mein Bruder ein Verbrechen begangen hat und dafür bestraft werden muss.«

Die anderen am Tisch schauten verlegen in unterschiedliche Richtungen, beugten sich über ihre Notizen oder versteckten sich hinter Kaffeetassen.

»Ich kann verstehen, dass du …«, begann Victor, kam aber nicht weiter. Bertil schob geräuschvoll seinen Stuhl an den Tisch. »Statt also wie ein Kollege zu agieren, hast du es offenbar nicht einmal für nötig gehalten, mir Bescheid zu geben, bevor ihr Ingmar festgenommen und aus dem Krankenhaus geholt habt. Ganz ehrlich, Victor, das war 'ne echte Arschnummer.« Bertils Gesicht glühte. Er griff nach seinem Rucksack. »Ich fahre jetzt nach Lingen und rede mit meinem Bruder. Vielleicht sagt er uns ja noch die Namen, die wir brauchen. Oder zumindest mir. Das ist hoffentlich für dich in Ordnung. Sonst kannst du mich ja auch verhaften lassen, ein Grund dafür fällt dir bestimmt ein.«

Er wartete keine Antwort ab. Die Tür schloss er, gegen jede Erwartung, sehr sanft.

»Ich muss mit Victor sprechen«, sagte Agatha und trat einen Schritt auf Bertil zu, der ihr im Gang zu den Räumen der Kripo entgegengekommen war.

»Das geht jetzt nicht. Er ist in einer Besprechung, die sitzen gerade alle zusammen.« Agatha trat dicht an Bertil heran, der wich einen Meter zurück.

»Was soll das jetzt werden, Agatha? Willst du mich umrennen?«

»Es reicht, wenn du Victor sagst, dass ich ihn sehr, sehr, sehr dringend sprechen muss. Jetzt. Du kannst ihn doch da mal rausholen.«

»Ich werde gar nichts machen, schon gar nicht mit Victor sprechen. Der hat Ingmar in die JVA verlegen lassen, ohne mir gegenüber auch nur eine Andeutung zu machen. Aber bitte, mach doch, was du willst. Ich werde dich bestimmt nicht aufhalten.« Er trat einen Schritt beiseite und machte mit der Hand eine einladende Geste in Richtung der Büros. Agatha verschwieg Bertil lieber, dass sie dabei gewesen war, als Ingmar in den Rollstuhl verfrachtet und dann in die JVA Lingen abtransportiert worden war. Während sie noch überlegte, was sie Ingmars Bruder Tröstliches mit auf den Weg geben konnte, war der auch schon durch die Tür, und sie hörte ihn mit schnellen Schritten die Treppe hinunterlaufen.

Im Sitzungsraum hatten sich alle nach Bertils Abgang schnell wieder gefangen. Victor räusperte sich. »Wir haben jetzt zumindest das mögliche Motiv. Also warum jemand auf Ingmar geschossen haben könnte. Das ist schon mal was.«

»Hast du Brunsdahl mit der Aussage von Ingmar konfrontiert?«, wollte Gesche wissen.

»Brunsdahl ist heute Nachmittag zurück aus dem Ruhrpott, da werde ich ihn mal einbestellen. Vielleicht hängen die beiden Fälle genau an dieser Stelle zusammen. Antonella, hast du was Brauchbares?«

»Nix. Die Sachen, die wir auf der Brücke gefunden haben, waren entweder voller Mischspuren, oder es konnte keine DNA extrahiert werden.«

»Gilt das auch für die Kippen, die ihr oben auf der Brücke gefunden habt? Von da hat der Täter ja vermutlich geschossen.« Victor sah erwartungsvoll, vielleicht auch ein wenig hilfesuchend, zu Gesche.

»Die Zigaretten haben wir nicht zuordnen können«, sagte Gesche.

»Stammen von drei verschiedenen Leuten, keiner davon in der nationalen Datenbank.«

»Was nicht heißen muss, dass unser Täter nicht darunter sein kann«, ergänzte Henk. »Heißt ja nur, dass der Täter noch nicht strafrechtlich erfasst worden ist.« Er wandte sich an die beiden Frauen. »Diese Kappe, die ihr gefunden habt, wird noch geprüft. Die sind im Labor gerade ein bisschen im Stress, hoher Krankenstand. Aber morgen, denke ich, wissen wir mehr.«

»Die lag ja sowieso nicht an der Brücke, sondern unten neben den Anlegestellen, hat also wahrscheinlich nichts mit unserem Schützen zu tun«, vermutete Gesche.

Kann doch nicht so schwierig sein, diesen Konferenzraum zu finden, dachte Agatha und marschierte den Flur entlang. Vorbei an leeren Büros mit zwei oder mehreren Schreibtischen, einer Kammer für Putzmittel und den Toiletten. Am Ende des Flurs schließlich drangen Stimmen aus einem Raum. Agatha überlegte nicht lange, klopfte einmal kurz und öffnete dann die Tür.

Mehrere Augenpaare richteten sich auf sie, darunter das von Victor, der vor einem Whiteboard stand. »Agatha, was willst du denn hier?«

»Welch Glanz in unserer Hütte«, kommentierte Henk die Situation.

»Wir haben hier eine interne Besprechung«, erklärte Victor.

»Umso besser, deine Kolleginnen und Kollegen wollen das bestimmt auch hören«, erwiderte Agatha und trat an den Tisch heran. »Ich glaube, ich weiß, warum Ingmar angeschossen wurde.«

Henk deutete auf einen freien Stuhl am Tisch, und Agatha setzte sich, obwohl sie an Victors Gesichtsausdruck ablesen konnte, dass er sie am liebsten sofort mit einem Tritt in den Hintern wieder hinausbefördert hätte.

»Leg los«, forderte Gesche sie auf.

»Ingmar war gar nicht das Ziel des Schützen«, begann Agatha.

»Aha! Sondern?«, fragte Victor.

»Niemand«, sagte Agatha triumphierend. Sie war sich sehr sicher, dass sie auf der richtigen Fährte war. »Und ich erkläre euch auch, wie ich darauf gekommen bin. Ich war gerade mit meinem Vater und seinem Hund spazieren. Mein Vater hatte so eine Schleuder dabei, mit der man Bälle werfen kann, für Vinnie, seinen Hund. »Ein Wurf verunglückte, und der Ball prallte gegen eine Kante ...«

»Sag mal, Agatha, hast du was getrunken?«, fragte Antonella. »Wir versuchen hier einen Mordversuch zu klären und machen kein Hundetraining.«

»Warte mal, Antonella, das ist gar nicht so doof.« Gesche warf ihrer Kollegin einen Blick zu und hob die Hand mit dem ausgestreckten Zeigefinger. »Agatha, du meinst, dass Ingmar oder irgendjemand auf dem Schiff gar nicht das Ziel des Schusses war, sondern dass die Kugel irgendwo abgeprallt ist und dann Ingmar getroffen hat.«

Henk nickte. »Was auch die merkwürdige Flugbahn von schräg oben erklären würde.«

Agatha wandte sich an Maik. »Ihr hattet doch die Videoaufzeichnungen von diesem Lagerschuppen am Hafen angesehen, gegenüber von der Wapo.«

»Woher weißt du denn davon?«, fragte Antonella überrascht.

Agatha sah zu Victor, der ihren Blick ignorierte. Niemand hatte es mitbekommen, außer Gesche.

»Ist doch völlig egal, woher Agatha das weiß. Was ist mit den Aufnahmen?«

»Kannst du die mal auf das Whiteboard projizieren?«

Victor nickte Maik zu.

»Das sind aber total unspektakuläre Aufnahmen, da passiert nichts«, murmelte er. »Wir haben uns die mehrfach angeschaut, da ist kein Schütze zu sehen.«

Sekunden später sprang der Beamer an. Er warf ein quadratisches, leicht gelbes Licht auf das Whiteboard. Eine Video-Datei erschien, und ein Cursor wanderte zu einem schwarzen Pfeil in einem weißen Kreis.

Klick.

Auf dem Video war das Eingangstor des Lagerschuppens und ein Ausschnitt der Fläche davor zu sehen. In der Mitte des Bildes waren im Dunkeln die Schatten weitere Container zu erkennen.

»Nichts«, sagte Antonella schließlich. »Absolut nichts. Kannst das Ding stoppen.«

Maik hielt das Video an. Das Standbild unterschied sich kaum vom laufenden Video. Einzig die Schatten, die sich während des Films bewegt hatten, standen nun auch still.

Agatha wandte sich an Maik. »Warte, lass es noch kurz laufen, ja?«

»Ohhh«, stöhnte Antonella. »Was soll das bringen? Lasst uns doch bitte weitermachen, das hält uns doch jetzt nur unnötig auf.«

Maik ignorierte die Zweifel seiner Kollegin und drückte erneut auf den Startbutton.

»Kannst du es in halber Geschwindigkeit ablaufen lassen?«, bat Agatha.

»Klar«, sagte Maik und startete erneut die Aufnahme.

»Da«, rief Agatha.

»Was soll da gewesen sein?«, fragte Antonella und beugte sich vor, die Augen angestrengt zusammengekniffen.

»Ich hab's gesehen«, sagte Gesche.

»Kannst du es noch mal ein paar Sekunden zurückspulen?«, bat Agatha Maik.

Der tat wie geheißen.

»Stopp!«, rief Agatha.

Sie sah in die Runde. »Seht ihr es denn nicht?«

Alle schauten angestrengt auf das Standbild.

»Da am Rand, an den Containern, macht jemand ein Foto«, sagte Victor.

»Ich glaube nicht, dass das ein Blitzlicht ist«, warf Agatha ein.

»Sondern?«

Agatha sah triumphierend erst zu Antonella, dann zu Victor.

»Das ist kein Blitzlicht, das ist ein Projektil, das den Container trifft.«

»Ein Projektil, das den Container trifft«, wiederholte Victor trocken.

»Und von dem Container in eine andere Richtung abgelenkt wird«, fügte Gesche hinzu.

»Genau«, sagte Agatha. »Ein Projektil, das in hohem Bogen abgelenkt wird. Und schließlich in Ingmars Hüfte stecken bleibt. Und hier …« Agatha zog ihr Handy aus der Hosentasche. » … hab ich den Beweis.«

37

Früher Nachmittag

Agatha radelte den Strandweg in Sahlenburg entlang, vorbei an dem kleinen Kiefernwald, in dessen Mitte sich das Freibad befand, in dem sie schwimmen gelernt hatte.

Sie musste immer, wenn sie hier vorbeikam, daran denken, wie es war, damals, als ihr Vater mit ihr einmal die Woche zum Schwimmunterricht ging. Und dass es danach immer Pommes mit Ketchup gab und dass sie immer Angst gehabt hatte, der Ketchup könnte nicht für die letzten Pommes unten in der Tüte reichen.

Agatha überquerte den Bahndamm und fuhr in die Fußgängerzone von Sahlenburg, einem Ortsteil von Cuxhaven mit knapp dreitausend Einwohnern. Die Gegend war belebt und beliebt bei Anwohnern und Touristen, denn hier gab es etwas für jedes Interesse. Die großen Cuxhavener Küstenheiden, Wald- und Moorlandschaft und natürlich den Strand und die Nordsee. Ein Kletterpark und das UNESCO-Weltnaturerbe-Wattenmeer-Besucherzentrum vertrieben den Gästen auch bei nicht so gutem Wetter die Zeit. Und bei Sonnenschein konnte man von hier aus zu Pferd oder per

Wattwagen zur zehn Kilometer entfernten Insel Neuwerk gelangen.

Agatha kam nicht oft hierher, obwohl Sahlenburg nicht weit entfernt lag vom Seedeich, wo sie und ihr Vater wohnten. Aber alles, was sie zum Leben brauchte, fand sie im Stadtzentrum von Cuxhaven. Sie umrundete die Johanneskirche und stoppte.

Hier also wohnte Enak. Seltsam, dachte sie, als sie ihr Fahrrad anschloss. Wie lange arbeitete sie jetzt schon mit Enak zusammen? Und noch nie war sie hier bei ihm zu Hause gewesen. Hatte er überhaupt mal irgendetwas gefeiert bei sich, einen Geburtstag oder Silvester? Sie konnte sich nicht daran erinnern, dass es mal eine Einladung an die Kollegen von der Wasserschutzpolizei gegeben hatte. Sie wusste überhaupt sehr wenig über Enak und sein Leben außerhalb der Arbeit. Was kein Wunder war, denn niemand sonst in ihrem Team war so wenig an Kontakt interessiert wie Enak. Und wenn er mal mit Kollegen ins Gespräch kam, dann wurde er nicht selten unfreundlich oder auf bittere Art ironisch. Sie wusste nicht einmal, ob sie eine Einladung zu einer Feier bei ihm überhaupt angenommen hätte, so wenig mochte sie ihn.

Agatha drückte auf die Klingel des Mehrfamilienhauses, neben der *von Eitzen* stand, und wenige Sekunden später hörte sie Enaks Stimme durch die Gegensprechanlage. »Ja, wer ist da?«

»Ich bin's, Agatha.«

Stille.

»Von der Arbeit«, schob sie hinterher. Als ob er so viele Agathas kennen würde.

»Ich komme runter«, sagte er schließlich.

Agatha sah sich um. Das Haus war von einem Rasengrundstück umgeben. Die Hecken, die das Grün begrenzten, waren akkurat geschnitten. Neben dem Hauseingang befand sich auf der einen Seite ein Stellplatz für Zweiräder, an dem im Moment allerdings nur Agathas Fahrrad stand, auf der anderen Seite ein Blumenbeet mit längst verblühten Hortensien, die im Wettbewerb mit üppig wucherndem Unkraut waren.

Sechs Klingeln hatte Agatha gezählt, bis auf den Namen von Enak kannte sie keinen, einer klang polnisch.

Agatha wollte gerade das unmittelbare Umfeld des Hauses in Augenschein nehmen, als die Haustür aufgerissen wurde.

Enaks Gesichtsausdruck war eine Mischung aus Unglauben, Überraschung und Verärgerung.

»Was willst du denn hier?«, fragte er brüsk und zog die Eingangstür hinter sich zu, wohl um deutlich zu machen, dass es für Agatha keinen Weg in das Haus und schon gar nicht in seine Wohnung gab. Agatha registrierte das und fragte sich, wie es wohl in Enaks Wohnung aussah. War er ein Messie? Hatte er eine Leiche dort versteckt? Oder lebte er dort mit einer Frau und vier Kindern? Nein, das hätte sich unter den Kollegen herumgesprochen. Vielleicht war Enak ein Sammler, und seine ganze Bude stand voll mit Zollstöcken, Matchbox-Autos und Kaffeekannen? Oder fürchtete er, dass sie dort Spuren finden könnte, die ihn in Zusammenhang mit dem Tod an Karima brachten?

»Ich wollte dich mal besuchen«, sagte sie.

»Besuchen? Du mich?«, fragte Enak. »Komm, verarsch mich nicht.«

Agatha lächelte, um die Situation ein wenig zu entkrampfen.

Enak stieß einen Laut aus, der wie ein Husten klang.

»Wir könnten quer runter zum Wasser gehen und ein bisschen reden«, schlug Agatha vor.

Sie spürte, dass die Situation ihm nicht geheuer war, er Agatha am liebsten abwimmeln würde. Und doch nickte er, nach einem Blick auf seine Armbanduhr.

»Okay. Ich hab nachher noch was vor. Aber wir können an der Strandpromenade kurz einen Kaffee trinken.«

An der Promenade war im Café *Spilker* ein Tisch frei, der etwas weiter hinten im Gastraum lag, also ideal, um ein Gespräch zu führen, von dem niemand etwas mitbekommen sollte.

»Hallo, Enak. Was darf's denn sein?«, wurde Agathas Kollege von einer Servicekraft begrüßt, die den Tisch abwischte.

»Ich nehme einen Cappuccino«, sagte Enak.

»Habt ihr Chai-Tee?«, wollte Agatha wissen.

Die Servicekraft nickte.

»Dann einen für mich, bitte.«

Als die Frau verschwunden war, sah Agatha den Zeitpunkt für gekommen, ebenjene Fragen zu stellen, auf die sie keine Antwort hatte. Aufstehen und gehen würde Enak jetzt vermutlich nicht, wenn ihm die Fragen nicht passten, schließlich hatten sie nun eine Bestellung aufgegeben, und er kannte die Bedienung.

Agatha verzichtete auf einen sanften Einstieg in das Gespräch.

»Also, was ist los?«

»Was soll los sein?«, fragte Enak, scheinbar überrascht.

Agatha atmete tief durch. »Komm, lass die Spielchen. In was bist du da reingeraten? Hast du was mit dem Tod von Karima zu tun?«

Enak starrte auf die Eiskarte, die in einem Ständer in der Mitte des Tisches steckte. »Hat also doch einer von den Kollegen der Kripo geplaudert. Na ja, damit war ja auch zu rechnen. Was musstest du dafür tun? Mit ihm ins Bett steigen? Oder mit ihr?«

Agatha spürte, wie die Wut in ihr hochstieg, schnell und brennend. Aber sie hatte sich im Griff, denn sie wusste, dass Enak nichts erzählen würde, wenn das Gespräch eskalierte. Daher ignorierte sie seine Beleidigung.

»Es gibt Gerede darüber, dass du regelmäßig Frauen dafür bezahlst, dass …«

»Nur weil ich mich mit Prostituierten treffe, heißt das ja noch lange nicht, dass ich deren Dienstleistungen auch in Anspruch nehme.« Enak lachte kurz auf. »Ich kann an jedem Finger zehn Frauen haben, wenn ich will, ohne dafür zu bezahlen.« Er wich Agathas Blick aus, griff nach der Eiskarte.

»Vielleicht erklärst du mir mal, was los ist.«

Enak schaute weiterhin auf die bunten Fotos der Eisbecher vor sich. »Hab ich doch. Musste ich sogar zu Protokoll geben bei diesem aufgeblasenen Wichtigtuer von der Kripo.«

»Victor meinst du?«

»Mir egal, wie der heißt.«

Die Kellnerin kam mit den Getränken. Enak bedankte sich, wechselte ein paar Worte mit der Frau über ihren offenbar kranken Sohn und dessen Gesundheitszustand. Agatha war mehr als verwundert über den einfühlsamen Ton ihres Kollegen, gleichzeitig fühlte sie sich aber auch bestätigt. Von Eitzen hatte also doch noch eine andere Seite. Als die Kellnerin wieder gegangen war, startete Agatha einen neuen Anlauf.

»Enak, ich möchte einfach nur wissen, was passiert ist. Vielleicht kann ich dir helfen.«

Enak sah Agatha nun an. »Warum solltest du mir helfen wollen?«

Agatha schien nachzudenken. »Die meisten halten dich für ein arrogantes Arschloch. Und so gibst du dich ja auch gerne. Aber irgendwie glaube ich, dass du das nicht bist, dass das nur deine Hülle ist, unter der ein anderer Enak von Eitzen steckt.«

Enak starrte erneut auf die Eiskarte. Seine Augen funkelten. Er begann, schwer zu atmen.

»Es ist kompliziert«, kam es leise von ihm.

Agatha fixierte ihn, bis er erneut ihren Blick erwiderte. »Ich hab Zeit«, sagte sie dann.

38

Früher Nachmittag

Victor hatte überlegt, telefonisch Verbindung zu Ingmar in der JVA aufzunehmen, es dann aber verworfen. Neues würde er ihm am Telefon nicht entlocken können, es war eher so, dass Victor ein schlechtes Gewissen hatte. Er war wirklich sehr hart vorgegangen, hätte den Transport in die JVA anders arrangieren können, nicht so ruppig. Das war eigentlich ja gar nicht seine Art. Aber es hing eben nicht nur mit Ingmar zusammen und mit dem Delikt, sondern eben auch mit Agatha und damit, was er für sie empfand. Er war eifersüchtig auf Ingmar. Es war etwas Persönliches. Und das hatte bei der Arbeit nichts zu suchen.

Auch wenn Ingmar nicht der Drahtzieher des Menschenschmuggels war, so wusste er vielleicht etwas über die Auftraggeber und Hintermänner oder sogar über die Strukturen dieser Schlepper. Von den Kutterbesatzungen war eher keine Hilfe zu erwarten, die hielten eh zusammen.

Gesche und Antonella hatten am Vormittag alle Kapitäne und Besatzungsmitglieder befragt. Aber keiner konnte oder wollte etwas zum Menschenschmuggel sagen. Das seien Märchen, die man ab und zu höre, aber noch niemand hätte hier eine Marokkanerin gesehen oder Geld geboten bekommen, um Menschen illegal ins Land zu schmuggeln. Vielleicht war es ja wirklich kein Kutter aus Cuxhaven, der die jungen Frauen an Land brachte, sondern einer aus Büsum, Bremerhaven oder Wilhelmshaven. Vielleicht, vielleicht, vielleicht. Da wartete noch einiges an Ermittlungsarbeit auf ihn und seine Kollegen. Zum Beispiel, ob er einen Deal …

Das Klingeln des Diensthandys unterbrach seine Überlegungen.

Eine Kollegin unten von der Bereitschaft meldete sich. »Hier ist ein Herr Brunsdahl. Er sagt, du hättest ihn einbestellt.«

»Ja, schick ihn hoch.«

Victor legte auf, bevor er eine Antwort erhielt. Er verließ sein Büro, ging den Flur entlang bis zum Treppenhaus und wartete auf Thomas Brunsdahl.

»Herr Brunsdahl, wie schön, dass Sie gleich kommen konnten. Hier entlang bitte.«

Victor deutete auf das Verhörzimmer.

Brunsdahl hielt auf der obersten Treppenstufe inne und atmete schwer. Zu wenig Körpergröße für sein Gewicht. Er war schlecht rasiert und ungekämmt.

»Bitte.« Victor wiederholte seine Geste.

»Ich bin gerade aus Krefeld gekommen. Ich hoffe …«, Brunsdahl atmete einige Mal heftig ein und aus, » … Sie haben einen guten Grund, mich hierherzuzitieren.«

Victor lächelte anstelle einer Antwort. Brunsdahl folgte dem ausgestreckten Arm, Victor ging hinter ihm her. »Hier hinein.«

Victor bot Brunsdahl einen Stuhl an. Der sah sich zunächst in dem kargen Raum um. »So habe ich mir einen Verhörraum immer vorgestellt.«

Victor nahm auf der anderen Seite des Tisches Platz. »Ist ja kein

Verhör, sondern eine Befragung. Aber nun setzen Sie sich doch. Möchten Sie etwas trinken?«

Brunsdahl schüttelte den Kopf. Die Stimmung, die dieser Raum verbreitete, schien Brunsdahl einzuschüchtern. Und genau so sollte es auch sein.

»Ich nehme die Befragung digital auf, wenn Sie nichts dagegen haben.«

Brunsdahl sah Victor in die Augen und schüttelte den Kopf. »Hab nix zu verbergen.«

Victor lächelte. »Umso besser.«

»Befragung Thomas Brunsdahl. Anwesend ist Oberkommissar Victor Carvalho.«

Victor wandte sich an Brunsdahl.

»Ich würde gern mehr darüber erfahren, wie der Transport der Krabben funktioniert, also wo die Container hingebracht werden, wie und wann sie wieder zurück nach Cuxhaven kommen, und da habe ich an Sie …«

Brunsdahl schob seine Unterarme auf den Tisch. Er stank nach kaltem Rauch und totem Fisch. »Warum sollte ich Ihnen erzählen, wie wir bei der KRAFI arbeiten? Werde ich wegen Industriespionage angeklagt, oder was?«

»Also, es ist so«, begann Victor. »Sie sind doch der Lagerleiter bei der KRAFI. Eine wichtige Position.« Brunsdahl beobachtete Victor argwöhnisch.

»Wollen Sie nicht mal langsam zum Punkt kommen?«

»Es gibt da einen Kollegen bei der Wasserschutzpolizei, der kontrolliert sehr häufig die Krabbenkutter.«

Victor machte bewusst eine Pause, um Brunsdahls Reaktion studieren zu können.

Nichts.

»Wissen Sie, der Kollege hat eine interessante Aussage gemacht …«

»Ich kenne niemanden bei der Wasserschutzpolizei.«

»Niemanden?«, wiederholte Victor bedächtig. »Das überrascht mich jetzt ein wenig.«

Pause.

Keine Reaktion bei Brunsdahl.

»Ingmar Ulvaeus. Nie gehört den Namen?«

Brunsdahl zuckte mit den Schultern. »Habe ein schlechtes Namensgedächtnis.«

Victor nickte. »Ich weiß. An den Namen Karima Berrada können Sie sich ja auch nicht mehr erinnern.«

»Jetzt kommen Sie schon wieder damit«, sagte Brunsdahl genervt.

»Von der Frau Perez wissen wir, dass Sie auch den Puff über dem Restaurant organisieren. Also zum Beispiel für die Frauen da zuständig sind.«

Brunsdahl starrte Victor an.

»Ja, und? Alles legal, ich hab ein Gewerbe angemeldet. Haben Sie das etwa noch nicht überprüft?«, blaffte Brunsdahl.

»Ingmar Ulvaeus sagt, dass Sie ihn dafür bezahlt haben, bei Kutter-Kontrollen nicht so genau hinzusehen. Und zwar immer dann, wenn junge Frauen aus Marokko an Bord waren.«

Brunsdahl schob seinen Oberkörper erneut nach vorn. »Da du mich nicht verhaftet hast, gehe ich davon aus, dass du nix weiter hast als die Aussage von diesem Typen. Einem korrupten Wasserschutzpolizisten. Liege ich da richtig?«

»Wie schon gesagt, ist nur eine Befragung«, entgegnete Victor.

Brunsdahl nickte und stand auf. »Und die ist jetzt beendet.«

39

Zur gleichen Zeit

Bertil öffnete kurz nach Feierabend gerade sein Auto mit der Fernbedienung, als eine Frau plötzlich neben ihm stand.

»Moment mal, warten Sie.«

Die Frau schaute sich hektisch um, zog Bertil dann hinter eine der Garagen auf dem Polizeiparkplatz.

»Was soll denn das?«

»Sie erkennen mich doch, oder?«

»Ja, klar, Margarete, richtig?«

Wieder hektische Blicke in alle Richtungen. »Ich kannte Karima. Deswegen wollte ich mit Ihnen sprechen. Karima war meine Freundin. Und ich will, dass Brunsdahl, das Schwein, bestraft wird. Für alles, was er uns antut.« Sie registrierte seinen fragenden Blick und ergänzte: »Mir und meinen Kolleginnen. Ich arbeite als Maggie bei Benita Perez, aber alles ganz regulär. Ich bin angemeldet und alles.«

Margarete lehnte sich gegen die Garagenwand und zog Bertil so vor sich, dass er sie verdeckte, falls jemand von der angrenzenden Straße zufällig in ihre Richtung schauen sollte.

»Okay. Erzählen Sie«, forderte Bertil die Frau auf. »Lässt er die Marokkanerinnen illegal bei der Perez arbeiten?«

»Ja, er hat Karima immer aus Bremerhaven hergebracht, und auch wieder zurückgefahren, aber nur, wenn es dunkel war. Und sie musste eine Mütze aufsetzen und einen Mundschutz tragen, damit man nicht erkennt, dass sie dunkelhäutig ist.«

»Die arme Karima«, sagte Bertil und schüttelte den Kopf.

»Nee, ganz so ist es nicht. Brunsdahl hat ihr zwar den Pass abgenommen und auch die Hälfte des Geldes, das sie verdient hat, aber Karima war nicht so unglücklich hier. Sie hat mir erzählt, dass sie in Marokko schon mit dreizehn auf den Strich gegangen ist oder wie man das da nennt. Und dass sie dort geschlagen wurde, das war richtig übel. Hier hat sie viel mehr verdient, und die Freier sind eigentlich ganz okay im Großen und Ganzen. Karima wäre bestimmt nicht zurückgegangen in ihre Heimat, auch wenn Brunsdahl ihr den Pass wiedergegeben hätte.«

»Warum haben Sie uns nicht gleich erzählt, dass Sie sie kannten?«

»Ich musste erst mal nachdenken. Und ich glaube, dass Brunsdahl was mit ihrem Tod zu tun hat.«

»Warum?«

»Also, er … er probiert die neuen Mädchen immer erst einmal selber aus, bevor sie eingesetzt werden. So nennt er das. Ekelhaft. Die sprechen ja auch alle kein Deutsch, wenn sie hier ankommen, sind total auf ihn angewiesen, und er nutzt das aus. Ich muss auch regelmäßig mit ihm … also, mit ihm …«

»Das ist schrecklich und tut mir leid. Wollen Sie ihn anzeigen?«

»Nein«, sagte Margarete schnell. »Ich will keinen Ärger haben. Und ich will bei der Perez weiterarbeiten. Das Geld, das ich halbtags bei der KRAFI verdiene, reicht eben nicht, ich bin auf die Freier angewiesen.«

»Sie könnten doch auch etwas anderes machen.«

»Was denn? Putzen gehen? Ich hab nichts Richtiges gelernt. Da ist das Geld bei der Perez ziemlich leicht verdient.«

»Gut, ist ja Ihre Sache. Aber wieso meinen Sie, dass Brunsdahl etwas mit dem Tod von Karima zu tun hat?«

»Na ja, wer soll es denn sonst getan haben? Sie kannte doch niemanden außer mir, und die Freier wussten auch nicht, dass sie in Bremerhaven wohnte.«

»Ich kann nichts gegen Brunsdahl tun, wenn wir nicht beweisen können, dass er Straftaten begangen hat.«

Margarete wurde blass. »Aber ich kann nicht gegen ihn aussagen, dann bringt der mich auch um.«

»Wissen Sie, mit welchem Kutter die Frauen nach Cuxhaven gebracht wurden?«

Margarete schüttelte den Kopf. Bertil dachte nach.

»Ich hab eine Idee. Aber dazu brauche ich Ihre Hilfe.«

40

Noch immer früher Nachmittag

»Wo ist eigentlich unser Praktikant Torge abgeblieben?«, fragte Victor und reichte Gesche einen Becher Kaffee, den er aus der Küche mitgebracht hatte.

»Keine Ahnung, ich glaube, Lars hat den irgendwie unter Kontrolle. Ich bin ganz froh, dass der junge Mann nicht überall seine Augen und Ohren hat. Weiß man ja nie, wo der dann mit den Infos hingeht, die er so nebenbei mitbekommt.«

Sie standen unter dem Dach des langen Carports auf dem Hof der Polizei, denn es gab immer mal wieder einen kräftigen Schauer. Gesche hatte sich einen dicken Schal um den Hals gewickelt, der selbst gestrickt aussah. »So ein bisschen frische Luft tut echt gut.«

Ein sportlicher Zweisitzer fuhr im Schritttempo an ihnen vorbei. Gesche nickte dem Wagen hinterher. »Was will der denn hier?«

»Wer denn?«

Gesche nahm einen Schluck Kaffee. »Na, dieser von Eitzen von der Wasserschutzpolizei war das.«

»Wir werden es wahrscheinlich in wenigen Minuten erfahren«,

mutmaßte Victor und sollte umgehend recht bekommen, denn der Kollege der Wapo kam direkt auf sie zu, nachdem er seinen Wagen geparkt hatte. Auch heute wieder wie aus dem Ei gepellt in einem hellen halblangen Mantel, darunter ein weißes Hemd zu einer grauen Flanellhose.

»Moin«, rief Gesche und sah ihn erwartungsvoll an.

Victor fragte sich, wie der Mann es schaffte, dass seine Haare jedes Mal, wenn er ihn sah, so lagen, als wären sie frisch vom Friseur in Form geföhnt worden.

»Kann ich kurz mit Ihnen sprechen?«, wandte Enak sich an Victor. »Ohne die Dame?«

»Schon gut, ich brauche eh Nachschub.« Gesche hielt ihren Kaffeebecher hoch. »Du auch noch?« Victor verneinte, und Gesche verschwand im Gebäude.

»Vielleicht gehen wir hier rüber, da kommen nicht so viele Leute vorbei.« Victor deutete in Richtung der Hausecke und ging voraus.

Enak von Eitzen folgte ihm, lehnte sich gegen die Wand.

»Und? Was ist denn so wichtig, dass du es ganz allein mit mir besprechen musst?«

»Oh, jetzt wieder per Du?«

»Du weißt doch selbst, dass es sich bei einem offiziellen Protokoll nicht gut macht, wenn sich Ermittler und Befragter duzen.«

»Na, zumindest hast du mich jetzt nicht Verdächtiger genannt.«

»Also, was ist?«

Enak räusperte sich. »Ja, wo fange ich an?«

Victor trank den Rest seines Kaffees, der inzwischen nur noch lauwarm war, und wartete ab.

»Ich bin hier, weil ich mich vorhin mit Agatha getroffen habe.«

»Agatha Christensen? Deine Kollegin bei der Wasserschutzpolizei?«

Von Eitzen nickte.

»Agatha hat gemeint, es ist besser, wenn ich direkt zu dir komme und sage, was Sache ist. Sonst könnte das, was passiert ist, vielleicht auf mich zurückfallen oder zumindest merkwürdig aussehen.« Enak machte eine Pause und fuhr dann fort: »Also, die Sache ist die. Ich war da in diesen, also in diesen, ich war regelmäßig in den Räumen, die über dem Edelrestaurant von Benita Perez vermietet werden.«

Wie vermutet, dachte Victor, der geschniegelte von Eitzen kauft sich Liebesdienste.

»Agatha hat gemeint, im Zuge der Ermittlungen werdet ihr vermutlich sowieso irgendwann auf meinen Namen stoßen, also wegen der Toten am Kai, denn die gehörte ja auch zu den Frauen, die da gearbeitet haben.«

Nun konnte Victor nicht mehr an sich halten. »Wenn das hier eine offizielle Aussage wird, dann sollten wir besser in mein Büro gehen. Und wenn du auch nur entfernt etwas mit dem Fall zu tun hast, dann solltest du das nicht mir alleine erzählen, dann müssen ...«

Enak unterbrach ihn. »Auf gar keinen Fall. Ich erzähle dir jetzt alles über meine Verbindung zu den Ladys, dann hast du die Info und weißt damit umzugehen, wenn mein Name irgendwann auftaucht. Aber ich möchte auf keinen Fall, dass bekannt wird, wie meine Beziehung zu Alifa ist.« Er stellte sich vor Victor und schaute ihn durchdringend an. Victor hielt dem Blick stand.

»Wer ist Alifa?«

»Alifa ist eine Frau, die vor etwa vier Jahren nach Cuxhaven gekommen ist. Auf dem gleichen Weg wie die anderen Frauen aus

Marokko, die bei der Perez anschaffen. Ich kümmere mich um sie und ihren kleinen Sohn, weil es sonst keiner macht.«

»Wie edel!«, rutschte es Victor heraus.

»Was weißt du schon von mir?« Von Eitzen schüttelte den Kopf und verschränkte die Arme vor der Brust.

»Na, dann erzähl mir, was ich nicht von dir weiß.«

»Ich hatte einen sehr guten Freund, Johnny Becker. Mit dem bin ich schon in der Grundschule immer unterwegs gewesen. Johnny wollte auch zur Polizei, hat aber die Sportprüfung nicht gepackt, wegen einer alten Verletzung im Knie. Danach ist er ein bisschen auf die schiefe Bahn geraten. Johnny hat hier und da gejobbt. Ganz genau weiß ich es auch nicht, aber da waren ganz sicher ein paar unseriöse oder sogar nicht ganz legale Geschäfte dabei. Und er ist irgendwann nur noch nachts unterwegs gewesen. Dann hat sich seine Frau von ihm getrennt und ist zurück nach Süddeutschland gezogen. Johnny ist dann in dieses Etablissement von der Perez gegangen, immer zu derselben Frau. Und die hat er geschwängert.«

»Alifa«, sagte Victor.

»Ganz genau.« Enak nickte. »Sie hat es ihm gesagt, da war sie schon im vierten Monat. Johnny hat sich wie verrückt gefreut auf das Kind. Ich hab gedacht, jetzt kriegt er doch noch die Kurve, fängt noch mal neu an. Er war so voller Freude und so glücklich. Hat Pläne gemacht …«

»Aber?«

Enak biss sich auf die Unterlippe. »Aber er hat es nicht geschafft. Er hat sich volllaufen lassen, um das Baby zu feiern, und dann hat er seinen Wagen gegen einen Baum gesetzt. Er ist noch an der Unfallstelle gestorben.« Enak schluckte, presste die Handballen auf die Augen und räusperte sich immer wieder, als steckte ihm etwas im Hals.

Victor hatte für einen Moment das Gefühl, als habe jemand einen Vorhang weggezogen und das Licht auf den wahren Charakter seines Gegenübers fallen lassen. Da war dieser Moment aber auch schon wieder vorbei.

»Und sein tolles Auto war auch ein Totalschaden, wirklich schade, war ein Strich-Achter.« Das Witzeln machte ihm Mühe, das konnte Victor sehen.

»Ich hab mich dann um Alifa gekümmert und um ihren kleinen Sohn.«

»Warum?« Trotz dieser neuen Seite, die Victor gerade an Enak von Eitzen kennenlernte, kam ihm das jetzt doch etwas unwahrscheinlich vor. »Ich meine, wieso hat es dich interessiert, was aus der Frau wird, wenn du vorher nie da in diesem Etablissement gewesen bist?«

»Stell dir vor, Victor, ich bin auch nur ein Mensch.« Enak richtete sich auf, steckte die Hände in die Taschen seines Mantels. »Mir hat die Frau leidgetan, die hatte ja nicht mal eine Krankenversicherung. Ich hab mich drum gekümmert, dass sie zur Entbindung ins Krankenhaus konnte. Außerdem wusste ich, dass Johnny es für mich genauso gemacht hätte. Die Frauen da werden beschissen behandelt. Dieser Typ aus der Fischhalle kassiert die Papiere ein, verspricht denen einen deutschen Pass und reitet die Neuen alle höchstpersönlich zu.«

Das klang nun schon wieder eher nach dem alten von Eitzen, fand Victor. »Wir reden hier von Thomas Brunsdahl, oder?«

Von Eitzen nickte. »Schmieriger Kerl, offiziell Lagerleiter bei der KRAFI. Hauptberuflich Menschenschmuggler.«

Victor sah Enak durchdringend an. »Das weiß ich mittlerweile auch.«

»Aber die werden nicht gegen Brunsdahl aussagen, das weiß ich von Alifa.«

»Aber warum nicht? Die haben hier nichts, keinen Aufenthaltstitel, keine Arbeitserlaubnis, keine Krankenversicherung. Den Ausweis hat man ihnen abgenommen, sie müssen sich prostituieren. Und da sagst du, die wollen es nicht anders?«

»Ja, genau. Das weiß man, wenn man sich mal ein bisschen genauer mit diesen Menschen auseinandersetzt. Gibt nämlich eine ganze Menge, die unsichtbar sind in diesem Land, weil sie nirgendwo registriert sind.«

»Aha! Und was hätte ich herausgefunden, wenn ich mich ein bisschen genauer mit ihnen *auseinandergesetzt* hätte?«

»Karima war zwar unsichtbar, aber das hat sie gar nicht gestört. Im Gegenteil, sie wollte gar nicht mehr weg aus Deutschland, weil sie gut verdient hat, viel mehr als in Marokko. Dort hat sie auch schon als Prostituierte gearbeitet, seit sie ein Mädchen war. Hier zahlt sie keine Abgaben und kann Geld zu ihrer Familie schicken, auch wenn Brunsdahl wahrscheinlich das meiste davon bekommt. Sie wollte auf keinen Fall zurück in ihr Land.«

»Aber vielleicht raus aus der Illegalität.«

»Wie soll das denn gehen? Wenn dich die deutschen Behörden erwischen, dann wirst du abgeschoben. Rein in den Flieger, ab nach Marokko.«

»Du hättest das melden müssen, Enak. Du bist Polizist.«

»Ja, hätte ich das? Weißt du eigentlich, wie viele Kollegen ständig wegschauen, auch bei euch, Sachen überhören oder nicht genauer nachhaken? Wenn einer von euch Streife fährt, dann sieht der doch jedes Mal Sachen, denen er nicht nachgeht. Fahrradfahrer, die auf der falschen Seite fahren, Bauarbeiter ohne Helm, was auch immer.«

»Du willst doch jetzt wohl nicht jemanden, der mit dem Fahrrad auf der falschen Straßenseite fährt, mit Menschenschmugglern vergleichen.«

»Nee, will ich nicht. Nur sagen, dass es gefährlich sein kann, wenn man auf der falschen Seite fährt oder keinen Bauhelm trägt, aber bei Karima ist nichts gefährlich. Für die ist Deutschland eine Riesenchance, von dem Kuchen mal ein kleines Stück abzubekommen, sich aus dem Dreck herauszuarbeiten. Und da soll ich sie melden, damit sie in Abschiebehaft kommt?«

»Hörst du dir eigentlich mal selbst zu? Das liegt doch nicht in deiner Hand zu entscheiden, was moralisch okay ist und was nicht. Du bist Polizist, und wir haben das geltende Recht durchzusetzen. Was mit Menschen wie Karima geschieht, müssen andere entscheiden.«

»Ja, leider.«

»Enak, ganz ehrlich: Ich glaube, du bist verkehrt bei der Polizei mit so einer Einstellung.«

»Es ist mir egal, was du denkst.«

»Ich werde das melden, und dann kriegst du ein Disziplinarverfahren, das ist dir doch klar, oder?«

»Mach das ruhig, wenn du dich blamieren willst. Denn ich werde sagen, dass du dir das alles ausgedacht hast. Du hast ja nix in der Hand gegen mich.«

Die beiden starrten sich an.

»Wie viele Frauen aus Marokko sind hier?«

»Zwei, soweit ich weiß«, sagte Enak. »Alifa und Karima. Also jetzt nur noch Alifa. Sie hat aber nie gearbeitet, wenn Karima da war. Brunsdahl wollte kein Risiko eingehen, es sollte immer nur eine Marokkanerin in den Apartments sein.«

»Aber die Freier hätten doch auch quatschen können, und irgendwann hätte es sich herumgesprochen, dass da eine Afrikanerin arbeitet.«

»Glaub ich nicht. Ist ja bislang auch nicht passiert, weil Brunsdahl für Karima und Alifa die Freier selber aussucht. Solche, von denen er weiß, dass die etwas zu verlieren haben, wenn herauskommt, dass sie zu Prostituierten gehen.«

»Und Brunsdahl hat nur zwei Frauen nach Cuxhaven geschmuggelt?«

»Keine Ahnung, aber unwahrscheinlich.«

»Wusste die Perez davon?«

Enak zuckte mit den Achseln. »Glaub nicht.«

»Und mit welchem Kutter sind die Frauen auf hoher See aufgenommen und nach Cuxhaven gebracht worden?«

Enak gab einen grunzenden Laut von sich. »Meinst du, das hätte mir Brunsdahl erzählt?«

»Das vielleicht nicht, aber du bist doch von der Wapo. Und du weißt, dass dein Kollege Ingmar da mit drinsteckt. Habt ihr nie darüber geredet?«

»Ingmar redet nicht. Und über seine illegalen Dinger schon gar nicht.«

Er sah Victor in die Augen. »Kann ich mich darauf verlassen, dass diese Infos unter uns bleiben? Also, dass du mit niemandem darüber redest, dass ich mich um Alifa kümmere?«

Victor zögerte, dann nickte er. »Wenn du wirklich nichts mit dem Mord an Karima zu tun hast, kannst du dich darauf verlassen.«

41

Nachmittag

Victor schloss die digitale Akte. Die Spuren am Container, den Antonella und Gesche nach Agathas Hinweis untersucht hatten, deuteten auf einen Treffer durch ein Projektil hin. Und selbst wenn Zweifel bestanden: Das Aufblitzen, das auf dem Video des Restaurants zu sehen war, passte zeitlich exakt zu der Schussabgabe auf Ingmar. Hatte hier also tatsächlich jemand versehentlich den Kollegen von der Wapo getroffen? Oder waren es zwei oder mehrere Schüsse kurz hintereinander, von denen einer Ingmar Ulvaeus und ein zweiter den Container traf? Victor drehte sich auf seinem Schreibtischstuhl zum Fenster. Er konnte sich nicht auf die Notizen der Kolleginnen konzentrieren.

Immer wieder fragte er sich, ob Enak ihm wirklich die Wahrheit gesagt hatte. Der Mann war nicht doof, gut möglich, dass hinter seinem freiwilligen Auftauchen eiskalte Berechnung steckte. War es glaubwürdig, dass ausgerechnet dieser Mann sich vollkommen uneigennützig um eine fremde Frau und ihr Kind kümmerte? Gerade der Typ, dessen Foto man angezeigt bekam, wenn man bei Wikipedia nach *frauenfeindlicher Witzemacher* suchte? Jedenfalls tuschelte man das hinter vorgehaltener Hand über Enak. Und wie konnte sie die Information über Brunsdahl im Fall der Containerleiche weiterbringen?

Ein Klopfen riss Victor aus seinen Gedanken. Antonella steckte den Kopf zur Tür herein. »Benita Perez ist da. Willst du bei der Befragung dabei sein? Lars hat sie gerade in Empfang genommen.«

»Auf jeden Fall.« Victor griff nach den Unterlagen, die er sich aus der Akte zu beiden Fällen ausgedruckt hatte, und folgte Antonella in den sogenannten Spiegelsaal, aus dem man Einblick in den Verhörraum hatte.

Benita Perez sah aus, als käme sie direkt vom Friseur. Ihre feinen Gesichtszüge wurden von weichen Locken umrahmt, die ihr bis auf die Schultern fielen. Die Wimpern waren zu lang, um echt zu sein, dazu trug sie ein vergleichsweise unauffälliges Make-up, das sie jünger wirken ließ.

Lars fiel, wie so oft, mit der Tür ins Haus. »Wir haben Thomas Brunsdahl befragt, Ihre rechte Hand bei den Vermietungen der Apartments über dem Restaurant, und der hat ausgesagt, dass Sie, Frau Perez, auch Zimmer an Mädchen vergeben, die die Hälfte ihrer Einkünfte an Sie abgeben müssen.«

Benita Perez wirkte außerordentlich entspannt. Sie hatte die Beine übereinandergeschlagen und wippte mit dem Fuß, der in einem schwarzen High Heel steckte. Während Lars sie mit weiteren Details der Aussage von Brunsdahl konfrontierte, betrachtete sie ihre rot lackierten Fingernägel.

»Herr Brunsdahl hat uns außerdem gesagt, dass Sie die Ausweise mancher Mädchen eingezogen haben, die dort oben in Ihren Wohnungen der Prostitution nachgehen.«

Benita Perez schaute auf. »So, sagt Herr Brunsdahl das?«

Nein, nichts von dem hat Herr Brunsdahl gesagt, dachte Victor. Gar nichts sagt der.

»Genau das sagt er, ja.«

Was war denn jetzt in Lars gefahren? Er musste doch wissen, dass das nicht ging. Total verboten war, gegen alle Regeln. Eine Verdächtige mit erfundenen Aussagen konfrontieren. Lügen als Mittel zum Zweck.

Victor sah auf die Technikeinheit. Kein rotes Licht. Lars hatte die Aufnahme der Befragung nicht gestartet. Und es war völlig klar, warum er das nicht getan hatte. Das war nicht nur am Rand der Legalität, was er da machte. Und doch unternahm Victor nichts.

»Hat er diese unglaublichen Behauptungen Ihnen gegenüber auch mit irgendwelchen Beweisen hinterlegt?«, hörte Victor nun Benita Perez fragen.

Auch Antonella verfolgte die Unterhaltung hinter der Glasscheibe. Doch sie hatte offenbar weder die Lüge mitbekommen noch bemerkt, dass die Aufnahme nicht lief. »Sag mal, kann es sein, dass Lars diese Tante irgendwie gut findet? Steht der auf die? Der lächelt doch sonst nie in einem Verhör«, meinte sie.

Bevor Victor antworten konnte, öffnete sich die Tür zu ihrem Kabuff, und Torge trat ein.

»Hey, also ich habe da etwas, also ich wollte mal mit einem von euch ganz in Ruhe reden, und niemand ist in den Büros, also dachte ich …«

»Psssst«, sagte Antonella und hielt sich den Zeigefinger vor die Lippen, nickte in Richtung Verhörraum.

»Komm, wir gehen mal raus.« Victor stand auf und schob den Praktikanten auf den schmalen Flur.

»Was gibt es denn, das nicht warten kann?«

»Ich, also, es ist ein bisschen peinlich. Deshalb, wäre es möglich, dass ich nur dir diese Sache sage und du nichts davon meinem Onkel erzählst?«

»Wenn es sich vermeiden lässt, klar.«

Torge wurde rot. Er schaute an Victor vorbei, irgendwo in den leeren Flur. »Ich war bei diesen Frauen, also da in diesem Apartment, in einem von diesen Apartments … Also ich …«

»Du warst da?«, vergewisserte sich Victor, der nicht glauben konnte, was er da hörte.

Torge nickte.

»Und ich habe ehrlich bezahlt, für das …« Er sah Victor an. »Aber das tut auch nichts zur Sache, denn das wollte ich dir nicht erzählen. Du solltest nur den Hintergrund kennen. Es geht mir um Maggie. Das ist die Frau, mit der ich … also die ich da kennengelernt habe.« Er wirkte jetzt kein bisschen mehr unsicher. »Ich wollte diese Maggie ausfragen, weil sie eine Freundin der toten Frau im Container war, das hatte ich mitbekommen. Aber sie wollte mir nichts sagen, weil ich kein richtiger Polizist bin. Sie hat geweint, als wir über ihre Freundin gesprochen haben, und sie hat über diesen Brunsdahl ziemlich schlimme Dinge erzählt.«

Victor blickte Torge an, sagte aber nichts.

»Ich wollte an dem Abend durch den Hinterausgang verschwinden, und da bin ich an einem Büro vorbeigekommen, die Tür war angelehnt, und dann hab ich gehört, dass da jemand telefoniert hat.«

Torge starrte vor sich hin, er schien sich zu konzentrieren. »Es hat jemand gesagt: Jaja, klar, die nächste Lieferung. Morgen Abend, neunzehn Uhr. Die Koordinaten hast du. Der Kutter fährt seeseitig an das Schiff, dann lässt du sie herunterklettern.«

Torge schluckte und fuhr dann fort: »Ich hab dann vorsichtig die Tür einen Spalt weiter geöffnet. Brunsdahl stand mit dem Rücken zu mir, aber er war es, ganz sicher. Meine Mutter hat mal für ein Fest direkt bei der KRAFI Krabben eingekauft, das Geld hat der

Typ damals eingesteckt.« Torge warf einen Blick nach links und rechts den Flur entlang, aber sie waren immer noch allein.

»Die Idioten von der Wapo sind ein bisschen nervös. Deswegen wollte ich das auch verschieben. Ging aber nicht. Dafür kriegst du ja auch einen Bonus, hat er dann noch gesagt.«

»Das war alles?«, fragte Victor.

Torge nickte. »Glaub schon. Er hat gleich darauf das Gespräch beendet. Und ich bin abgehauen. Der hätte mich doch umgebracht, wenn er mich gesehen hätte.«

»Hast du einen Namen aufgeschnappt, vom Schiff oder von dem Kutter?«

Torge schüttelte den Kopf.

»Ah, Moment. Er hat mit einer Frau gesprochen«, sagte Torge.

»Woher weißt du das?«, fragte Victor.

»Weil er ihren Namen genannt hat. Georgina.«

»Georgina?«

Victor sah auf seine Uhr. 16:06 Uhr.

»Kennst du sie etwa?«, fragte Torge.

Victor nickte. »Ja, leider.«

42

Zur gleichen Zeit an einem anderen Ort in Cuxhaven

Alles in dem Zimmer war süßlich. Der Geruch, die Farbe der Tapeten, auf denen bunte Früchte aufgedruckt waren, und auch Margarete, die mit den Schneidezähnen ihre Unterlippe bearbeitete.

»Gut«, sagte Bertil durch die Gardine. »Wenn er tatsächlich kommen sollte, dann sagst du nur, dass Karima dir alles erzählt hat. Dass sie für ihn gearbeitet und dass er ihren Pass hat und dass sie sich nicht getraut hat, zur Polizei zu gehen. Aber dass du das auf jeden Fall machen wirst, weil du etwas über ihren Tod weißt. Okay?«

»Okay«, antwortete Margarete mechanisch und knetete ihre Finger.

»Du stellst ihm keine Fragen. Hast du das verstanden? Nur diese eine Sache sagen, dass Karima dir alles erzählt hat. Und dass du zur Polizei gehst.«

»Aber warum sollte er mir das glauben? Dass ich zur Polizei gehe? Und dass Karima mit mir gesprochen hat?«

»Weil er weiß, dass ihr befreundet gewesen seid.«

»Aber woher soll er das wissen?«

»Du hast doch gesagt, dass er euch gesehen hat, wie ihr miteinander gesprochen habt. Das reicht. Auch wenn er Zweifel hat, ob es stimmt, was du sagst. Er kann es sich nicht erlauben, dass jemand zur Polizei geht und gegen ihn aussagt.«

»Aber ich hätte doch direkt zur Polizei gehen können. Das weiß er doch auch.«

»Ja, das hättest du machen können. Aber dann wäre es Aussage gegen Aussage. Und mit ein bisschen Glück haben wir in ein paar Minuten eine Aussage gegen zwei Aussagen, und von den zwei Aussagen ist eine von einem Polizeibeamten.«

»Gut, gut, gut, ich mache es genau so wie besprochen.«

Bertil spürte an ihrem Tonfall, wie aufgeregt sie war.

»Es ist kein Problem, dass du nervös bist, hörst du? Wenn du ihn wahrhaftig damit konfrontieren würdest, dass du etwas über Karimas Tod weißt, dann wärst du schließlich auch nervös.«

Bertil stellte sich neben die weiße Schrankwand, direkt am Fenster. Er hatte die Gardine ganz zugezogen, sodass sie seinen Körper verdeckte. Ein Problem waren seine Füße, die schauten unter der Gardine hervor. Margarete legte ein Plüschkissen darauf.

»Dir kann nichts passieren. Ich greife sofort ein, wenn es brenzlig wird«, versprach er ihr.

Das Warten begann.

Bertil sah auf seine Uhr. Maggie hatte vor zwanzig Minuten bei Brunsdahl angerufen und gesagt, dass er ein Dreckschwein sei und dass sie wüsste, was er Karima angetan hatte.

Dann hatte sie aufgelegt, so wie es mit Bertil abgesprochen war.

Bertil zog sein Handy aus der Hosentasche und blickte auf das Display, das vierzehn eingegangene Anrufe von Victor anzeigte. »Scheiße«, murmelte er, ohne dass Margarete es hören konnte. »Wie komm ich da bloß wieder raus?«

Er wusste, dass Victor dieser Falle auf keinen Fall zugestimmt hätte. Die Gefahr für den Lockvogel, also für Margarete, war viel zu hoch. Was wäre, wenn Brunsdahl wirklich kam, ein Messer zog und sofort zustach?

Bertil kam nicht dazu, sich diese Frage zu beantworten, denn die Tür zum Zimmer wurde aufgerissen. Bertil schaltete die Aufnahmefunktion seines Handys ein.

»Karima hat mir alles erzählt«, schrie Margarete, für Bertils Geschmack ein wenig zu laut und ein wenig zu emotional. Aber überzeugend. »Ich geh zur Polizei.«

Gut, da fehlte jetzt der Mittelteil, den sie besprochen hatten, aber im Wesentlichen hielt sich Margarete an das Drehbuch.

Er hörte, wie Brunsdahl ins Zimmer trat und die Tür hinter sich zuwarf. »Was hat dir Karima denn erzählt?«, fragte er ruhig.

Margarete verstand sich offenkundig aufs Improvisieren. »Alles!«, rief sie. »Dass du sie vergewaltigt hast, wie du es bei uns allen gemacht hast. Und dass sie illegal hier ist, weil du sie ins Land geschmuggelt hast.«

Brunsdahl lachte.

»Karima hat dir alles erzählt. Soso. Und wenn schon. Du kannst nix beweisen.«

»Ich weiß, dass du sie umgebracht hast. Du hast sie erwürgt, gib's zu! Mich würgst du doch auch gerne beim Sex.«

Margarete hatte Bertil offenkundig nicht alles erzählt, was sie wusste. Er schob den Vorhang vorsichtig ein wenig zur Seite. Brunsdahl stand mit dem Rücken zu ihm.

»Das kannst du alles nicht beweisen, Mädel.«

»Ich will auch gar nichts beweisen. Das muss die Polizei. Ich will nur Gerechtigkeit.«

Brunsdahl lachte auf. »Wenn ich im Knast sitze, dann ist das für dich gerecht, Maggie?«

»Nein«, antwortete Margarete ruhig. »Das wäre wirklich keine Gerechtigkeit.«

Bertil sah, wie sie ein Messer aus ihrem Hosenbund zog und zustach.

43

Nachmittags, gegen 17:10 Uhr

Die Stimmung in Victors Büro war in etwa so wie bei der Beerdigung eines guten Freundes. Bertil hatte sich an der Wache vorbeigeschlichen. Im Stockwerk der Kripo waren offenbar alle außer Victor ausgeflogen, nur Maik saß an seinem Schreibtisch, bemerkte den über die Gänge schleichenden Bertil aber nicht.

»Was ist da passiert, mit Brunsdahl und Margarete? Und wieso warst du dabei?«, fragte Victor, der im Türrahmen seines Büros stand.

Bertil wirbelte herum und drückte mit der rechten Hand auf seine Brust.

»Victor, hast du mich erschreckt.«

»Wirklich?«, fragte Victor mit gespielter Überraschung. »Ich dachte, du wüsstest, dass ich hier arbeite. Aber ob *du* noch hier arbeitest, da bin ich mir nicht so sicher.«

»Ich wollte noch einmal mit Margarete sprechen, weil sie Karima ja kannte. Gut kannte. Vielleicht hatte sie noch eine Info, auf die sie bislang nicht gekommen ist. Etwas, das in einem Zusammenhang mit unserem Fall steht.«

»Und da hast du dem Brunsdahl eine Falle gestellt, ohne irgendjemanden hier zu informieren, geschweige denn mich. Kleine Erinnerungshilfe: Ich bin Victor, dein Chef.«

»Wir hatten gegen Brunsdahl doch nichts in der Hand. Die DNA aus den Spermaspuren haben wir aus dem Labor noch nicht. Aber selbst wenn die von Brunsdahl stammen sollten, sagt das doch nichts darüber aus, ob er Karima umgebracht hat. Der hatte doch mit allen Frauen da Sex. Und dass Karima Kokain konsumiert hat, bringt uns auch nicht weiter. Brunsdahl hat ihr das vielleicht besorgt, aber da gibt es bislang doch auch keinen Hinweis, ob das stimmt.«

Victor deutete mit dem Kinn in Richtung seines Büros, und Bertil schob sich an ihm vorbei ins Zimmer. Victor schloss die Tür hinter ihnen.

»Du musst mir jetzt die Wahrheit sagen. Wenn ich dir helfen soll, dann muss ich wissen, was da vorgefallen ist.«

Bertil lächelte. »Hört sich komisch an, Victor, aber du kannst mir nur helfen, wenn ich dir nicht die Wahrheit sage. Wenn du die Wahrheit weißt, dann sind dir die Hände gebunden.«

»Okay. Wie lautet deine Version der Geschichte?«, wollte Victor wissen.

»Margarete hat mich angerufen. Sie hat gesagt, Brunsdahl wolle kommen, sie habe Angst, dass er ihr etwas antut. Ich bin hingefahren, und als ich Stimmen hörte, hab ich an der Tür gelauscht. Brunsdahl hat gesagt, er würde sie umbringen, hat geschrien: ›Ich bring dich um, du kleine Schlampe.‹ Und als ich rein bin ins Zimmer, da rammt Margarete ein Messer in Brunsdahls Bauch. Ich hab Erste Hilfe geleistet, dann den Krankenwagen gerufen und anschließend Margarete zur Wache gebracht.«

»Aha!« Victor nickte. »Du hast nicht *Hier ist die Polizei, öffnen Sie die Tür* gerufen, bevor du sie aufgerissen hast?«

»Nein. Die Stimmen klangen dramatisch. Gefahr im Verzug.«

»Und wieso bist du alleine zu der Frau gefahren, wenn dir klar war, dass da eine Notsituation vorliegen könnte?«

»Das war ein Fehler, absolut. Hab ich wohl nicht richtig eingeschätzt. Ich dachte, ich werde mit Brunsdahl schon fertig, wenn der komisch wird. Woher sollte ich wissen, dass die Frau ein Messer hat?«

»Das hast du nicht zu beurteilen, wie schwerwiegend deine Entscheidung war.« Victor ging zum Fenster und starrte auf die Straße. »Ich gehe mal davon aus, dass Margarete deine Aussage bestätigen wird.«

»Ja. Und sie wird auch gegen Brunsdahl aussagen. Sie kann einiges über seine Geschäfte und über die Behandlung der Frauen erzählen.«

»Dann ist nur noch eine Sache zu klären: Was wird Brunsdahl aussagen?«

Bertil dachte kurz nach. »Er hat mich erst gesehen, als ich mich über ihn gebeugt habe.«

»Und da bist du dir sicher?«

»Ich stand hinter einem ... Ja, er hat mich vorher nicht bemerkt. Hundertprozentig.«

Victor nickte, dann sah er auf seine Uhr. 17:16 Uhr.

»Schreib das alles genau so ins Protokoll.«

Bertil stand auf. Er ging auf Victor zu und reichte ihm die Hand. »Vielen Dank, Victor.«

Victor sah auf die Hand. »Wofür? Ich mache nur meine Arbeit.«

Dann ging er an Bertil vorbei, der langsam die Hand sinken ließ. Im Türrahmen drehte sich Victor noch einmal um. »Und jetzt zieh dir deine Schutzweste an. Wir haben einen Einsatz.«

44

Früher Abend

Das inzwischen wirklich schlechte Wetter mit bis zu sechs Windstärken und starkem Regen machte dem alten Thies Sorgen. Er war zwar sehr geschickt im Umgang mit seiner *Georgina*, aber bei diesem Wellengang längsseits eines Containerriesen zu gehen war nicht ohne Risiko. Windstärke 6 entsprach bis zu 50 Kilometer pro Stunde und konnte an Land selbst dicke Äste bewegen. Hier bedeutete es grobe See, drei Meter hohe Wellen und Gischt, die neben dem Regen auf den Kutter klatschte. Thies hatte die Koordinaten in sein Ortungssystem eingegeben und steuerte nun über die sich auftürmenden Wellen auf den kleinen grünen Punkt auf seinem Schiffsradar zu.

Regen schlug gegen die Scheibe des Kutters, und der altersschwache Scheibenwischer mobilisierte seine letzten Kräfte, um dem Kapitän wenigstens etwas Sicht zu ermöglichen.

Thies hielt Ausschau nach einem Licht in der Dunkelheit, doch noch war nichts zu sehen. Er vergewisserte sich auf seinen Geräten, dass der Kurs stimmte. Der Wind heulte wie ein verletztes Tier, und kaum hatte das Schiff einen Wellenkamm überwunden, tat sich schon das nächste Ungetüm auf. Der Kutter krängte hin und her, aber Kapitän Thies blieb ruhig, denn er wusste, was seine *Georgina* aushielt, trotz ihres hohen Alters.

Und dann zeigte das Radar an, dass er sich nur noch eine Seemeile vom Containerschiff *Skagen Tivoli* entfernt befand, das unter maltesischer Flagge fuhr.

Thies setzte das vereinbarte Funksignal ab und erhielt prompt Antwort. Einige Minuten später hatte er seine *Georgina* längsseits gebracht, und er erkannte eine außenbords angebrachte Leiter, die durch die Schiffsbewegungen stark schwankte.

»Glatter Wahnsinn«, murmelte Thies. »Aber de Fru is ja nun mal hier und muss an Land.«

Kaum hatte er seinen Gedanken beendet, entdeckte er zwei Gestalten auf Deck der *Skagen Tivoli*. Eine trug dunkles Regenzeug, die andere einen gelben Friesennerz. Als das Bordlicht sie erfasste, konnte er die langen schwarzen Haare der Frau erkennen. Ihr Gesicht war in einen Schal gehüllt, und sie trug eine Atemmaske.

Der Mann half ihr über die Reling, und schon stand die Frau an der schmalen Treppe, die fast senkrecht ins Wasser führte. Sie klammerte sich mit beiden Händen an den Seitenleinen fest.

Thies schüttelte den Kopf. »Wenn dat mal gut geiht.«

Zumindest hatte der Kapitän des Containerriesen sein Schiff so positioniert, dass der Wind der Treppe nur wenig anhaben konnte. Stufe um Stufe näherte sich die Frau dem Kutter.

»So, Mädchen, nu spring. Jump, lady, jump«, schrie Thies. Die Frau sah nach unten und wartete auf den richtigen Moment. Als der Kutter das Containerschiff fast berührte, sprang sie und landete an Deck.

Thies drehte sofort bei und stellte den Bug gegen den Wind. »Come here«, rief Thies der Frau zu und bedeutete ihr, zu ihm auf die Brücke zu kommen. Vorsichtig öffnete sie die Tür und setzte sich auf eine kleine Bank, die mit dem Boden verschraubt war.

»You can have a Decke«, sagte Thies und warf einen kurzen Blick auf die Frau, die vermummt vor ihm saß. »Und a Handtuch.«

Die schwarzen Haare hingen ihr in nassen Strähnen herunter. Die Frau nahm das Handtuch, wickelte den Schal ab und trocknete sich das Gesicht. Dann zog sie die Langhaarperücke vom Kopf und warf sie auf die Bank.

Thies hörte das Klatschen und sah zu ihr herüber. Dann erstarrte er. »Dat ... giff dat nich«, stammelte er. »Nee, dat giff dat nich.«

45

»Victor Carvalho, Kriminalpolizei. Hallo, Herr Thies.«

Der Kapitän der *Georgina* starrte Victor mit weit aufgerissenen Augen an. Sein Mund bewegte sich wie ein Karpfen auf dem Trockenen.

»Wie kommst du denn hierher?«

»Das wissen Sie doch, Herr Thies. Ich bin über die Treppe vom Containerschiff runtergestiegen auf Ihren Kutter.«

»Ja, aber … Ich meine, wo is denn de Deern?«

»Die Marokkanerin? Die Frau ist in Obhut der Bundespolizei. Sie sind schon seit einiger Zeit an Bord und überprüfen gerade die Besatzung. Die Wapo liegt mit der *Bürgermeister Weichmann* auf der Seeseite des Schiffes. Ich bin von dort an Bord gegangen.«

»Ja, und warum das alles?«

»Können Sie sich das nicht denken?«

Thies drehte sich um und überprüfte den Kurs seines Kutters. Die Lichter Cuxhavens waren bereits deutlich zu erkennen. Er gab etwas in den Bordcomputer ein, drehte den Sessel vor den nautischen Apparaturen um 180 Grad und nahm Platz.

»Und wat mook ick nu?«, fragte er, an Victor gewandt.

»Wenn Sie einen Deal mit der Staatsanwaltschaft machen und alles erzählen, was Sie wissen, dann kommen Sie vielleicht noch glimpflich aus der Sache raus.«

Thies zog seine Kapitänsmütze vom Kopf und kratzte sich.

Victor schüttelte den Kopf. »Sie sind bislang nicht straffällig geworden, haben eine weiße Weste, wie man so schön sagt. Ein vorbildliches Leben, von allen geachtet, Cuxhavener Urgestein. Nach Ihnen wäre vielleicht mal eine Straße benannt worden. Warum haben Sie sich nur auf diesen Scheiß eingelassen?«

De ole Thies, wie er von allen genannt wurde, zögerte. Dann seufzte er. »Tja, warum wohl? Sie kennen die Antwort, Herr Kommissar.«

Der Fischer deutete mit einem arthritischen Zeigefinger auf das Deck der *Georgina*. »Ich hab den Kutter jetzt seit einundvierzig Jahren. Von meinem Alten übernommen, als der gestorben ist. Ich fahr seit siebenundfünfzig Jahren auf dem Kahn raus zum Krabbenfischen. Und jetzt leckt der überall. Und der Dieselmotor muss auch überholt werden, damit er den EU-Normen entspricht. Was sollte ich denn machen? Ich brauchte das Geld. Wenn es denn so sein muss, dann gehe ich eben ins Gefängnis.«

Plötzlich und unerwartet löste sich beim *olen Thies* die Anspannung, und dicke Tränen liefen seine faltigen Wangen herunter. Victor stand auf und nahm den alten Mann in den Arm.

46

Abend

Rauchschwaden waberten durch das *Klippo* im Strichweg. Wirtin Biggi stand hinter dem Tresen und schenkte im Akkord aus. An einem kleinen Tisch in der Ecke der Kneipe saßen Victor und Agatha jeweils vor einem vollen Glas Bier. Das von Agatha alkoholfrei, weil sie später noch zum Dienst musste. Sie war einigermaßen guter Stimmung, weil Ingmar sich mit seiner Situation offenbar ganz gut arrangierte.

Und sie hatte sich ziemlich über den Anruf von Victor gefreut.

»Was ist denn jetzt mit diesem Brunsdahl?«, fragte sie.

»Liegt im Gefängniskrankenhaus in Hamburg. Ist aber außer Lebensgefahr.«

»Leider«, ergänzte Agatha.

»Jetzt wärst du mir fast sympathisch geworden, Agatha. Und dann sagst du so was.« Er schüttelte den Kopf.

»Dir ist irgendjemand sympathisch? Ist ja was ganz Neues.«

»Ich hab auch Gefühle«, sagte Victor und schmunzelte.

»Die du meistens sehr gut vor anderen Menschen verbergen kannst.« Agatha hätte sich am liebsten auf die Zunge gebissen, aber

Victor schien nicht sauer, sondern eher nachdenklich über ihre Worte.

»Alles hat seine Gründe.«

»Oh, Philosoph bist du auch noch.«

»Tja, du kennst mich eben nicht richtig.«

»Lässt sich ja ändern«, sagte Agatha. Auch das war ihr einfach so herausgerutscht, aber sie würde wirklich gerne mehr über den Mann wissen, der hier vor ihr saß.

Victor schaute in sein Glas. Agatha suchte nach einem unverfänglichen Thema.

»Hat Margarete denn ausgesagt?«, wollte Agatha wissen.

Victor schaute sie an. Offenbar auch erleichtert über den Themenwechsel. »Sie hat alles erzählt, was sie wusste. Und das meiste wusste sie direkt von Karima. Aber Beweise …«

Agatha seufzte.

»Hat Brunsdahl denn ein Alibi für die Zeit, in der Karima gestorben ist?«

»Unser Rechtsmediziner kann den Todeszeitpunkt nur ungefähr bestimmen, deswegen haben wir Brunsdahl gefragt, wo er an dem Nachmittag und Abend war. Für einige Zeitfenster hat er ein Alibi, für andere nicht. Aber den Menschenhandel können wir ihm nachweisen. Der Kapitän des Krabbenkutters, der die Frauen von den Containerschiffen übernommen hat, sagt auch gegen Brunsdahl aus. Das müsste reichen, damit Brunsdahl für einige Zeit einfährt.«

»Welcher Kapitän ist es denn? Kenn ich ihn?«, hakte Agatha nach.

Victor nickte. »De ole Thies.«

»Was? Das glaub ich nicht!«, rief Agatha ungläubig. »Bei dem hab ich früher auf dem Schoß gesessen, und er hat mir Geschichten vom Fliegenden Holländer erzählt. Das kann doch nicht wahr sein.«

»Leider doch. Wir haben ihn auf frischer Tat ertappt. Er konnte seine Rechnungen nicht mehr bezahlen, wollte sein Schiff behalten.«

»Woher kannten die sich eigentlich, Brunsdahl und der alte Thies?«

»Die wenigen Krabbenfischer, die wir in Cuxhaven noch haben, liefern einen Teil ihres Fangs bei der KRAFI ab, und die beliefern dann die Supermärkte in der Umgebung. Daher kannten die sich. Brunsdahl war doch Vorarbeiter bei der KRAFI.«

»Ich hoffe, ihr kriegt Brunsdahl für den Mord an Karima ran.«

»Wird sich zeigen.«

»Aber sie ist doch eindeutig erdrosselt worden, oder? Und er hat sie in den Apartments arbeiten lassen. Und hat sie vergewaltigt. Welche Beweise braucht ihr da noch?«, fragte Agatha ungläubig.

»Das mit der Vergewaltigung sagt Margarete. Aber Beweise haben wir auch da nicht. Kann Mord gewesen sein, ja. Aber auch Totschlag. Oder nichts von beidem. Brunsdahl hatte offensichtlich Sex mit allen Frauen, die in den Apartments gearbeitet haben. Und nach Aussage von Margarete mochte Brunsdahl harten Sex.«

»Und da gehört erdrosseln dazu?«, fragte Agatha mit einer gehörigen Portion Sarkasmus in der Stimme.

»Nicht erdrosseln. Aber drosseln und würgen, das mochte er wohl. Sie in eine unterwürfige und hilflose Situation bringen. Das hat ihm Lust bereitet, sagt Margarete. Karima besaß einen pinkfarbenen Bademantel, den wir nicht gefunden haben. Henk hat aber pinkfarbene Fasern an ihr gesichert. Ich kann mir gut vorstellen, dass Brunsdahl das Teil einfach irgendwo versenkt oder vergraben hat, nachdem er sie mit dem Gürtel bearbeitet hatte.«

»Widerlich.« Agatha schüttelte den Kopf und strich sich anschließend die Haare aus der Stirn. »So ein perverser Drecksack.«

Victor trank noch einen Schluck Bier. »Ein Unfall beim Sex würde für mich mehr Sinn ergeben als die geplante Ermordung von Karima. Brunsdahl hat ja an den Marokkanerinnen gut verdient.«

»Vielleicht wollte Karima auspacken, und er hat das irgendwie herausgefunden?«

»Weiß ich nicht. Margarete sagt, die meisten Frauen hatten gar kein Interesse daran, zur Polizei zu gehen. Das Geld haben die ja zu ihren Familien geschickt, die sind darauf angewiesen. Außerdem wusste Karima ja, wie brutal Brunsdahl sein konnte.«

»Eine Möglichkeit gibt es noch.« Agatha zögerte einen Moment. »Vielleicht sagt Alifa aus. Enak hat mit ihr geredet.«

»Glaub ich nicht. Sie würde sich ja selbst belasten, als Illegale, die sich ohne Genehmigung prostituiert.«

»Kein Mensch ist illegal, Victor.«

»Kann sein. Aber rechtlich schon.«

Agatha zögerte. »Ich hab da was läuten hören, einen Deal: Aussage vor Gericht gegen Legalisierung des Aufenthaltsstatus.«

Victor hob die Augenbrauen hoch. »Woher weißt du das denn schon wieder?«

»Kann ich nicht sagen. Quellenschutz.« Agatha lächelte.

»Ich kann mir kaum vorstellen, dass sich ein Gericht auf so was einlässt.«

Agatha wechselte das Thema. »Sag mal, was ist eigentlich mit Benita Perez? Habt ihr gegen sie etwas in der Hand?«

Victor zuckte mit den Schultern. »Brunsdahl sagt, sie steckt hinter dem Menschenhandel mit den Marokkanerinnen. Und die Perez sagt, sie wusste von nichts und war auch nie in den Apartments über dem Restaurant, das habe alles Brunsdahl geregelt.«

Agatha leerte ihr Bierglas. »Dann kommt die ohne Strafe davon.«

»Den Fall übernimmt jetzt das LKA, vielleicht finden die noch etwas. Und was die Strafe angeht: Kommt drauf an, wie man das definiert. Ihr Restaurant läuft hervorragend, ist ja ein In-Treff. Aber mit der Geschichte im Hintergrund kann das ganz schnell anders aussehen. Auch wenn man ihr nichts beweisen kann, bleibt doch immer was an einem hängen. Ich weiß nicht, ob sich die Cuxhavener Polit- und Wirtschaftsprominenz nicht zukünftig lieber einen anderen Treffpunkt wählt, um sich zu sehen und gesehen zu werden.«

»Aber was denkst du, Victor? Hat sie was gewusst oder nicht?«

Victor leerte ebenfalls sein Glas und sah Agatha an. »Wen interessiert schon, was ich denke?«

»Mich zum Beispiel.«

Victor starrte in sein leeres Glas. »Ich denke, dass Benita Perez von den Marokkanerinnen wusste und kassiert hat. Sie ist eine intelligente Frau und knallhart im Geschäft. Ich kann mir nicht vorstellen, dass da regelmäßig Marokkanerinnen ein und aus gingen und sie nichts davon mitbekommen hat.«

»Ich hab gehört, dass die Marokkanerinnen immer in Bremerhaven gewohnt haben. Brunsdahl hat sie wohl jedes Mal zur Schicht hergefahren und morgens wieder zurückgebracht«, sagte Agatha.

»Muss ja nicht heißen, dass sie nicht im Hintergrund die Fäden gezogen hat.«

»Und wieso hat Brunsdahl Karima in den Container gehängt, wenn es ein Unfall war?«

Victor zuckte mit den Schultern. »Vielleicht als Mahnung an die anderen Frauen, falls die nicht die Klappe halten und machen, was er sagt.«

»Aber warum in einen Tiefkühlcontainer der KRAFI? Sollte das ein Hinweis sein? Das war doch dämlich und gleich eine Spur für euch.«

»Also, wenn es eine Mahnung an andere sein sollte, den Mund zu halten, dann mussten die ja auch wissen, von wem die Warnung kam. Und da alle wissen, wo Brunsdahl arbeitet, hat er die Frau in den KRAFI-Container gehängt.«

»Ziemlich weit hergeholt, oder?«

»Leider schweigt sich Brunsdahl da aus. Vielleicht hat auch die Perez die Leiche in den Container gebracht, um Brunsdahl ans Messer zu liefern, weil sie herausgefunden hat, dass er auf eigene Rechnung Frauen beschäftigt.«

Agatha schüttelte energisch den Kopf. »Die Perez hätte es doch nie alleine geschafft, die Frau da hinzuschaffen und im Container aufzuhängen. Da müsste sie einen Komplizen haben.«

»Ist ja nicht ausgeschlossen.«

»Macht aber für mich keinen Sinn. Wenn ich die Perez wäre, dann hätte ich Brunsdahl zur Rede gestellt oder ihm ein Angebot gemacht, mich zu beteiligen. Aber die Leiche von Karima in einen Krabbenkühlcontainer zu hängen, um so die Spur auf Brunsdahl zu lenken, das glaube ich einfach nicht.«

»Es ist unwahrscheinlich, Agatha. Aber du weißt ja: Wenn alle Möglichkeiten ausgeschlossen werden können, dann muss die zutreffen, die übrig bleibt, auch wenn sie noch so unwahrscheinlich ist.«

Agatha lachte. »Stimmt, aber noch hast du nicht alle anderen Möglichkeiten ausgeschlossen, oder?«

»Nein. Und mir fällt gerade bei der Version mit Perez ein Logikfehler auf.«

»Na, welcher?« Agatha bohrte ihren Zeigefinger in Victors Brust.

»Wenn Perez die Leiche im Kühlcontainer aufgehängt hat, dann muss sie sie ja auch gefunden haben, und zwar da, wo sie umgebracht wurde oder gestorben ist. Aber wenn Brunsdahl sie getötet hat, absichtlich oder beim Sex, dann lässt er sie doch nicht im Bett liegen, bis Perez sie findet.«

»Warum bist du dir eigentlich so sicher, dass es nicht Perez war, die Karima umgebracht hat?«

Victor nahm sich etwas Zeit für die Antwort. »Sicher bin ich mir nicht. Kann schon sein, dass Perez wütend war, als sie die Sache mit Karima erfahren hat und dass Brunsdahl Geschäfte hinter ihrem Rücken macht. Aber deswegen setzt sie doch nicht alles aufs Spiel.«

Agatha stand auf. »Ich muss jetzt zum Dienst. Hab da noch eine unangenehme Sache zu überprüfen.«

»Aha! Und sagst du mir auch, was es ist?«

Agatha zog sich die Jacke an. »Wenn ich recht habe, erfährst du es noch früh genug.«

47

Abends, Spätdienst an Bord der WS 1

Agatha war direkt aus dem *Klippo* zum Dienst gefahren. Der Abschied von Victor war ein bisschen seltsam ausgefallen, weil sie sich nicht so richtig einig darüber waren, wie sie sich verabschieden sollten: Umarmung, Wangenkuss oder Händedruck. Daraus entstand ein Kuddelmuddel aus einem Kuss auf das Ohr von Agatha und einem leichten Schlag in Victors Rippen. Zum Glück hatten sie beide darüber lachen können.

Agatha mochte die Nachtschichten bei der Wasserschutzpolizei. Es war schön, erst am frühen Abend auf das Schiff zu gehen und dann in die Nacht hinauszufahren. Die Spät- und Nachtschichten waren deutlich entspannter als alles, was am Tag passierte. Weniger Menschen auf dem Wasser, weniger Lärm, weniger Stress.

Auch wenn ihr der Job manchmal auf die Nerven ging, das Betuliche und das Provinzielle in Cuxhaven, und sie sich so manches Mal nach Hamburg zurückwünschte, in einen Job bei der Streifenpolizei auf St. Pauli oder in eine besondere Einheit bei der Kripo, so hatte sie sich doch in den vergangenen Jahren sehr an den Rhythmus ihres Jobs und des Lebens gewöhnt. Sie liebte es, auf dem Wasser zu sein, und es war wundervoll, wenn am Abend die Geräusche rund um das Boot immer leiser wurden.

Sie stand draußen an Deck und schaute hinüber zu der Stelle, an der vermutlich der Schütze gestanden hatte, der Ingmar getroffen hatte. Ihre Ermittlungen hatten nicht dabei geholfen, den Täter zu finden, und auch ihre Idee mit dem abgelenkten Schuss hatte die Kripo nicht weitergebracht. An einem der Container waren zwar Spuren gefunden worden, die durchaus von einem Projektil stammen konnten, aber wer sollte da im Hafen herumgeballert haben? Weitere Spuren gab es nicht. Und Victor hatte erzählt, dass sie auch niemanden hatten ausfindig machen können, der in Besitz von Weltkriegsmunition war. Würde ja auch keiner zugeben, denn der Besitz und das Verschießen von Munition, die in Kriegswaffen zum Einsatz kam, waren verboten.

Agatha zweifelte inzwischen daran, dass man den Schützen überhaupt je zur Verantwortung ziehen würde.

Es war kalt geworden, es fröstelte sie.

»Hey, wird das ein Postkartenmotiv? Denkende Frau vor untergehender Sonne? Gut, dass man dich darauf nur von hinten sieht.«

Enak von Eitzen sprang von der Gangway an Deck. Agatha kommentierte seinen Spruch nicht. Sie wusste noch immer nicht, wie sie damit umgehen sollte, dass ihr Kollege von Dingen wusste, die er hätte melden müssen.

Enak ging strammen Schrittes Richtung Brücke, wo er unweigerlich auf Hans treffen würde, dem Agatha von Enaks Geständnis berichtet hatte. Diese Begegnung wollte sie auf keinen Fall verpassen, daher folgte sie ihrem Kollegen in den Teil des Polizeiboots, von dem aus alles gesteuert wurde.

»Hallo, Chef.« Enak wollte schwungvoll die Tür hinter sich

schließen, als er mitbekam, dass Agatha ihm gefolgt war. »Meine Schöne!« Er winkte sie mit einer galanten Geste ins Innere.

Hans hatte sich während der gesamten Szene nicht einmal umgedreht. Er saß auf einem der beiden Stühle, die direkt vor der Kommandozentrale im Boden verschraubt waren, und schaute in ein Buch, das auf seinen Knien lag.

Enak trat neben ihn. »Scheint ja sehr spannend zu sein, was du da liest.«

Hans reagierte immer noch nicht. Agatha pellte sich aus ihrer Jacke und hängte sie über einen der Haken neben den Rettungswesten am Eingang. »Sag mal, ist irgendetwas? Rede ich japanisch? Früher wurde man bei Dienstbeginn begrüßt.« Enak schaute sich zu Agatha um. Fixierte sie, kniff die Augen zusammen und nickte langsam, als ihm dämmerte, warum Hans so seltsam war. »Verstehe, du hast alles ausgeplaudert, was ich dir im Vertrauen erzählt habe.«

»Enak, das ist nichts, was ich für mich behalten konnte. Es geht dabei nicht nur um dich.«

Hans blickte von seinem Buch auf. »Enak, ich kann dir gar nicht sagen, wie enttäuscht ich bin, dass du nicht mit mir gesprochen hast.«

Er schaute hinaus in die Dämmerung, dann richtete er seinen Blick wieder auf Enak. »Ich verstehe das nicht. Ich kann nicht nachvollziehen, wie man Frauen so derart demütigen kann. Frauen, die kaum unsere Sprache sprechen und offenbar von weit hergebracht wurden, um ihren Körper …«

»Ich weiß nicht, was Agatha dir erzählt hat, aber ich bin nicht zu den Frauen gegangen, um meine Bedürfnisse zu befriedigen.« Enak blickte von Hans zu Agatha und wieder zurück.

»Ich weiß. Du hast einer Frau geholfen, die in Not war. Das

rechne ich dir auch hoch an. Aber du hast weggeschaut, was den Menschenhandel angeht.«

»Ja, ich habe das gewusst, aber ich hatte ja gar keine Beweise, um ...«

Hans hob die Hand, und Enak brach seinen Satz ab.

»Wenn du mit der Sache zu mir gekommen wärst, dann hätten wir Ingmars Treiben schon früher ein Ende setzen können.«

Enak war bei den Worten von Hans immer blasser geworden. Er warf Agatha einen kurzen Blick zu, wandte sich dann an seinen Chef. »Ich habe doch Agatha alles erzählt und ihr erklärt, warum ...«

Hans winkte ab. »Ich belasse dich vorerst im Dienst und warte die Ermittlungen der Kripo ab. Und jetzt ist es vielleicht besser, wenn du mal nach unten gehst und nachsiehst, ob du Joshua zur Hand gehen kannst. Agatha und ich kommen hier schon klar, und ich würde gerne in spätestens einer Stunde auslaufen.«

Enak wirkte einen Moment so, als wolle er etwas erwidern, dann zuckte er nur mit den Schultern und verschwand unter Deck.

48

Victor hatte sich für zwei Stunden bei Antonella abgemeldet. Er brauchte dringend eine Pause und etwas anderes als Büroluft in der Nase. Die letzten Tage waren stressig gewesen, und wenig Schlaf tat sein Übriges. Er fühlte sich müde und erschöpft. Also war er zum Schleusenpriel spaziert, hatte den kleinen Weg hinter den Häusern bis zu seinem Hausboot genommen.

Als er nach Cuxhaven zurückgezogen war, hatte er zuerst bei seinem Bruder Bruno in der Wohnung über dem Restaurant seiner Eltern gewohnt. Aber sie waren sich in der Enge der kleinen Unterkunft schnell auf die Nerven gegangen. Durch Zufall hatte er an einem Abend, an dem er im Restaurant ausgeholfen hatte, von dem Hausboot gehört, für das der Vermieter keinen Interessenten fand, weil es teilmöbliert war. Sie kamen schnell ins Geschäft, es war eine klassische Win-win-Situation. Victor suchte etwas Unkompliziertes und besaß keine eigenen Möbel, und der Vermieter wollte einen dauerhaften Bewohner statt ständig wechselnder Urlaubsgäste. Also war Victor mit seinen wenigen Habseligkeiten auf das schlichte graue Haus auf dem Wasser umgezogen. Er hatte hier alles, was er brauchte. Schlafzimmer, Wohn- und Essbereich mit einer kleinen Pantryküche, ein Badezimmer mit Dusche und reichlich Stauraum für seine Bücher und Schallplatten. Und vor allem: seine Ruhe. Er konnte zu jeder Tages- und Jahreszeit auf der kleinen Veranda sitzen und auf den Hafen schauen, ohne dass es ihm langweilig wurde. Ringsherum schaukelten andere Boote auf dem Wasser, kleine Segeljollen, Motorboote mit mehr oder weniger großen Kajüten, darunter auch mal ein luxuriöses Modell in Schwarz und mit glänzenden Chromteilen. Einige Liegeplätze waren fest vermietet, andere für Urlauber und Durchreisende reserviert. So war immer etwas los, aber im gemütlichen Tempo des seichten Seegangs, hier im geschützten Teil des Hafens zwischen zwei Häuserreihen.

Victor warf seine Aktentasche auf das Sofa und nahm sich eine Apfelschorle aus dem Kühlschrank. Damit hatte er es sich gerade auf dem oberen Deck in einem Liegestuhl bequem gemacht, als er eine bekannte Stimme hörte. »Victor? Bist du zu Hause?«

Schritte näherten sich auf dem Steg, und Victor stand auf, um die Besucherin zu begrüßen. »Hey.« Er beugte sich über die Reling und winkte Gesche zu, die auf dem kleinen Zugangssteg vor dem Tor stand und zu ihm hochblickte.

»Sorry, dass ich dich hier störe. Antonella hat mir gesagt, wo ich dich finde. Ist wichtig, denke ich.« Sie zuckte entschuldigend mit den Schultern.

Victor winkte sie herauf. »Komm hoch, kannst direkt hier die kleine Treppe nehmen.«

Er setzte sich wieder auf seinen Liegestuhl und lauschte Gesches Schritten auf den Stufen, bis sie auf dem Deck erschien.

»Möchtest du etwas trinken? Oder soll ich dir eine Decke holen, ist ja ziemlich frisch geworden.«

Er machte Anstalten aufzustehen, aber Gesche winkte ab.

»Nee, lass mal. Ich will dir auch nicht lange auf die Nerven gehen, nur schnell die neue Info loswerden.« Sie setzte sich ihm gegenüber auf einen Lounge-Sessel und zog ihr Handy aus der Tasche. »Es gibt jetzt die DNA-Ergebnisse von dieser Mütze, die wir gefunden haben, als wir alles nach dem Schuss auf das Polizeischiff abgesucht haben.« Sie tippte auf ihrem Telefon herum, während sie weitersprach. »Also: Kein Treffer in der Datenbank.« Sie schaute auf. »Aber, und jetzt kommt's, und deswegen wollte ich auch erst mal mit dir alleine sprechen …«

»Nun mach es nicht so spannend.« Victor stellte sein Glas ab. Gesche war nicht bekannt dafür, Dinge unnötig aufzubauschen, sie musste also wirklich etwas Besonderes entdeckt haben.

»Bei diesem Basecap hat sich DNA gefunden, die mit der eines Menschen verwandt ist, den wir in der Datenbank haben.«

»Wie, verwandt?«

»Was weißt du über DNA-Analysen, Victor?« Gesche senkte die Hand mit dem Telefon.

»Das, was wir vermutlich alle mal gelernt haben: dass jeder Täter, oder jede Täterin, DNA hinterlässt. Durch Hautschuppen, Fingerabdrücke, Speichel oder andere Körperflüssigkeiten. Ich glaube, man verliert bis zu vierzigtausend Hautschuppen pro Minute. Es ist also so gut wie ausgeschlossen, keine Spuren zu hinterlassen.«

»Ich wollte jetzt keinen Grundkurs von dir.« Gesche hob die Augenbrauen. Irgendetwas machte ihr zu schaffen. »Also, bei der Träger-DNA, die wir von der Basecap haben, konnten wir Gemeinsamkeiten mit der von Bertil Ulvaeus feststellen.«

»Bertil?«

Gesche nickte.

Victor starrte sie an. »Willst du damit sagen, dass Bertil auf seinen Bruder geschossen hat?«

»Nein, Mensch, Victor, deshalb habe ich gefragt, was du über DNA weißt.« Gesche verdrehte die Augen. »Die DNA an der Kappe stammt von einem Menschen, der mit Bertil verwandt ist.«

»... und wir Polizisten sind alle registriert, um auszuschließen, dass wir selbst einen Tatort verunreinigt haben.«

Gesche nickte. »Hast gut aufgepasst, als das Thema in der Polizeischule drankam.«

Victor überlegte. »Also die DNA ist nicht von Bertil, sondern von einem Verwandten. Dass Ingmar gleichzeitig auf dem Schiff angeschossen wurde und sein Basecap auf der gegenüberliegenden Seite des Hafens verloren hat, können wir wohl auch ausschließen.«

»Können wir.« Gesche nickte.

»Gibt es noch andere Verwandte?«

»Denk mal nach. Ich geb dir einen Tipp. Es ist nicht die Schwester, die DNA ist eindeutig männlich, so viel ist klar.«

Victor grub in seiner Erinnerung nach Gesprächen mit Bertil, in denen es um die Familie gegangen war. Aber wenn er ehrlich war, hatte er sich nicht besonders oft mit Bertil über Privates unterhalten. Vielleicht war es mal um einen Grillabend mit der Familie am Wochenende gegangen oder um einen Geburtstag, das übliche oberflächliche Geplauder nach einem Wochenende, wenn man sich zufällig an der Kaffeemaschine traf. Und er erinnerte sich an die Zeit während der Pandemie, in der Bertil immer wieder davon erzählt hatte, wie schwierig es vor allem für Jugendliche ...

»Torge!«

»Halleluja.« Gesche streckte die Arme Richtung Himmel. »Das hat aber gedauert.«

»Die Basecap gehört Torge?«

»Davon gehe ich im Moment aus.« Gesche schaute wieder auf das Handydisplay. »Wie du sicher weißt, lässt die DNA-Analyse

Rückschlüsse auf das Alter, die Haut-, Augen- und Haarfarbe zu. Demnach ist der Besitzer dieser Mütze zwischen sechzehn und zweiundzwanzig Jahre alt, hat blonde Haare und blaue Augen. Ich find's auch irre, was man aus DNA alles herauslesen kann. Wusstest du, dass es eine Künstlerin in New York gibt, die benutzte Kaugummis auf den Straßen sammelt, die Speichelreste analysieren lässt und mit den Informationen aus dieser Untersuchung dreidimensionale Gesichtsentwürfe erstellt?« Gesche bremste sich selbst in ihrer Begeisterung, als sie Victor ansah. »Gut, führt jetzt gerade zu weit, verstehe ich.«

»Aber wieso sollte Torge auf seinen Onkel schießen? Und wie kommt der überhaupt an eine Waffe?«

»Gute Frage, Chef.« Gesche steckte das Telefon zurück in die Tasche. »Kann natürlich auch ein blöder Zufall sein, dass wir die Kappe da gefunden haben. Vielleicht hat Torge einfach ein bisschen am Hafen gesessen und Schiffe geguckt, heimlich eine geraucht und ein Bier getrunken.«

»Torge hat die Mütze vielleicht gefunden und kurz aufgesetzt. An einem ganz anderen Ort. Und so ist seine DNA da hingekommen.«

»Ich habe mir den Tiktok-Kanal unseres Praktikanten mal ganz genau angeschaut. Wie alle Jugendlichen postet der ständig irgendwelche Bilder oder kurze Videos von sich. Und auf einigen davon trägt er genau so eine Kappe wie die, die wir gefunden haben.«

Victor nickte. Dann sprang er auf. »Ich muss gehen.«

Und weg war er.

49

Früher Vormittag

Benita Perez bemerkte, dass Victor Carvalho durch die Scheibe ins Innere des Restaurants sah. Die Tür war noch verschlossen, und zwei junge Frauen waren dabei, die Tische für das Mittagessen einzudecken. Victor klopfte an die Scheibe, und beide Frauen schauten gleichzeitig zunächst zu ihm, dann sahen sie zu Benita Perez, die einen Mann anwies, die Tür aufzuschließen. Victor erkannte ihn sofort. Es war der Mann, von dem Bertil und Gesche berichtet hatten, der bei ihrem Besuch im Restaurant mit Benita Perez in Streit geraten war.

»Wir haben noch geschlossen«, erklärte der Mann.

Victor trat zu ihm und zog seinen Dienstausweis aus der Innentasche seiner Jacke.

Der Kellner besah ihn sich sorgfältig und nickte dann. »Was kann ich für Sie tun?«

»Dürfte ich hereinkommen?«, fragte Victor mit freundlicher Stimme.

Der Mann öffnete die Tür und bedeutete Victor einzutreten. An der Garderobe nahm Benita Perez Victor in Empfang.

»Ah, Sie schon wieder«, sagte sie. »Wir öffnen in wenigen Minuten, ich habe also nicht viel Zeit für Sie.«

Victor überhörte den passiv-aggressiven Unterton in ihrer Stimme.

»Das macht nichts, zu Ihnen wollte ich auch gar nicht.«

Perez warf die Stirn in Falten, bis sich ihre Augenbrauen fast berührten. »Und zu wem wollen Sie dann?«

Victor wandte sich dem Kellner zu. »Dürfte ich Ihren Namen erfahren?«

»Konrad Beitz.«

»Da ich vermute, dass auch Sie wenig Zeit haben, will ich direkt sein: Haben Sie ein Verhältnis mit Ihrer Chefin?«

»Was erlauben Sie sich? Ist das die Art, wie Sie jetzt die Ermittlungen führen? Auf diese impertinente Art und Weise?«, fragte Perez mit fester Stimme.

Beitz blieb gelassen. »Ja, natürlich«, sagte er und lächelte, um dann seine Aussage zu ergänzen. »Ich habe ein Verhältnis mit Frau Perez. Ein Arbeitsverhältnis. Wie Sie schon richtig sagten, sie ist meine Chefin, ich bin ihr Angestellter.«

Victor nickte.

»Aber entschuldigen Sie, Herr Kommissar, darf ich fragen, warum Sie sich für meinen Namen interessieren?«

»Wenn ich ehrlich bin, ist es gar nicht so sehr Ihr Name, für den ich mich interessiere, sondern Ihre DNA, die ich mir übrigens auch mit einem richterlichen Beschluss besorgen kann.«

Beitz setzte ein überraschtes Gesicht auf. »Aber muss es nicht einen Grund dafür geben? Einen Tatverdacht oder so was Ähnliches?«

Victor nickte. »Da haben Sie recht. Aber es könnte ja sein, dass wir Fremd-DNA am Strick gefunden haben, an dem die Leiche im Container unten am Kai aufgehängt wurde. Könnte ja sein. Und dass wir ausgewählte Personen nach einer freiwilligen Probe fragen. Und wenn Sie da der Einzige sind, der sich weigert, dann würden wir stutzig werden, und ein Richter würde uns dann vermutlich die Erlaubnis erteilen, DNA von Ihnen zu sichern.«

Perez schien zu ahnen, dass sich die Schlinge zuzog. »Ich glaube, es hat keinen Sinn mehr, Konrad«, sagte sie mit gespielter Resignation.

Beitz sah seine Chefin entgeistert an. »Was zum Teufel ...«

Perez wandte sich an Victor. »Er hat es mir gebeichtet. Er hat die Leiche gefunden und dann in den Container gehängt, um die Spur sofort auf Thomas Brunsdahl zu lenken.«

Konrad schnappte nach Luft.

»Aber warum hätte Herr Beitz das tun sollen?«, fragte Victor mit gespielter Irritation.

»Weil er scharf war auf den Job von Brunsdahl, und so konnte er ihn loswerden und seinen Platz einnehmen.«

»Benita, du fiese Schlampe.«

»Herr Beitz«, mahnte Perez. »Nicht in diesem Ton.« Sie trat auf Victor zu. »Herr Carvalho, ich möchte eine Aussage machen.«

50

Zwei Stunden später

Victor war wieder zurück auf seinem Hausboot. Er hatte sowohl die Aussage von Benita Perez als auch die von Konrad Beitz aufgenommen. Die beiden hatten sich gegenseitig schwer belastet. Perez blieb dabei, weder von Karima noch von ihrem Tod etwas mitbekommen zu haben. Beitz sagte aus, er hätte Karima in einem der Apartments tot aufgefunden, nachdem Perez Minuten zuvor dumpfe Schreie gehört habe. Sie hätte ihn, Beitz, dann aufgefordert, den Leichnam in einen KRAFI-Container zu hängen, um so Brunsdahl loszuwerden, weil sie von seinen Geschäften mit den Frauen aus Marokko erfahren hatte und sie selbst übernehmen wolle. Es war ungewiss, ob man auch Perez einer Straftat würde überführen können, aber Lars war ein gewiefter Stratege, was Verhöre anging.

Victor nahm eine Kopfschmerztablette. Als er sich ein Glas Wasser eingoss, sah er aus dem Küchenfenster seines Hausboots eine Frau in Uniform, die sich dem Steg näherte. Das ging ja heute zu wie im Taubenschlag!

Er öffnete die Tür und trat aufs Deck.

»Agatha, was für eine Überraschung.«

Die Kollegin der Wasserschutzpolizei ging merkwürdig gebückt, eine Hand wie Napoleon vor der Brust, und stieg auf das Hausboot.

»Komm, setz dich doch.« Victor deutete auf den kleinen Beistelltisch, der schon des Öfteren als Hocker gedient hatte.

Agatha ließ sich darauf fallen. Sie löste die Hand, die sie vor der Brust so krampfhaft gegen irgendeinen Gegenstand gedrückt hatte, der sich wenige Sekunden später als Papiertüte entpuppte. Sie holte eine Waffe heraus und legte sie zwischen sich und Victor auf den Tisch.

»Was ist denn das für ein altes Ding?« Victor griff nach der Pistole, um sie sich aus der Nähe anzusehen. »So was benutzt doch heute kein Mensch mehr. Wo hast du die her?«

»Ich hatte dir gestern im *Klippo* doch gesagt, dass ich noch etwas überprüfen will.« Agatha zeigte auf die Waffe. »Mit dem Ding ist auf Ingmar geschossen worden.« Sie beugte sich vor und stützte die Ellbogen auf den Oberschenkeln ab. »Ich habe einen Informanten bei euch, bei der Kripo, der hat mir gesteckt, dass es sehr alte Munition ist, die man aus Ingmars Bein gepult hat.«

Victor fragte gar nicht erst, wer diese Information an Agatha weitergegeben hatte. Bertil würde alles dafür tun, um den Attentäter seines Bruders zu überführen. Auch wenn das womöglich eine Dienstaufsichtsbeschwerde oder Suspendierung bedeutete. Natürlich hatte der Kollege Kontakt zu Agatha aufgenommen. Alle bei der Kripo wussten, dass Agatha gerne Kommissarin spielte.

»Also, ich wusste, wir suchen eine Waffe, die nicht mehr zeitgemäß ist. Und da ist mir unser Waffenschrank eingefallen.«

»Unser?«

»Ja, der bei der Wasserschutzpolizei«, erklärte Agatha. »Ich hab's verglichen, das Kaliber und die Munition stimmen überein mit dem Projektil. Und diese Waffe hier, die liegt eigentlich immer im Keller unseres Bürogebäudes in einer Schatulle.«

»Und dieser Keller ist nicht abgeschlossen? Da kann jeder rein?« Victor griff nach seinem Getränk. »Möchtest du auch etwas?«

»Nicht jetzt.« Agatha winkte ab. »Ich hab dran gerochen, mit genau diesem Ding hier ist vor nicht allzu langer Zeit ein Schuss abgegeben worden.«

Auch Victor hielt seine Nase an den Lauf der Waffe, und sofort stieg ihm der von Schießübungen vertraute Geruch in die Nase. Eine Mischung aus Waffenöl und Schmauch. Er nickte, und Agatha rutschte noch ein Stückchen weiter nach vorn, flüsterte nun fast, als hätte sie Angst vor ungewollten Zeugen dieses Gesprächs.

»Hier meine Theorie. Zu unserem Keller haben nur *die* einen Schlüssel, die regelmäßig im Dienstplan auftauchen. Aber!« Sie hob den Zeigefinger, um zu verdeutlichen, dass es jetzt wichtig wurde. »Ein paar Tage vor dem Schuss auf unser Schiff hatte Hans Besuch von einem Kollegen aus Lübeck, und dem hat er da unten irgendetwas gezeigt. Frag mich nicht, was. Und er hat vergessen, danach wieder abzuschließen. Ein Kollege hat gestern den Schlüssel im Türschloss gefunden.«

»Und deine Theorie ist, dass jemand da reingelaufen ist, sich sofort auf diese Schatulle gestürzt hat und dann mit der Waffe abgehauen ist?« Er zögerte kurz, ergänzte dann: »Ach, und dann ist der Typ, der Ingmar angeschossen hat, nach der Tat in aller Seelenruhe noch mal da in den Keller spaziert und hat die Waffe wieder zurückgelegt?«

»Nein, nein, nun warte doch mal.« Agatha legte eine Hand auf sein Knie. »Nach meiner Theorie kann nur jemand die Waffe genommen haben, der genau wusste, wo sie liegt. Jemand muss den Schlüssel im Schloss gesehen und sofort gewusst haben, wo er gucken muss. Und nach meiner Theorie steckte auch keine böse Absicht dahinter.« Ihre Hand lag immer noch auf seinem Knie. Victor saß so ruhig, wie er nur konnte, damit das noch eine Weile so blieb.

»Hallo, hast du mir zugehört?« Agatha schlug ihm spielerisch aufs Bein und lehnte sich dann auf dem Stuhl zurück. »Erstens: Torge hat bei uns einen Probetag absolviert, und das war nachdem Hans den Schlüssel stecken gelassen hatte.«

»Torge? Der Neffe von … also unser Praktikant?«, fragte Victor mit gespielter Überraschung.

»Ganz genau, war nur ein kurzes Gastspiel, er wollte dann doch lieber zur Kripo. Und genau deswegen …«, Agatha hob einen Finger, »… kommt zweitens zum Tragen. Torge wollte zur Kripo, weil er mehr Action wollte, er wollte schießen lernen. Ich hab gehört, wie er mit Ingmar darüber gesprochen hat. Und schließlich drittens …« Sie hob noch einen Finger. »Gelegenheit macht Diebe.«

Liebe, wäre es Victor beinahe herausgerutscht. Gelegenheit macht Liebe. Aber er hatte sich im Griff.

»Woher wusste Torge von dem Waffenschrank und der Schatulle im Keller?«

»Die hat Ingmar ihm gezeigt. Also, was denkst du?« Agatha beugte sich wieder nach vorn, und Victor hatte leichte Mühe, sich auf all die Informationen zu konzentrieren – die alte Munition, der Keller, Torge, das Basecap, die DNA-Spuren –, weil Agatha ihm erneut die Hand aufs Knie legte.

»Gut, ich sehe schon, irgendeine portugiesische Synapse greift gerade nicht so richtig. Ich erklär dir, was ich denke: Torge wollte ein bisschen Action haben. Also holt er sich eine Waffe, die niemand so schnell vermisst, und geht dann zum Üben irgendwohin, wo er sich unbeobachtet fühlt. In den unbelebten Teil des Hafens, wo er verdeckt von hohen Pollern in aller Ruhe auf ein paar Blechbüchsen zielen kann. Klar, das Knallen wird man ziemlich weit hören, aber in so einem Hafen gibt's schon mal Krach. Eher unwahrscheinlich, dass jemand die Schüsse als das identifiziert, was sie sind.«

»Du meinst, er hat den Schuss auf die Konservendose abgefeuert, und von da ist das Projektil gegen den Container geprallt, und dann weiter in Ingmars Hüfte gelandet? Agatha ...«

»Ich weiß, dass es auf den gefundenen Dosen keine Einschussspuren gab. Ich gehe also davon aus, dass Torge keine getroffen hat, war ja auch schon dämmrig, und geregnet hat es auch. Er hat den Container dahinter getroffen, da gab es ja frische Spuren, und von dort ist das Projektil dann abgelenkt worden.«

Agatha klatschte in die Hände, und Victor zuckte zusammen.

»Dann hat Torge nach seiner kleinen Übungseinheit das alte Ding einfach wieder zurückgelegt, bevor wir anderen überhaupt gemerkt haben, dass die Tür zum Keller gar nicht abgeschlossen war.«

Victor musste zugeben, dass diese Theorie nicht von der Hand zu weisen war. Das würde auf jeden Fall Torges Mütze am mutmaßlichen Tatort erklären.

»Aber denkst du nicht, dass wir Torge irgendwie angemerkt hätten, wenn er wirklich auf seinen Onkel geschossen hätte? Ich hab den ja in den vergangenen Tagen immer mal gesehen, da war kein bisschen schlechtes Gewissen oder so.«

»Ich glaube, er hat es nicht gemerkt.«

»Du meinst, er hat nicht gewusst, dass es sein Schuss war, der zu Ingmar abgelenkt wurde?«

Agatha nickte.

»Wir müssen den Jungen befragen.« Victor stand auf. »Mein Handy liegt unten. Ich rufe eben die Kollegen an, damit sie dafür sorgen, dass Torge nicht nach Hause geht.«

»Nein.« Agatha stand ebenfalls auf. »Mach das nicht.«

»Bitte?«

»Victor, überleg doch mal. Der Junge hat wahrscheinlich keine Ahnung, dass er für den Schuss auf Ingmar verantwortlich ist.«

»Ja, aber es spricht einiges dafür, dass er den Schuss abgefeuert hat!«

»Ja, nun komm mal runter.« Agatha griff nach seinen Händen, drückte sie. »Hast du nie Dummheiten gemacht, als du noch jünger warst?« Sie lachte, drückte seine Hände noch mal. »Natürlich nicht, was frage ich. Victor Carvalho hat sich bestimmt schon als Jugendlicher an alle Regeln gehalten, war nie betrunken, hat nie ein Mädchen unglücklich gemacht und hat auch nie gekifft.«

»Und was ist daran schlecht?« Instinktiv riss er seine Hände los. Setzte sich wieder auf den Stuhl. »Was stellst du dir denn vor, Agatha, wir können doch einen fast volljährigen Straftäter nicht einfach laufen lassen.«

Agatha trat völlig unvermittelt gegen den Stuhl. »Du bist ein solcher Arsch manchmal.« Sie hob theatralisch die Hände. »Victor Carvalho ist ein vorbildlicher Kriminalpolizist, von dem sich manch einer eine Scheibe abschneiden kann.« Inzwischen war es ihr offenbar gleichgültig, wer dieses Gespräch hören konnte. Sie wurde lauter und lauter und spuckte Victor die letzten Worte beinahe ins Gesicht, begleitet von einem weiteren Tritt gegen den Stuhl. »Mensch, zieh dir doch einmal diesen verdammten Stock aus dem Hintern und denk nach, bevor du wieder irgendwelche Regeln über menschliches Miteinander aufstellst. Der Junge liebt seine beiden Onkel, und für den bricht doch eine Welt zusammen, wenn wir ihm sagen, dass er verantwortlich ist für den Schuss auf Ingmar. Mann!«

Die Stille nach diesem Ausbruch war beinahe greifbar.

Victor griff nach seinem Glas, bemerkte, dass es leer war, und stellte es wieder ab.

Agatha drehte sich um, umfasste die oberen Streben der Reling mit beiden Händen und schaute aufs Wasser. An der Bewegung ihrer Schultern konnte Victor ihr schweres Atmen erkennen. Er versuchte, sich vorzustellen, was passierte, wenn sie Torge zu dem Vorfall befragten. Ob es eine Möglichkeit gab, den Jungen zu schützen und gleichzeitig den Fall abzuschließen. Und er spielte auch mit dem Gedanken, die Informationen von Agatha zu ignorieren. Zumindest offiziell.

»Agatha?«

Sie drehte sich um. »Victor, bitte. Wenn du da jetzt dein Ding durchziehst, dann kriegt Torge doch nie wieder einen Fuß auf den Boden. Ich weiß, wie froh Bertil war, dass der Junge sich endlich für einen Beruf interessiert hat. Wenn du jetzt dein Regelwerk abarbeitest, dann bedeutet das für Torge mindestens eine Vorstrafe. Und der leidet wirklich schon genug, weil sein Onkel erst angeschossen wurde und jetzt im Knast ist. Und wenn schon, dann sage *ich* es Torge.«

Victor nickte. »Ich lasse ihn erst einmal in Ruhe, und ich sage ihm nichts von dem fehlgeleiteten Schuss. Da die Waffe wieder an ihrem Platz ist, geht von dem Jungen wohl keine weitere Gefahr aus.«

Die Erleichterung war Agatha anzusehen.

»Aber diese Absprache bleibt für immer und ewig unter uns. Ich mach das nur mit, weil wir niemandem mit dieser Entscheidung schaden.«

Das hoffte er zumindest. Außerdem musste Gesche mitspielen, sollte sie den Befund mit der Basecap nicht schon in die digitale Akte aufgenommmen haben. Dann wäre es ohnehin zu spät.

Seine Entscheidung fühlte sich gleichzeitig richtig und falsch an. Victor schaute aufs Wasser und schüttelte den Kopf über sich selbst.

51

Im Laufe des Vormittags

Agatha hatte sich den Wagen von Jette geliehen, weil sie kein eigenes Auto besaß. Auf dem Fahrrad war die Strecke von Cuxhaven nach Lingen einfach viel zu weit. Sogar mit dem Auto brauchte man gute zweieinhalb Stunden.

Das Justizvollzugskrankenhaus hatte nur knapp achtzig Betten, war aber zuständig für die Inhaftierten der Bundesländer Niedersachsen und Bremen. Deshalb war auch Ingmar hierhergebracht worden.

Der rote Klinkerbau wirkte beinahe wie ein Schulgebäude, wären da nicht die Gitter vor den Fenstern gewesen.

Agatha hatte die Kontrollen passiert, ihren Rucksack abgegeben, und nachdem sie einmal auf dem langen Gang an den vielen blauen Türen vorbei war, hatte sie endlich das Zimmer von Ingmar erreicht. Farblich passend zum Linoleumboden rahmten curryfarbene Vorhänge das Fenster, zu dessen Seiten je ein schmales Krankenhausbett mit blauem Fuß- und Kopfende stand, ergänzt um Rollcontainer im gleichen Blauton. Außerdem waren da ein schmaler Schrank mit Kiefernholzfurnier und ein winziger Tisch mit Stuhl. Ingmar, der das Glück hatte, allein im Zimmer zu liegen, wirkte sichtlich verlegen, als Agatha an sein Bett trat.

»Du hättest doch nicht kommen müssen, wirklich nicht.«

»Ja, ich weiß. Ich wollte aber. Wie geht's dir?«

»Ach, ganz gut.«

Agatha holte sich den Stuhl heran.

Ihr Kollege richtete sich mühsam auf. Es war ihm anzusehen, dass er immer noch Schmerzen hatte.

»Also, weswegen ich hier bin …«

Sie wurde von einem Klopfen an der Tür unterbrochen. »Herein!« Torge steckte seinen Kopf ins Zimmer. »Ah, doch richtig«, bemerkte er und kam herein, nickte erst Agatha und dann Ingmar zu.

»Wie kommst du denn her?«, fragte Ingmar erstaunt.

Torge legte einen Baumwollbeutel mit dem Logo eines Discounters auf Ingmars Schoß. »Mit dem Zug. Mama hat gesagt, ich soll dir das bringen. Onkel Bertil ist auf hundertachtzig, weil sein Chef dich einfach hierhergebracht hat. Außerdem ist sie sauer auf Onkel Bertil, weil der ja weitererzählt hat, was du ihm erzählt hast. Und Mama fragt, ob die eigentlich mal nachdenken bei der Kripo, und …«

»Schon okay, setz dich doch. Und stell das erst mal da rüber.«

Torge lehnte die Tüte gegen den Container und setzte sich auf das leere Bett gegenüber.

»Also, um das mal ganz klar festzuhalten.« Ingmar bemühte sich um eine möglichst aufrechte Sitzhaltung und wurde ernst.

»Ich habe richtig Mist gebaut, Torge. Hab gedacht, ich komme damit irgendwie durch, und dann bin ich immer tiefer in diese Nummer reingeraten und wusste nicht mehr so richtig, wie ich da wieder rauskommen soll.«

»Aber …«, begann Torge, doch Ingmar schnitt ihm das Wort ab.

»Nichts aber. Ich habe Mist gebaut. Punkt. Wenn du Polizist werden willst, dann bleib bei der Wahrheit, ja? Deine Mutter hat echt schon genug durchgemacht, und jetzt macht sie sich Sorgen um ihren kleinen Bruder. Das hab ich nicht gewollt. Euretwegen und wegen …« Er geriet ins Stocken, sandte einen Blick zu Agatha, den sie nicht recht deuten konnte, dann wurde er rot.

»Ich bin eigentlich gekommen, um dir zu sagen, dass es kein Racheakt war, also der Schuss auf dich«, sagte Agatha.

»Woher willst du das so genau wissen?«, fragte Torge.

»Die Munition, mit der dein Onkel angeschossen wurde, war schon ziemlich alt.« Agatha hielt Blickkontakt mit Torge und fragte sich, wie er reagieren würde, wenn sie ihm die Einzelheiten mitteilte. Andererseits wollte sie ihn nicht verraten, auch nicht vor seinem Onkel. Also musste sie genau überlegen, was und wie sie es erzählte.

Torge war ganz aufgeregt. »Was heißt denn alte Munition? Aus dem Ersten Weltkrieg, oder was? Woran kann man das denn überhaupt sehen? Und gibt's denn überhaupt noch Pistolen, mit denen man das Zeug abballern kann?«

»Ja, gibt es. Wir bei der Wapo haben beispielsweise so eine im Keller. Ich glaube, das letzte Mal wurde die für einen Dokumentarfilm hervorgeholt. Eine Produktionsfirma hatte angefragt, weil die irgendetwas aus früheren Zeiten nachstellen wollten. Das ist aber bestimmt schon zwei Jahre her.« Agatha konnte förmlich hören, wie es in Torges Hirn ratterte, sein Blick wechselte von freudiger Begeisterung über Neugier bis hin zu erkenntnisreichem Schrecken. Er holte Luft, schluckte und schaute zu Boden.

»Also, ich werde auf jeden Fall ins Gefängnis gehen für den Mist, den ich gebaut habe«, stellte Ingmar fest. »Aber mit einem guten Anwalt und wenn Hans für mich aussagt und meine sonstige Arbeitsmoral vielleicht hervorheben könnte, dann …« Er warf Agatha einen Blick zu.

»Ingmar, du solltest alles erzählen, was du weißt«, bat Agatha. Ingmar starrte zu Boden, sagte kein Wort, seufzte nur ab und zu.

»Du kennst vielleicht nicht die Hintermänner der Menschenschmuggelei, aber auf jeden Fall weißt du, wer in Cuxhaven das Geld verteilt hat an diejenigen, die die Augen zugemacht haben. Und vielleicht findet sich ja auch noch irgendwo ein Beweis? Eine E-Mail oder ein Anruf auf deiner Mailbox, mit dem irgendeiner dieser Typen zur Verantwortung gezogen werden kann. Und gegen den Kapitän von der *Georgina*, bei dem du ja nicht richtig kontrolliert hast, kannst du jetzt auch aussagen.«

»Ihr wisst es also.«

»Thies hat gestanden, Frauen aufgenommen und übergeben zu haben. Frag mich nicht, woher ich das weiß. Ich hab auch meine Quellen bei der Kripo«, erklärte Agatha.

Ingmar nickte langsam.

»Also ich glaube, ich weiß jetzt wer … Ich meine, ich denke …«, fing Torge plötzlich an.

Agatha unterbrach ihn. »Torge, ich glaube nicht, dass es hilfreich ist, wenn du deine Ermittlungsgedanken auch noch dazwischenwirfst. Die Situation ist schon kompliziert genug, oder?« Sie versuchte, Blickkontakt zu Torge aufzunehmen, der schaute aber seinen Onkel an. »Onkel Ingmar, ich muss dir etwas sagen. Ich, also es war wirklich nicht mit böser Absicht, und ich wollte doch einfach nur gut vorbereitet sein, weil ich Mama nicht schon wieder enttäuschen wollte. Es ging mir darum, endlich einmal etwas richtig zu machen.«

Ingmar lachte. »Agatha, hast du eine Ahnung, was mein Neffe mir sagen will?«

Torge holte tief Luft. »Ich hab dich vermutlich angeschossen«, sprudelte es aus ihm heraus. Er schnaufte, hielt sich die Hände aufs Gesicht. »Ich wollte doch niemanden verletzen, ich … es war einfach so, dass die Gelegenheit so günstig war, und ich dachte, ich kann ein bisschen üben und wenn es bei der Kripo ins Schießtraining geht, dann habe ich einen Vorsprung, und …«

»Ich habe keine Ahnung, von was du da redest«, stellte Ingmar fest und schickte Agatha einen hilfesuchenden Blick. Die stand auf, setzte sich neben Torge auf das Bett und legte ihm einen Arm um die Schultern. Das Schnaufen war inzwischen in eine Art seufzendes Schluchzen übergegangen, und er hielt sich immer noch die Hände vors Gesicht.

Agatha seufzte. »Was dein Neffe dir sagen will, ist Folgendes: Er hat aus dem Keller der Wapo eine alte Waffe ausgeliehen, um Schießübungen zu machen. Und einer dieser Schüsse ist dann an einem Container abgeprallt und in deiner Hüfte gelandet.«

Ingmar starrte Agatha wortlos an. Die zuckte mit den Schultern. »Ich hab's auch gerade erst herausgefunden.«

»Stimmt das, Torge?«

Das Bündel Elend neben Agatha nickte. Torge nahm die Hände vom Gesicht. »Es tut mir leid, ich werde alles sagen, gehe gleich zu Lars und erzähle alles.«

»Das lässt du mal schön bleiben«, erwiderte Ingmar. »Wo kein Kläger, da kein Beklagter. Und ich werde den Teufel tun und dich dafür zur Verantwortung ziehen. Ich hab schon genug Ärger am Hals und werde deiner Mutter ganz sicher nicht zumuten, dass sie deinetwegen noch mehr Kummer hat.«

Noch ein tiefer Seufzer neben Agatha.

»Es sei denn …« Ingmar schaute Agatha fragend an.

»Nein, ich werde auch nichts sagen.«

52

Einige Stunden später, am Abend

Es roch köstlich nach gebratenem Fisch.

Das war das Erste, was Agatha registrierte, als sie die Tür zum *Bello Mundo* öffnete. Und neben dem fantastischen Duft schlug ihr ein hoher Geräuschpegel entgegen.

Sie sah Hans, Enak und Bertil an der linken Seite des Tresens und Victor mit Gesche und Antonella an der anderen Seite.

Agatha begrüßte alle und schob sich gerade zwischen Victor und Hans in die Mitte der beiden Gruppen, als die Tür erneut geöffnet wurde. Zu Agathas Überraschung trat ihr Vater ein, gefolgt von Jette. Der nickte kurz in die Runde, grinste Agatha an, stellte sich neben sie an die Theke. »Na, mien Deern.«

»Papa, das ist ja mal ein ungewöhnlicher Auftritt. Macht ihr das jetzt offiziell?« Sie umarmte Jette, der man ihre gute Laune ebenfalls ansehen konnte.

»Ach, wir sind doch viel zu alt, um so zu tun, als wäre es nicht wichtig, wenn man noch mal jemanden findet, mit dem das Leben schöner ist, oder?« Jette griff wieder nach Dirks Hand.

Dirk drehte sich zu Jette und lächelte sie etwas verlegen an.

»Die wunderbarste Frau, der ich in letzter Zeit begegnet bin. Neben dir natürlich!«

Agatha gab ihrem Vater einen Kuss auf die Wange.

»Ich geb einen aus«, sagte er, räusperte sich und drehte sich Richtung Tresen.

Victor nickte Agatha zu, als sich ihre Blicke trafen.

»Vic, kannst du mal helfen, bitte?« Victors kleine Schwester Ana deutete auf den Zapfhahn, und Victor wechselte von der einen Seite des Tresens auf die andere. Agatha setzte sich vor ihm auf einen Barhocker.

»Wie geht's jetzt weiter mit der *Akte Ingmar*?«, fragte sie und sah Victor erwartungsvoll an.

»Ich denke, wir zwei müssen nicht mehr über Ingmar Ulvaeus reden. Das ist ja auch eine Kriposache und hat mit der Wasserschutzpolizei nur insofern zu tun, als dass ein Kollege von euch betroffen war.«

»Ach komm, Victor, du weißt, was ich wissen will.«

Victor griff nach einem Glas und hielt es unter den Zapfhahn. »Ich gehe davon aus, dass die Akte vorerst geschlossen werden kann. Ich habe meinem Chef heute gesagt, dass der Fall meiner Meinung nach ausermittelt ist. Kein Verdächtiger weit und breit.«

Agatha hob ihr Bierglas, Victor nahm das frisch Gezapfte und tat es ihr gleich. »Und worauf trinken wir jetzt?«, fragte Agatha.

Victor zuckte mit den Schultern. »Weiß nicht.«

»Auf einen guten Ausgang im *Fall Ingmar*? Oder eine gute Entscheidung, die wir beide getroffen haben?«

Victor versuchte sich an einem Lächeln. »Ist das wirklich eine gute Entscheidung, die wir getroffen haben?«

»Ja«, erwiderte Agatha bestimmt, stieß gegen sein Glas und nahm einen großen Schluck.

»Ach, come on, Victor. Für Torge war es das Beste, für Ingmar war es das Beste, für Bertil war es das Beste und für Torges Mutter war es erst recht das Beste. Oder etwa nicht?«

Victor setzte vorsichtig sein Glas ab, ohne getrunken zu haben. »Mag sein, dass es das Beste für alle Beteiligten ist. Aber wir haben das nicht zu entscheiden. Wir richten nicht.«

»Ich dachte, wir waren uns einig? Wenn wir es melden, dann wird es ein Gerichtsverfahren geben.«

Victor atmete schwer durch. »Agatha, das ist eine Scheiß-Argumentation. Das würde ja bedeuten, dass wir bei einem Fall erst selbst schauen, was wir für das Beste halten, und dann entscheiden, ob wir das Urteil sprechen oder es an einen Richter abgeben. Das funktioniert doch nicht. Wir können nicht …«

Die Restauranttür öffnete sich, und Torge kam herein. Er sah sich unbeholfen um und trat dann an den Tresen zu Agatha und Victor. Er nickte den Kollegen zu, senkte aber gleich wieder den Blick.

»Hallo, Torge. Schön, dass du auch gekommen bist. Willst du was trinken?«, fragte Victor ihn.

Torge schüttelte den Kopf. »Wollte mit dir reden«, nuschelte er in Agathas Richtung. Er hob den Kopf, schaute sich um.

»Versteh schon«, sagte Victor und widmete sich wieder dem Bierzapfen.

Torge rückte ein wenig dichter zu Agatha. »Ich soll bei der Kripo ja Cold Cases bearbeiten.«

»Ja, ich habe davon gehört. Macht dir das irgendwie zu schaffen?«

Torge schüttelte den Kopf. »Im Gegenteil. Hätte ich auch nicht gedacht, aber es macht Spaß, sich in die alten Fälle hineinzudenken und Möglichkeiten durchzuspielen. Ich habe etwas gefunden, eine … Sache«, flüsterte er Agatha ins Ohr.

Agatha schob ihn sanft von sich weg. »Das ist doch super. Hast du schon mit Victor darüber gesprochen?«

»Nein, ich … Noch nicht.«

»Aber Victor ist doch dein erster Ansprechpartner, oder du gehst zu Bertil damit, der wird sich freuen, wenn er sieht, wie engagiert du bist.«

»Das geht nicht.« Torge schüttelte nun vehement den Kopf. »Nein. Ich bin da auf etwas gestoßen, das man auf den ersten Blick nicht sieht. Es wird erst deutlich, wenn man den Fall mit einem anderen in Beziehung setzt. Es war auch eher Zufall, dass ich darauf gekommen bin.«

Agatha sah Torge ernst an. »Hm. Dann weiß ich nicht, warum du nicht mit Victor sprichst. Wenn sich eine neue Spur in einem alten, ungelösten Fall ergibt, dann sollte die Kripo das wissen.«

»Ich weiß«, antwortete Torge und fügte dann hinzu: »Es ist nur … Ich meine … Es ist eine ziemlich große Sache, glaube ich. Und es geht um Hans Itjen, deinen Chef.«

Wir danken

unseren Probeleser:innen Esther Soltau, Hilde Frilling, Nicola Friederici, Catharina Spethmann, Axel Stiehler und Tanja Wenzlawe,

Kapitän Ewald Bebber und seiner Frau Karin, die uns sowohl mit Fakten zur Seefahrt als auch mit allerhand Döntjes beliefert haben,

unserem Lektor Benjamin Brückner, der einen langen Atem bewiesen hat, sowie dem gesamten Team bei Ullstein,

unseren Literaturagenten Markus Michalek und Ralph Gassmann von der AVA und Lars Schulze-Kossack von der Literarischen Agentur Kossack für die Unterstützung und Weitsicht,

der Lexow-Textow-Gruppe für Freundschaft und Inspiration,

Till Raether für die guten Ratschläge, die mehr wert waren als Gold,

Günter Märtens für seine Bereitschaft, uns auch musikalisch zu unterstützen

und

den vielen Menschen in Cuxhaven, die uns in ihr Leben gelassen, die uns bei der Recherche unterstützt und die uns so viele wunderbare Rückmeldungen zu Band 1 gesendet haben.

Und natürlich den Buchhändler:innen, die Bente Storm begeistert empfohlen haben.

Ihr alle seid sowieso die Besten.

»Die Bentes«
Anja Goerz & Eric Niemann
Hamburg und Niebüll, Januar 2024

Tatort: Mordsee

Ausgerechnet an ihrem freien Tag stößt die junge Wasserschutzpolizistin Agatha Christensen auf eine Leiche. Der Tote ist Gunther Fluth, ein Mediator, der im erbitterten Streit rund um einen Offshore-Windpark vermitteln wollte. Mögliche Verdächtige gibt es also zuhauf. Zuständig für die Ermittlungen ist Polizeiobermeister Victor Carvalho von der Kripo, doch Agatha stellt ihre eigenen Nachforschungen an – gegen alle Widerstände.

Als ein weiterer, politisch höchst brisanter Mord geschieht, wächst der Druck auf Victor, und er ist mehr denn je auf Hilfe angewiesen. Auch wenn er es nicht zugeben würde, kommt ihm da Agathas kriminalistischer Eifer gerade recht; um den Zusammenhang zwischen den Verbrechen zu erkennen und ihnen so schnell wie möglich ein Ende zu setzen, aber nicht nur deshalb ...

Bente Storm

Windstärke Tod

Die WaPo Cuxhaven ermittelt

Klappenbroschur
Auch als E-Book erhältlich
www.ullstein.de

ullstein